La grieta del silencio

Javier Castillo

La grieta del silencio

Primera edición: abril de 2024

© 2024, Javier Castillo
© 2024, Penguin Random House Grupo Editorial, S. A. U.
Travessera de Gràcia, 47-49. 08021 Barcelona

Printed in Colombia – Impreso en *Colombia*

ISBN: 978-84-9129-601-0
Depósito legal: B-1.810-2024

Compuesto en Mirakel Studio, S. L. U.

SL96010

A mi hijo Pablo
y a su eterna sonrisa desde que nació.
Y a Verónica,
por ser el pilar de todo lo que importa.

*Todos estamos formados
por los fragmentos de las historias
que queremos olvidar.*

Nota del autor

Cualquier lector familiarizado con la ciudad de Nueva York y con los distritos de Brooklyn, Queens, Staten Island y sus vecindarios de Grymes Hill o Silver Lake comprobará que he tratado de ser riguroso con las descripciones, pero sin que afecten al ritmo y al desarrollo de los acontecimientos.

También debo admitir que me he tomado la licencia de modificar los nombres de algunas localizaciones y algunas de sus características para evitar poner el foco en lugares reales que cualquier lector pudiese visitar con la intención de llevar esta historia al mundo real. Algunos de los emplazamientos en los que transcurre la trama son inventados, salvo aquellos de trasfondo y sin relevancia que un lector avispado podrá reconocer.

Cualquier parecido de esta novela con personas reales, vivas o muertas, casos abiertos o cerrados y situaciones particulares dentro de la historia, o relacionadas con ella, es fruto de la simple y omnipresente casualidad.

Lugar desconocido
14 de diciembre de 2011
Miren Triggs

*Solo en lo más profundo del silencio
podemos escucharnos
con perfecta claridad.*

Me despierta el sonido de mi propia respiración y, al abrir los ojos, sé al instante que he cometido un grave error. Me falta el aire. Me duele el alma. El corazón retumba con fuerza en mi interior y puedo oírlo con tanta nitidez que casi entiendo lo que dice entre cada latido.

Bum, bum.

«Pide ayuda, Miren».

Bum, bum.

«Aquí termina todo, amiga».

No sé cuántas horas llevo en este sitio. El suelo está frío y húmedo. En la oscuridad más absoluta, apoyo la yema de los dedos para incorporarme y noto su aspereza. Me duele la cadera.

—¡Hola! —grito con fuerza, pero solo me responde el eco—. ¡Ayuda! ¿Hay alguien ahí?

Estoy mareada. La cabeza me va a estallar. Me asaltan recuerdos esporádicos de los últimos días y viajo por ellos tratando de reconstruir la historia, pero soy incapaz. Me falta la última pieza. La que se coloca en la última grieta de los muros de mi memoria y hace que todo cobre sentido.

«Recuerda, Miren, recuerda. ¿Cómo has llegado aquí?».

Veo los ojos de Jim en casa. Una cinta de casete. Ayudaba al inspector Miller a… a encontrar a Daniel. Eso es. Buscaba a Daniel. Su hijo. Perdido desde hace… ¿cuántos años? Encontraron una bicicleta. Y había cintas de casete. Sí. Con la última cinta se precipitó todo. ¿O fue aquel ojo que me observaba? Llamé por teléfono y…, eso es. La llamada. La respiración gélida…, la pregunta sin respuesta. ¿Qué sucedió después?

«Piensa, Miren, piensa».

Algo me dice que debo darme prisa, que tengo que salir de aquí. Siento cómo se me acelera el pulso y tengo la sensación de escuchar mis propios pensamientos demasiado alto. Y tras ellos, de fondo, entre cada palabra, oigo una voz que me susurra: «No te olvidarás de mí, Miren. ¿Oyes eso? ¿Ese aullido constante en cuanto se apaga el ruido? Eres tú. Son tus gritos aquella noche en aquel parque». Anhelo la calma en este mundo estridente, pero me asusta el silencio absoluto, porque me aterra enfrentarme a mi voz interior, esa que es guardiana de las historias que he elegido olvidar.

—Rápido, Miren —me susurro a mí misma—. Piensa. ¿Qué has hecho? ¿Qué te trajo hasta aquí?

Veo a Jim a mi lado en el coche. Se marcha en él decepcionado. Recuerdo mi reflejo en la pantalla de la redacción del *Manhattan Press* y me viene a la cabeza aquella noche de 1997. Reconozco el mismo mareo. La misma sensación de haber perdido el control. Un puñado de pastillas sobre una mano delante de mí. ¿Qué me he hecho? Aparece en mi mente el destello de un incendio iluminando mis ojos. Estaba cerca. Pero... ¿qué se quemaba? ¿Por qué siento que lo he perdido todo? ¿Dónde estoy?

Extiendo las manos en la oscuridad y chocan con algo frío y áspero. Una pared. Me acerco a ella y la recorro deslizando mis dedos en busca de una salida. Un interruptor. Algo. Camino con miedo a tropezarme. La negrura es tan espesa que ni siquiera percibo el movimiento de mis manos. Llego a una especie de plancha de metal fría y noto que sale de ella una protuberancia.

Un tirador. Es una puerta. La salida.

Lo agarro con decisión, empujo y luego tiro de él con la estúpida esperanza de que puedo abrirla. Pero no sirve de nada. Forcejeo en todas direcciones, hago fuerza con mi cuerpo, me lanzo a golpear el metal con el hombro, pero ni siquiera consigo que la puerta baile dentro del marco. Me arden las manos, me asalta el pánico. Siento que las costuras de mi alma se rompen por lugares que pensaba que estaban sanos, pero en realidad siempre estuvo hecha jirones. Quiero pedir ayuda, pero, de pronto, caigo en la cuenta de que no sé qué hay al otro lado. Quizá no pueda hacer ruido. «¿Acaso he perdido la cordura?».

—Recuerda, Miren —me digo en voz baja—. Piensa si estás en peligro.

No sé responder, no consigo hilar una sospecha con otra, ordenar la historia, repasar el camino hecho. Me palpo los bolsillos y siento que la adrenalina recorre todo mi cuerpo cuando noto la forma rectangular del móvil.

—Bien. Corre, Miren —susurro con el corazón aterrado—. Llama a la policía antes de que venga alguien. Pide ayuda. Encuentra una salida.

Lo enciendo y descubro en el fondo de pantalla la imagen de mis padres junto a mí en una foto que nos hicimos en Bryant Park cuando me visitaron en Nueva York hace dos meses. Me cuesta desbloquearlo y solo veo el reloj, que marca las nueve y media de la noche. Me tiemblan las manos, tengo frío. La humedad se me clava en la garganta, noto en los labios el sabor a tierra. Marco el 911, pero al instante salta el mensaje de que no se ha podido establecer la conexión. Leo «Sin servicio» en la pantalla, y en la esquina superior, una sola línea de batería.

—Mierda, mierda, mierda.

Lo intento de nuevo, no sirve de nada. Extiendo el móvil delante de mí, y la pantalla ilumina por primera vez con luz azulada la estancia en la que me encuentro. Hay una puerta de metal blanca llena de óxido en el marco. El vaho sale de mi boca. Las paredes de cemento están peladas y sin pintar. Me doy la vuelta para otear el resto de la habitación y pego un grito de sorpresa al ver una silueta oscura e inmóvil en el centro, a unos metros.

—¡¿Quién eres?! —Alzo la voz—. ¡¿Qué quieres de mí?! —le grito, aterrada.

Pero no responde. Ni siquiera se mueve.

Por la complexión sé que es un hombre, no tengo duda, y algo me dice que solo uno de los dos saldrá vivo de aquí. Parece fuerte, a pesar de la calma que transmite.

—Por favor, deja que me vaya. No sé nada. No recuerdo nada.

Algunas imágenes más se me agolpan en la mente al tiempo que mi corazón no para de lanzarme avisos de que se acerca el final. Me tiembla el cuerpo, no tengo ningún arma con la que defenderme. Mi historia comenzó con una búsqueda y no podía terminar de otro modo que convirtiéndome en el objeto perdido de alguien de ahí fuera. Todas las historias terminan en algún momento, y el destino siempre es irónico y a veces juega a convertir tu muerte en una broma de lo que hiciste en vida. Lo he visto tantas veces con otras personas, con gente que se desvanece del mundo sin dejar rastro, que no me cuesta imaginar cómo mi madre colgará carteles con mi rostro, sé que Jim hablará en mi nombre rodeado de velas en una vigilia y que el *Manhattan Press* cubrirá en una escueta columna en una página interior que el 14 de diciembre de 2011 desapareció Miren Triggs, una periodista de investigación de su propia redacción. Describirá la ropa que llevaba —pantalón vaquero y blusa negra— y, con suerte, por ser alguien que había pasado algunos años en el periódico, mostrará mi rostro, y la gente se fijará en mis ojos tristes y percibirá mi alma inerte. Algunos lectores recordarán en ese momento lo que escribía o la historia de Kiera Templeton. Seguramente aquellos que leyeron el libro comentarán algo en Twitter y luego pasarán a otra cosa. En pocos días tan solo quedarán mis huellas efímeras sobre la orilla del mundo: las historias oscuras que perseguía, las fotografías que hice, los artículos que escribí. Y tras varias semanas, las olas comenzarán a borrarlo todo, a eliminar

mi vida, mi historia, las de cada injusticia que perseguí…
Y el mundo entero aprenderá entre líneas la lección que
la maldad quiere que no olvidemos: «No hagas preguntas, no alces la voz, no trates de descubrir cómo de podrida está la humanidad, quédate en silencio».

La luz tenue de la pantalla no llega a iluminar con
detalle quién es, pero intuyo que podría conmigo sin
esfuerzo.

—Deja que me vaya —repito con la certeza de que
no lo hará.

Y entonces me doy cuenta de que la sombra apenas
reacciona a mis palabras, ni siquiera se mueve para negar
con la cabeza o para compadecerse de mí. Está sentado
en una silla, con las manos atrás, mira hacia abajo, a sus
muslos.

—Joder…

Trago saliva y, de repente, veo un detalle nítido en
mi memoria que hace que todo empiece a cuadrar. Me
acerco un poco más, temerosa de descubrir ese detalle
en su cuerpo, y, justo cuando veo que se trata de Jim y
que está amordazado con una cinta que le cubre la boca,
mi mente explota llena de imágenes, viaja al inicio de
todo, y solo entonces recuerdo.

Capítulo 1
Staten Island
24 de abril de 1981
Benjamin Miller

Cuesta aceptar
que estamos a merced
de la casualidad.

Daniel Miller se despertó de un salto al sentir en su rostro de siete años la calidez de la luz del amanecer. Se notaba en su cara, esperaba aquel rayo desde el fin de semana, cuando sus padres, Ben y Lisa, le habían regalado por su cumpleaños una bicicleta cuya rueda trasera giraría para siempre en la memoria de ambos.

El destino funciona así. Alguien hace algo con la mejor de las intenciones, y se convierte en su peor y más recurrente pesadilla. El cielo había estado cubierto de nubes grises desde entonces que no habían parado de precipitar sobre Staten Island su lluvia en forma de tristeza. Sobre las paredes de aquella casa colgaban marcos de fotos con imágenes de felicidad que nada hacían presagiar que quedarían atrás como un espejismo de una vida que se evaporó.

Daniel apoyó los pies en el suelo de madera y se dirigió con rapidez al escritorio de su cuarto, donde descansaba una grabadora Sony TCM-600. El pequeño abrió una caja de zapatos repleta de pequeñas fundas de plástico y sacó de una de ellas una cinta virgen de sesenta minutos. Agarró el aparato con decisión, se lo acercó a la boca y pulsó el botón rojo en el que se leía RECORD.

—Buenos días, papá y mamá —dijo con un tono en el que se notaba que no era la primera vez que lo usaba—. Ha dejado de llover. ¿Y sabéis qué significa? Que hoy iré en bicicleta al colegio por primera vez.

Detuvo la grabación, se puso los auriculares, rebobinó la cinta unos instantes y su cara dibujó una sonrisa en cuanto escuchó lo que acababa de decir. Asintió, pero luego activó de nuevo la grabación y añadió:

—Os quiero.

No había habido una sola vez en todos los años posteriores en la que Lisa no hubiese llorado sin parar tras oír esas dos simples palabras. Era imposible contar el número de veces en que ella, tumbada en la cama, escucharía aquel fragmento una y otra vez cada vez que su esposo se marchaba al trabajo.

Bajó las escaleras corriendo y sorprendió a su madre de espaldas en la cocina y a su padre sentado a la mesa leyendo el periódico.

—Reagan ha levantado el embargo de cereales a los comunistas —dijo Ben sin percatarse de la presencia de su hijo, justo en el instante en que el pequeño se acercó por la espalda y le rodeó con el brazo.

—Algo tendrán que desayunar —bromeó Lisa sin darle importancia—. Y hablando de cereales. —Sonrió en cuanto vio a Daniel—. Buenos días, cariño, ¿Lucky Charms o Cheerios?

—Lucky Charms. —Sonrió el pequeño.

Eran sus favoritos y también el motivo por el que Lisa evitaría para siempre el pasillo de los cereales en el supermercado para huir de este recuerdo.

—¿Qué tal algo con menos azúcar? —protestó Ben, que ladeó la cabeza y la chocó a modo de saludo con su hijo.

—Esto es América, cariño —respondió su mujer—. Si de algo presumimos en este país es de que tenemos azúcar de sobra para poner a nuestra comida. Marchando unos Lucky Charms. —Sonrió con ironía.

—¡Bien! —celebró Daniel, que levantó los brazos y corrió a abrazar a su madre.

Ben miró a Lisa con una sonrisa cómplice y ella acarició la cabeza al pequeño. El niño se dirigió a su padre muy serio:

—Hoy no llueve, papá. ¿Puedo ir en bicicleta al colegio?

—¿Qué? —A Ben aquella pregunta pareció pillarle por sorpresa—. ¿En bicicleta?

—Me lo prometiste. Me dijiste que si practicaba y aprendía, podría.

—Pero si solo la has cogido dos días. El sábado y el domingo. No sé si estás preparado para ir hasta el colegio. Eres muy pequeño, Dan.

—¡Papá! —protestó—. Me dijiste que irías conmigo al colegio en bicicleta.

—¿Cuándo dije eso?

Lisa observó la protesta con una sonrisa, aunque estaba tan contrariada como su marido.

—Eso, ¿cuándo dijo eso?

—Dijiste que podría usarla para ir al colegio.

—Pero cuando estés preparado. Y acompañado. O seas un poco mayor. Era una forma de hablar. No me refería a que ya, de manera inminente, fueses a usarla para ir al colegio.

—Podemos ir andando a su lado —medió su mujer—. En media hora estamos de vuelta como mucho. Hace un día precioso. Luego volvemos y te vas al trabajo.

—Eso, tú arréglalo —protestó Ben incrédulo.

—Le hace ilusión, cariño.

—Me hace ilusión —interrumpió el pequeño e hizo un gesto de súplica con las manos—. Por favor.

Ben miró a su hijo y luego a su mujer, que le sonreía desde la distancia. El inspector Miller echó un vistazo a su reloj. Calculó mentalmente si le daría tiempo a ir y volver al colegio andando y salir antes de que se formase el atasco mañanero. Necesitaba cruzar el puente Verrazano-Narrows para llegar a la oficina del FBI en el Bajo Manhattan. Allí trabajaba como agente especializado en contabilidad forense y se encargaba de revisar los entresijos de estafas financieras y los entramados societarios que escondían cadáveres entre sus cuentas.

Formaban una familia feliz, sin muchos sueños, sin grandes aspiraciones o ambiciones, pero felices. No tenían heridas abiertas ni mochilas cargadas. Se habían comprado al fin aquella casa de paredes blancas y contraventanas azules en el 72 de Campus Road, en una zona tranquila cerca de la universidad de arte Wagner, donde Lisa impartía clases de pintura.

—Está bien —aceptó Ben—. Pero no podemos perder tiempo. Salimos en diez minutos.

—¡Yuju! —chilló Daniel—. ¡Voy al colegio en bicicleta!

El pequeño, emocionado, se abalanzó sobre el bol de cereales coloridos que su madre había puesto en la mesa. Ben se acercó a Lisa y la cogió de la cintura.

—Pero ¿de dónde ha salido este buen humor? —le susurró.

—Hace buen tiempo. Ha salido el sol —respondió en voz baja—. Es un bonito paseo y anoche estuve muy a gusto contigo. Quiero estar un poco más con mi marido. Te sienta muy bien esa corbata.

—Tenemos que empezar a tener cuidado. Está muy espabilado. No quiero que le pase como a mí cuando descubrí por qué mis padres cerraban la puerta.

Lisa no pudo evitar una sonrisa y luego añadió:

—¿Por eso eres así? Pobrecito, ¿estás traumatizado? —Lisa abrazó a Ben y le dio un beso.

—¿Cómo tienes el día? —le preguntó él.

—Bien. La mañana de tutorías y dos clases a última hora. ¿Y tú?

—Hoy tengo poca cosa. Saldré pronto del trabajo. ¿Lo recojo yo?

—Te lo iba a decir. La última hora coincide con la salida de Daniel, ¿te importa que venga directamente a casa y os espere aquí? Como muy tarde estoy en casa a menos cuarto.

—Bien. Genial. Sin problema. Hoy es viernes. Salgo pronto.

De repente oyeron los pasos de Daniel corriendo escaleras arriba y luego el sonido de su armario y de los cajones del dormitorio. Unos minutos después se presentó delante de ellos vestido con un pantalón marrón, una sudadera verde, sus zapatillas favoritas Lazy Bones de color amarillo y un casco azul de bicicleta.

—¡Listo! Podemos irnos —dijo el pequeño, dirigiéndose a la puerta.

—Yo llevaré la mochila —añadió Lisa mientras la agarraba y pensaba si se había acordado de llenar la botella de agua.

Una vez fuera, el pequeño esperó a sus padres subido en la bicicleta. En cuanto los vio salir por la puerta, pedaleó dando tumbos de lado a lado en dirección oeste. Ben y Lisa caminaban detrás de él mientras el pequeño luchaba con fuerza contra la ligera cuesta de la calle.

—¡Vamos! ¡Tú puedes, Daniel! —vociferó ella, orgullosa.

El matrimonio iba de la mano y los dos vigilaban al niño con la sensación de que la vida les sonreía.

—Mantén la mirada de frente y no dejes de pedalear —añadió Ben.

Cuando al fin llegó a la cima del montículo, a la altura de la casa gris con el número 110, se detuvo triunfal y miró atrás, lleno de orgullo. El camino hasta su colegio, el Clove Valley School, era corto, unos quince minutos andando. Primero, la cuesta arriba, pero luego había una pendiente suave hasta llegar a Howard Avenue. Ben y Lisa no repararon en esto y, en cuanto Daniel se alejó un poco de ellos y aceleró en la bajada, se dieron cuenta de que habían cometido un error.

—¡Daniel, espera! —chilló Lisa de pronto.

—¡Frena, Dan! —vociferó su padre al caer en la cuenta de que el tráfico en Howard Avenue era mucho más rápido y un coche podría atropellarlo si entraba en la calle a esa velocidad—. ¡Dan! —gritó y corrió, tratando de darle alcance, pero el pequeño se alejaba poco a poco más y más rápido—. ¡Aprieta el freno! —Fue lo último que le dijo antes de perderlo de vista al doblar la curva de la calle.

Ben aceleró el paso temiendo una desgracia.

—¡Daniel! —chilló Lisa—. ¡Daniel!

A Ben le pareció oír cómo frenaba, pero, al pasar la curva, descubrió que Daniel no estaba allí. No había parado. Debía de haber doblado la calle y haberse adentrado en Howard Avenue. Corrió cuesta abajo y chilló su nombre:

—¡Daniel! ¡Daniel!

Pensó en lo peor. Se imaginó a su hijo tirado a un lado del arcén, con la pierna rota o la cabeza abierta. Lisa corría tras su marido con el corazón en la boca, asustada.

—Los coches. ¡Ben, los coches! —dijo ella como pudo.

Al llegar al fin a Howard Avenue a la carrera y sin aliento, Ben resopló al ver a Daniel parado a un lado, junto al arcén, esperándolos con una sonrisa de oreja a oreja llena de orgullo.

—¡Ha sido espectacular! ¿Habéis visto eso? ¡Soy rapidísimo! —exclamó el pequeño, inconsciente del susto que les había hecho pasar.

—Dios santo, hijo —exhaló Ben aliviado—. ¿Por qué no frenabas?

—No vuelvas a hacer eso, Daniel —gritó su madre enfadada en cuanto les dio alcance.

—Lo tenía controlado. ¡Qué rápido puedo ir! Sé frenar. Pulsas esta manija de aquí y zas. La bicicleta se detiene.

—Pensaba que te iba a atropellar algún coche. Ibas demasiado rápido, te hemos perdido de vista.

—De verdad, mamá. Lo tengo controlado. Sé montar en bici.

—Bueno, pero lo vas a hacer con nosotros cerca —intervino su padre—. A nuestro lado. Si no, no hay bicicleta. Me la llevo a casa y se acabó.

—Pero…

—No hay peros —sentenció Ben, tratando de recuperar el aire y con un nudo en el pecho.

Daniel resopló, pero se montó de nuevo y avanzó poco a poco cuesta abajo mientras apretaba con cuidado el freno. Caminaron junto a él y, en cuanto les adelantaba un par de metros, Lisa le chistaba para que fuese más despacio. Así, con Daniel a regañadientes, llegaron hasta Foote Avenue y empezaron a encontrarse con otros padres y niños que se dirigían también aquel día hasta el Clove Valley School. Saludaron a los Rochester y su hijo Mark, que también estaba en clase con Daniel en primero, y el niño no tardó en presumir de bicicleta ante su amigo. La maestra Amber, apurada y de la mano de su hija, los adelantó de camino a clase y saludó a todo el grupo con un gesto rápido.

—Vaya bicicleta tan preciosa —le dijo la profesora a Daniel. Sonrió a los Rochester y a Ben y Lisa les gesticuló un «Voy un poco tarde» sin emitir sonido alguno.

—¿Se la puedo enseñar a los demás? —inquirió Daniel a sus padres, haciendo ademán de llevársela al interior de la escuela.

—¿No prefieres que me la lleve y esta tarde pedaleas otro rato en casa? —propuso Ben.

—Quiero que Luca y Gabi la vean.

—Bueno, vale —aceptó Ben sin darle más importancia, ya más tranquilo—, pero déjala en esas barras junto a la entrada, donde están las demás. Y esta tarde, cuando te recoja, la metemos en el maletero y volvemos en coche.

—¿No puedo volver pedaleando?

—¿Y subir esa cuesta? Creo que no sabes muy bien lo que dices, cariño —intervino Lisa—. Venga, no tardes más y haz el favor de dar las gracias, porque te dejamos enseñársela a tus amigos.

El pequeño aceptó con media sonrisa, se bajó de la bicicleta y la cogió por el manillar. Lisa le puso la mochila roja y le dio un beso en la frente. Su padre le abrazó sin decir nada. Daniel entró lleno de orgullo con la bicicleta por el espacio que había entre las rejas que servían de acceso al patio frontal de la escuela. Dos niños de su clase se acercaron a él corriendo a observar la bicicleta de Daniel y se pavoneó delante de ellos. Lisa y Ben disfrutaron de su alegría y orgullo y esperaron a que Daniel los mirase desde allí para despedirse de nuevo con un par de aspavientos con la mano, sin dar más importancia al momento. Muchos años después ambos se lamentarían de aquella despedida tan efímera y siempre sintieron que en aquel instante no supieran ver la importancia de ese adiós.

Ben y Lisa volvieron a casa con el paso acelerado y él se subió directamente en el coche después de despedirse de su mujer con un beso. Pasó la mañana trabajando en la oficina del FBI en Manhattan tratando de trazar el recorrido de una serie de transferencias internacionales desde Panamá de uno de sus investigados. Luego, al final de su jornada, calculó como siempre que tardaría poco más de media hora si había tráfico en llegar al colegio de su hijo. Mirándolo en retrospectiva, quizá el problema fue la época. La era de la incomunicación, la edad de la ignorancia y los años de una confianza ciega.

El tráfico aquel día fue espantoso. Uno de los carriles de vuelta del tramo del puente Verrazano-Narrows desde Brooklyn hasta Staten Island estaba en obras. Por ello, aquel trayecto que siempre había sido de media hora duró cincuenta minutos eternos en los que Ben miraba el reloj una y otra vez, tocaba el claxon y maldecía molesto por un atasco lento que le impidió llegar a tiempo a recoger a Daniel.

Cuando al fin llegó Ben al colegio eran las cuatro menos diez, veinte minutos tarde. Se bajó confuso del coche, al no ver a Daniel esperándole en la puerta. Ya apenas quedaban un puñado de padres charlando por allí y varios niños jugando al pillapilla en la acera. Ben accedió al patio trasero por el mismo hueco que lo había hecho su hijo esa mañana, por si lo esperaba sentado en algún lugar de la entrada, pero allí solo encontró a varios profesores que salían con sus maletines dispuestos a marcharse a casa. Extrañado, Ben se fijó en que la bicicleta de su hijo no estaba en el lugar donde él le había dicho que la dejara.

—¿Habéis visto a mi hijo? —preguntó a los profesores—. ¿Daniel? De primero.

—Mmm, no —respondió uno de ellos sin darle más importancia—. ¿Has mirado en su clase? Creo que la señorita Amber aún está.

Ben entró en el colegio y se dirigió a la clase de primero, convenciéndose de que su hijo estaría allí, pero al ver a la profesora sola apilando un puñado de dibujos se quedó extrañado.

—¿Dónde está Daniel? —preguntó alarmado desde la puerta.

—¿Daniel? —replicó extrañada la profesora—. Ha salido ya. Con todos. Hace un rato. ¿No está ahí fuera? Lo dejé con los padres de Mark en la puerta. ¿Se han marchado? Pensaba que esperaría con ellos. Os vi esta mañana juntos y…

—¿Le ha dejado irse con otra familia?

—¿Irse? No —replicó—. Le he dicho que Daniel estaba en la puerta del colegio con los Rochester. Yo he entrado para recoger todo. Me he puesto a limpiar el desastre que han hecho los niños en la clase de pintura y…, disculpa. ¿De verdad no está fuera? —dijo ella.

—No. —Ben se preocupó al instante—. ¿Tiene el teléfono de los Rochester?

—Eh…, sí, claro. El director lo tiene.

La señorita acompañó a Ben Miller al despacho y marcaron el teléfono de los Rochester, pero nadie respondió a la llamada.

—¿Me apuntan aquí su dirección, por favor? —pidió Ben.

—Por supuesto —respondió el director Adams—. Seguro que está con ellos. Ha debido de ser un malentendido. Los críos se confían y se olvidan de avisar. Ya sabe cómo son. Y los padres nos imaginamos cosas que nunca acaban sucediendo.

Ben se preocupó al instante. Algo en aquella frase tranquilizadora surtió el efecto contrario. Miró la hora y marcó el teléfono de casa. Lisa ya tenía que estar allí. Tras varios tonos eternos, la voz de su mujer respondió la llamada.

—¿Diga?

—¿Está Daniel contigo?

—¿Ben? —preguntó al reconocer la voz de su marido—. Acabo de entrar en casa.

—He llegado tarde a recoger a Daniel y no está aquí. ¿Está contigo en casa o no?

—¿Tarde? Me dijiste que te daba tiempo.

—Lo siento, ¿vale? ¿Está contigo o no?

—No. Aquí no ha venido. Se habrá ido con algún amigo a su casa. Se lleva bien con varios.

—Eso estoy intentando descubrir. Estaba con los Rochester, los padres de Mark.

—Estará con ellos en su casa.

—Voy a llamar a los Rochester y te cuento. Espera ahí.

—Vale. Yo llamaré a los padres de Luca y Gabi, por si está con ellos.

Ben colgó con prisa y marcó de nuevo el teléfono de los Rochester ante la mirada tranquila del director. La señorita Amber suspiró casi al ritmo de los tonos del teléfono en el oído de Miller.

—¿Diga?

—Lucy, gracias a Dios. Soy Ben Miller, el padre de Daniel. ¿Está con vosotros?

—¿Daniel? No. Lo dejamos en la puerta del colegio, esperando. Estuvo unos minutos con Mark, pero nos teníamos que ir y pensábamos que lo estaba vigilando la profesora Amber. ¿No está con ella?

Ben sintió un escalofrío en la nuca que viajó por todo su cuerpo hasta impactar con la mano que sostenía el auricular. Este se precipitó sobre la mesa, dejando a Lucy Rochester sin respuesta. Ben tragó saliva y señaló con el dedo a la profesora:

—Como le haya pasado algo a mi hijo le pienso joder la vida —aseveró con firmeza, mirándola a los ojos.

—¿No está con ellos? —preguntó asustada.

Ben negó con la cabeza en silencio, se llevó las manos a la cara y pensó en todas las posibilidades. Marcó el teléfono de casa y su mujer respondió al instante.

—No está en casa de Gabi —dijo ella tras levantar el auricular—. ¿Sabes algo? Voy a llamar a…

—No está con los Rochester, Lisa —le interrumpió—. Lo dejaron solo en la puerta, esperándome. Han sido veinte minutos, por el amor de Dios. Puede que haya querido volver en bicicleta a casa. Ven hacia el colegio y yo iré en dirección a casa. Estará por el camino. Seguro que ha hecho esa idiotez y con las cuestas se ha cansado y quizá va empujándola.

—Vale —respondió ella, esperanzada.

Ambos colgaron la llamada y Ben salió a toda prisa sin despedirse. Subió Foote Avenue trotando mientras oteaba a ambos lados de la calle, por si lo veía, por si reconocía el color verde de la sudadera que llevaba ese día o su mochila roja. El corazón le latía con fuerza en el pecho, pero no por el esfuerzo, sino por el miedo. Pensó en el tramo de Howard Avenue y en la cantidad de coches que pasaban por allí, y temió que su hijo hubiese perdido el equilibrio en el arcén al pedalear cuesta arriba y algún coche se lo hubiese llevado por delante. Al llegar al final de la calle y girar a la izquierda en Howard Avenue, aceleró el paso y corrió con más fuerza. Se adentró en Campus Road, su calle, y a los pocos metros, de manera inesperada, sintió cómo el mundo entero se detenía. La bicicleta de Daniel estaba tirada en el suelo, pero no había rastro de su hijo.

—¡Daniel! —chilló él—. ¡Daniel! —vociferó una vez más.

A lo lejos reconoció la silueta de su mujer, que corría en su dirección. Él buscó a un lado y a otro a su hijo, sin dejar de gritar su nombre, y ella se derrumbó entre lágrimas en el momento en que identificó la bicicleta a los pies de su marido. Y allí, en su propia calle, a pocos metros de su hogar, las ruedas de la bicicleta de Daniel comenzaron a girar en las pesadillas de ambos y detuvieron el tiempo para la familia Miller.

Capítulo 2
Nueva York
12 de diciembre de 2011
Dos días antes
Miren Triggs

El dolor es un lenguaje universal
que solo transmite su verdad
en cada silencio.

Llevaba más de cuatro horas esperando dentro de mi coche frente al nueve de la calle 71 Este, un imponente y bello edificio de estilo neoclásico adornado con un demonio tallado sobre su gigantesca puerta, cuando al fin aparecieron seis patrullas de la policía de Nueva York con las sirenas apagadas. Les seguían dos grandes Chevrolet negros y un furgón que aparcó cortando el tráfico. Con rapidez saqué mi cámara. Comenzaba el juego. Para esto llevaba días durmiendo poco. Un puñado de agentes se bajaron de los vehículos y no tardaron en desenfundar sus armas. Yo disparé la primera ráfaga de fotos y enfoqué el rostro del agente Kellet del FBI, a quien distinguí caminando entre ellos vestido con camisa azul y corbata gris. Tragué saliva al recordar el secreto que nos unía. Un día antes un remitente anónimo había enviado a la oficina del FBI una carpeta que contenía una serie de correos electrónicos perturbadores junto con varios CD llenos con sus archivos adjuntos. En ellos, el empresario Markus Baunstein, el dueño registrado del edificio, se cruzaba mensajes crípticos desde la cuenta de su empresa con la dirección forbiddenflowers@trashmail.com. Descubrí el e-mail desechable en los marcadores de favoritos de un portátil Asus N61 que yo había recomprado por cien dólares en una tienda de empeños. El ordenador pertenecía a Darius Littlejohn, un traficante de poca monta de contenido sexual prohibido que tan solo había pasado seis meses en prisión, al no tener antecedentes penales, y a quien yo había apuntado en mi lista de degenerados a vigilar.

En la primera semana tras salir de la cárcel Darius Littlejohn regresó a su cuchitril en el Bronx y estuvo varios días encerrado allí. Luego hizo lo que todos los que pierden el favor de sus clientes, se ven sin dinero y descubren que su familia reniega de ellos: vender sus cosas y buscar una nueva vida en otro estado. Tardó tres días en visitar la casa de sus padres en Harlem y salir con una caja hasta arriba de objetos para empeñar. Lo seguí hasta EM Pawn Corp., un antro de rótulos amarillos con promesas estridentes que compraba cachivaches y joyas a precios tirados sin hacer muchas preguntas. Allí consiguió malvender un portátil que no había formado parte del registro, un collar horrible de oro, una cámara Olympus sin tarjeta de memoria y una antigua PSP sin cable de carga. La dueña de la tienda tuvo que pensar que era su día de suerte en cuanto le compré el ordenador que acababan de dejar.

No me costó mucho recuperar el disco duro. El muy idiota solo lo había formateado de manera rápida. Una vez restaurados parte de los archivos, el ordenador de Littlejohn tenía el potencial de ser una bomba de relojería para mí, una periodista de investigación del *Manhattan Press* de treinta y cinco años, herida por dentro, por fuera y en realidad en casi cada poro de mi piel.

Mi teléfono sonó y en la pantalla apareció el nombre de Jim.

—Ahora no, joder —susurré al tiempo que le colgaba y situaba el ojo en el visor de la cámara.

Jim y yo habíamos dormido juntos la noche anterior, pero yo me había marchado de su casa antes del amanecer. Tocaba trabajar y formar parte de este baile. Lancé otra ráfaga en la que capturé cómo dos agentes se colocaban junto a la puerta y esperaban órdenes. Tras leer en los correos la frialdad con la que el magnate pedía «flores» de todo tipo y presumía de estar creando un jardín único en la ciudad, tenía la certeza de que el tipo no merecía ninguna clase de cortesía y que cada segundo sin derribar aquella puerta era tiempo perdido.

Se notaba la tensión en los ojos de los agentes, que se miraban en silencio, en sus posiciones. Del furgón salió un policía cargando un ariete, se colocó delante de la puerta de más de cuatro metros y esperó una señal. Le hice una foto de recuerdo, quedaría bien junto a la imagen de Baunstein esposado. De pronto, uno de los agentes señaló arriba e hizo aspavientos con las manos para avisar a los demás.

—Te vas a pudrir en la cárcel, hijo de puta —dije en voz baja.

Todo estaba a punto de empezar. Y entonces, justo cuando el policía elevaba la pesada barra de metal a la altura de la cerradura, sonó un crujido y el gigantesco portón abrió sin necesidad de golpearlo. Bajo el marco apareció un chico joven, de unos veinte años, vestido de traje negro y guantes blancos.

Lo capté en la cámara y traté de oír lo que decía desde la acera de enfrente.

—Buenos días, agentes. —Pude escuchar un tono serio, casi mecánico—. ¿Les puedo ayudar en algo?

Debía de tener cámaras y haber visto la que se había formado en su puerta.

—Tenemos una orden de detención contra Markus Baunstein —gritó Kellet desde el fondo.

Me sorprendió cuando el joven se llevó el dedo índice a la boca y siseó, como si creyera que toda la unidad atendería a su petición:

—El señor está en su despacho. Están haciendo mucho ruido y cuando está allí hay que guardar silencio —pidió bajando el tono.

—Apártese —exclamó uno de los uniformados, que lo empujó a un lado, y toda la unidad aceleró el paso entre gritos y se perdió en el interior del edificio.

Podía intuir lo que ocurría dentro de la mansión. Los policías se estaban abriendo paso de un lado a otro, registrando habitaciones y encañonando al personal de servicio que se iban encontrando.

No tardaron en salir cuatro hombres jóvenes confusos, enfundados en trajes negros y guantes blancos. Varios agentes de policía los fueron poniendo en línea, de espaldas a la fachada. Dos mujeres esbeltas vestidas del mismo color corrieron la misma suerte unos segundos después y lo que más me llamó la atención de ellos es que no protestaban o forcejeaban lo más mínimo. Pasaban los segundos y en las radios de los policías de fuera solo se escuchaba un «limpio, limpio, limpio» con una cadencia musical.

Salí de mi coche para encuadrar mejor la detención. No podía tardar mucho más. En la calle se había formado un tapón de vehículos de conductores desesperados por no llegar tarde a sus vidas insípidas. El ruido fue creciendo entre sonidos de claxon y mi teleobjetivo se cruzó sin quererlo con la mirada del agente Kellet, que se había quedado fuera esperando noticias.

—Mierda —exclamé. Me agaché con rapidez y me oculté como pude detrás del vehículo—. Mierda, mierda, mierda. Eres estúpida, Miren.

De pronto, oí unos pasos y no tuve tiempo de reaccionar cuando la voz del agente Kellet irrumpió de cerca.

—Ha sido usted, ¿verdad?

—Eh, hola. —Cerré los ojos un instante—. Parece que tienen trabajo hoy.

—Sabe a lo que me refiero.

—No sé de qué me habla —mentí y sabía que él sabía que lo hacía.

—No mucha gente se toma tantas molestias cuando da un chivatazo. Y menos para uno de este tipo de delitos.

—¿Qué tipo de molestias? —inquirí.

—Organizar los e-mails por meses, elaborar un diccionario de la jerga que utilizan para que la unidad no tenga que hacer muchas elucubraciones. Es un trabajo muy concienzudo para que sea de algún… —buscó la palabra correcta— proveedor enfadado que no ha cobrado.

—Qué manera tan elegante de llamar a un degenerado. Quizá a quien les ha enviado el sobre le importa que entiendan lo que pone en ellos.

—No recuerdo haber dicho que fuese un sobre —replicó, y me di cuenta de que yo había bajado la guardia.

Nos quedamos en silencio un instante y me fijé en el edificio al notar el nerviosismo del resto de los policías. De pronto, la radio del agente Kellet se coló en la conversación:

—¡Levante las manos! —dijo una voz distorsionada desde el aparato—. ¡No se mueva! ¡Ni un paso más!

El agente Kellet se dio la vuelta y miró hacia la puerta. Yo seguí su mirada y me vi reflejada en la oscuridad que emanaba desde lo poco que se vislumbraba del interior. No sé bien qué esperaba. Un disparo o una voz ronca diciendo: «Me habéis atrapado». Pero no aquello. No aquel golpe. Las voces de la radio de Kellet gritaron un «¡quieto, quieto!», y un instante después sonó un estruendo junto a nosotros al tiempo que se reventaba el techo de uno de los vehículos de la policía. El agente Kellet y yo nos agachamos para evitar el impacto de los cristales rotos.

—Dios mío —chilló uno de los policías a pie de calle.

Levanté la vista rápido buscando una explicación y mi corazón latió acelerado al comprobar que un brazo ensangrentado colgaba del vehículo aplastado. A lo lejos, los sirvientes del magnate observaron inexpresivos el coche destrozado por el cuerpo semidesnudo del empresario. Me di cuenta de que uno de ellos ignoró el accidente y me miraba a los ojos. Parecía reconocerme. Y luego, sin mover un músculo de la cara, se llevó el dedo índice a la boca, haciendo el gesto de silencio.

Capítulo 3
Nueva York
12 de diciembre de 2011
Dos días antes
Jim Schmoer

Las expectativas sobre el amor
son el terreno donde crece
la decepción.

Jim se despertó confuso al tratar de abrazar a Miren en la cama y darse cuenta de que ella se había ido una vez más.

Miren tenía esa virtud y él había aprendido a aceptarla y a convivir con ella, como se convive con un fantasma en un hogar encantado. No sabes cuándo te lo encontrarás, no sabes con qué te sorprenderá, pero tienes que aceptar que un día cuando llegues a casa de madrugada los muebles de la cocina estarán abiertos o habrá un mensaje escrito en el espejo.

La noche anterior Miren se había materializado cuando él estaba durmiendo. Sintió un mordisco en el labio inferior y, cuando abrió los ojos, se encontró con los suyos en la penumbra. Apenas tuvieron tiempo de hablar, a pesar de que Jim llevaba días sin saber nada de ella, por lo que intuía que estaba persiguiendo algún tema para el periódico. Hicieron el amor sin decir una palabra y él notó en ella ese comportamiento casi animal que ya reconocía. Si el asunto que investigaba era económico (algún político que había malversado fondos o una empresa que estuviese tapando un escándalo de uno de sus productos) se mostraba indiferente, casi como si hacer el amor no fuese con ella. No es que no disfrutase, sino que parecía que se movía por inercia y solía tener una actitud más pasiva. Pero cuando se adentraba en algún asunto turbio, en algo que ella sintiese que abría sus heridas, Miren se convertía en una fiera imparable, y lo mejor que podía hacer era no abrir la boca y casi no oponer resistencia.

Jim se levantó de la cama y se dirigió al espejo del cuarto de baño, donde miró su cuerpo desnudo de cuarenta y nueve años con orgullo. Se conservaba bien. No hacía mucho su forma atlética había sido objeto de miradas furtivas entre las alumnas de la Universidad de Columbia, donde durante años había impartido clases de periodismo de investigación. Allí había conocido a Miren y también había formado a varias generaciones de periodistas que ahora batallaban contra la manipulación en redacciones repartidas por todo el planeta. Fue justo el hecho de sentirse manipulado por el decano lo que propició que dejase su puesto de profesor unos meses antes y acabase, sin saber cómo, envuelto junto con Miren Triggs en las entrañas del misterioso juego del alma y del caso de Gina Pebbles, una adolescente de quince años desaparecida en 2009.

A aquellos dramáticos acontecimientos le siguieron la publicación del libro donde narraba la historia de Gina, de su hermano Ethan y su trágico desenlace. Tras la publicación de *El juego del alma*, la novela se convirtió en un fenómeno literario instantáneo en Estados Unidos y la vida de incertidumbre que esperaba tras dejar la facultad se llenó de repente con una gira que le había llevado por doce estados, más de cuarenta presentaciones en librerías por todo el país y un número equivalente de entrevistas en radios y programas de televisión nacionales. Todo el mundo quería saber los detalles de aquella historia, de Gina Pebbles y de su relación con aquel extraño y macabro juego que acabó con una adolescente crucificada a las afueras de la ciudad. El reputado periodista y exprofesor Jim Schmoer se convirtió de la noche a la mañana en una celebridad y todo lo gestionó con una naturalidad al alcance de muy pocos.

La novela estaba firmada tanto por Jim como por Miren Triggs, pero ella no aparecía nunca por las firmas, lo cual otorgaba un punto adicional de misterio a una historia ya de por sí oscura. «¿Dónde está Miren Triggs?», solían preguntarle con frecuencia los lectores, y su respuesta siempre estaba llena de evasivas. Miren no soportaba la exposición y Jim era la cara visible de aquella historia que no había parado de dar vueltas en el imaginario de todo el país. Ella odiaba sentirse observada, analizada. Era una consecuencia de sus heridas y había dejado de luchar contra ellas. No todos estamos preparados para sentirnos manoseados, especialmente si alguna vez te hicieron daño.

Jim se tocó el hombro al sentir un ligero escozor y se dio cuenta de que tenía marcadas las uñas de Miren en su deltoides. «Debe de estar en algo oscuro», pensó. La diferencia de edad entre ambos era uno de los motivos por los que aquella relación funcionaba, si es que se le podía llamar así. Miren necesitaba a una persona que la comprendiese y que no quisiese poseerla de ningún modo. Que no hiciese preguntas sobre lo que hacía o dejaba de hacer o sobre cuándo se verían.

Él verbalizó las condiciones que ambos habían asumido de manera implícita, porque sabía que en cuanto alguno de ellos esperase más de lo que el otro podía ofrecer, aquello se desmoronaría y ninguno de los dos querría saber nada del otro.

—Por dejar las cosas claras, Miren —le dijo Jim una mañana en la que Miren se despertó en su piso llevando una de sus camisas favoritas —: No sé cómo llamar a esto que tenemos, pero no quiero perderlo. Por eso creo que debes ser tú quien marque los ritmos de cómo y cuándo nos vemos. Sin ataduras ni compromisos.

Ella le observó en silencio. Luego le pegó un mordisco a la manzana que sostenía como desayuno y asintió sin decir palabra. Colocó de nuevo su camisa en el armario, se vistió y se marchó sin despedirse. Jim creyó haber cometido un error. La llamó entonces por teléfono dos o tres veces, sin respuesta. Al cabo de dos o tres días sin tener noticias de ella, Miren se presentó en su casa con un par de pizzas y un DVD que había alquilado en el videoclub. Era una relación sin expectativas de ningún tipo, y, si funcionaba, era precisamente porque las expectativas son las que suelen romperlo todo. Y todo eso Jim lo sabía. Se dio una ducha, se vistió con unos vaqueros y una camisa blanca y llamó por teléfono a Miren, que le colgó.

—Bueno, al menos eso significa que estás bien —se dijo a sí mismo.

Abrió su iMac y comprobó que había recibido una decena de e-mails de lectores entusiasmados por la historia. Respondió con distintas variantes de «Muchas gracias por tus palabras y por leer *El juego del alma*».

De pronto, sonó el teléfono y vio en la pantalla el nombre de Martha Wiley, su editora en Stillman Publishing.

—Buenos días, Martha. ¿Cómo estás?

—Esperándote.

—¿Qué? ¿De qué me estás hablando? Hoy no había programada ninguna entrevista ni presentación. Ya hemos terminado, salvo por la lectura que tenemos en Strand dentro de una semana.

—¿No recuerdas que teníamos reunión en la editorial para hablar sobre el siguiente libro?

—¿Hoy? ¿Ya un siguiente libro? —le preguntó Jim, confuso—. Pero si acabamos de... terminar la gira de *El juego del alma*.

—Jim —dijo Martha con condescendencia—. ¿Acaso crees que un superventas como el tuyo surge de la noche a la mañana? Hay que planificarlo con antelación. Tenemos que ir calentando motores con los libreros, dorarles la píldora para que, cuando salga, hagan pedidos de cientos de miles de ejemplares. Hay que ir trabajando ya en él. Preparar la estrategia y planear bien tus siguientes pasos.

—Pero... un segundo. No he... —dudó—, no he hablado con Miren sobre un siguiente libro.

—¿Miren? ¿Estás loco? La necesitábamos para *El juego*, pero ahora tú eres la estrella... ¿Acaso no te has fijado en que a las firmas solo vienen mujeres? Todas se quieren acostar contigo, Jim. Y cada vez preguntan menos por ella. La olvidan en cuanto les sonríes. Y eso tenemos que aprovecharlo. ¿Qué tal se te da la novela erótica? Se está creando un submundo interesante de lectoras ahí.

—¿Qué? No pienso escribir una novela erótica —protestó Jim frunciendo el entrecejo—. Y no pienso dejar a Miren al margen. A estas alturas creo que deberías saberlo.

—Bueno, de eso se trata. De que hablemos. De que lo planeemos juntos y busquemos esa historia que haga que todas esas mujeres que han venido a las firmas compren tu siguiente libro. Y créeme que lo harán si les damos eso que están deseando tener. Quieren algo tuyo, un pedazo de ti. No nos hace falta Miren. Y creo que para el marketing nos convendría que las lectoras crean que no sales con nadie. En cuanto lean un par de párrafos subiditos de tono se les caerá la baba imaginando que es contigo.

—No va a ser una novela erótica, Martha.

—Bueno, ya lo hablaremos —aceptó sin rechazar del todo la idea—. ¿Te queda mucho para llegar a la editorial?

—En media hora puedo estar allí.

—Bien —dijo antes de colgar y dejarlo con la palabra en la boca.

Jim terminó de arreglarse y bajó al portal. Vivía en un bloque de pisos en el cruce de Hamilton Place con la 141, una zona tranquila que durante los últimos meses estaba siendo objeto del lento asedio de la delincuencia. La semana anterior habían atracado a punta de pistola el *deli* de la esquina. Antes de dirigirse hacia las oficinas de Stillman Publishing, paró allí un segundo para pedir un café y un pretzel para llevar. Su alimentación dejaba mucho que desear, pero su genética compensaba los excesos de azúcar y carbohidratos. Tras el mostrador encontró a Asif Khan, el dueño pakistaní del *deli*, que lo saludó desde detrás de una nueva mampara de metacrilato que acababa de instalar.

—El mundo se va a la mierda —saludó Jim tras el cristal.

—Si me permite decírselo, señor Schmoer, el mundo hace mucho que se fue por el retrete —dijo Asif con su marcado acento.

Jim asintió y le señaló la máquina de café. Asif comprendió el pedido y le preparó su *latte* en vaso grande para llevar.

—¿Se llevaron mucho, Asif? —preguntó Jim al tiempo que agarraba un ejemplar del *Manhattan Press* de ese día.

En portada destacaba un artículo sobre un entramado de prisiones vinculadas a Guantánamo que debían ser objeto de escrutinio y las crecientes protestas en contra del presidente de Rusia.

—La recaudación del día, varias bolsas de patatas fritas y la tranquilidad de mi esposa. Me ha obligado a poner esto. —Señaló a su nueva mampara—. Dice que o protejo mi vida o cierro el negocio. Si cualquiera puede ir por ahí con una pistola y pegarte un tiro cuando se le antoje, ¿cómo te defiendes? ¿Te compras una y te comportas igual que ellos? ¿Eso tenemos que hacer para proteger nuestros trabajos? No. —Negó con las manos—. Yo no. Yo soy feliz con mi mampara. No es lo mismo quien va por la vida con una espada que quien porta un escudo, ¿sabe, señor Schmoer? Yo soy una buena persona y nadie me va a hacer disparar un arma.

Jim lo contempló un instante con admiración. Se notaba en el aire su frustración contra un sistema que se estaba cayendo a pedazos.

—¿Y qué harás si te siguen robando? Si no te defiendes, verán que pueden venir aquí y llevarse lo que quieran.

—Ningún trabajo merece tener que pagarlo con la vida, señor Schmoer. Y menos por un puñado de billetes y unas bolsas de patatas fritas.

—Cuánta razón, amigo —le respondió al tiempo que le hacía un ademán con la cabeza—. Cuídate mucho.

Le dejó el dinero sobre el mostrador y salió de la tienda. Se quedó en la acera unos segundos pensando en aquella conversación y en si podría usar algo de ese aumento de la criminalidad en alguno de sus pódcast, pero pronto descartó la idea al no encontrar un culpable claro a quien atacar. Le dio un sorbo a su café y por un instante echó de menos el sirope de vainilla que había decidido abandonar unos meses antes. Pensó en volver a pedírselo a Asif, caer en la tentación del azúcar refinado, pero, cuando bajó el vaso de cartón tras el sorbo, se encontró de frente con un rostro conocido.

—Hola, Jim —saludó con voz rota el exinspector Benjamin Miller.

—Ben —exclamó Jim, sorprendido de verlo allí en su puerta con los ojos llenos de desesperanza.

Capítulo 4
Staten Island
12 de diciembre de 2011
Dos días antes
Ben Miller

El tiempo coloca las piezas en su lugar,
pero también borra aquellas que quiere ocultar.

Ben Miller se levantó a rellenar su taza de café y se sorprendió al ver que ya estaba amaneciendo. Había pasado la noche releyendo por enésima vez el expediente con las entrevistas que realizó la Unidad de Personas Desaparecidas del FBI el 25 de abril de 1981, al día siguiente de la desaparición de su hijo Daniel, y las horas se habían desparramado sobre la mesa como lo hacían las decenas de carpetas con folios de conversaciones, testimonios, informes y fotografías del caso. Era la cuarta vez que leía aquellas entrevistas en los últimos seis meses y, al igual que las primeras, no consiguió encontrar nada nuevo.

Desde que anunció su jubilación en el FBI en abril había volcado lo que quedaba de su vida en resolver las preguntas que llevaban treinta años sin respuesta. ¿Qué había pasado con Daniel? ¿Quién podría habérselo llevado? Se lo debía a su mujer. Se lo debía a sí mismo. Se lo debía a su hijo.

Por aquel entonces, la noticia de la desaparición del hijo de un compañero de la oficina del FBI del Bajo Manhattan fue un shock. En 1981, sus superiores no tardaron en desplegar recursos y destinar más agentes que en otros casos similares que florecían de cuando en cuando por el estado de Nueva York. Durante las primeras semanas peinaron la zona con perros y entrevistaron a todos los vecinos y padres con hijos escolarizados en el Clove Valley. Incluso charlaron uno a uno con los compañeros de Daniel y comprobaron que era un chico muy querido en clase y que ninguno de ellos había visto mucho más el día del suceso.

A Ben se le encogió el pecho al leer la declaración de Mark, el hijo de los Rochester: «La última vez que vi a Dan estaba sentado sobre su bicicleta en la puerta. Tenía la mochila puesta. Le pregunté si me la prestaría. Mis padres me llamaron y desde lejos me respondió que sí».

Las declaraciones de sus padres y de la señorita Amber eran la muestra perfecta de cómo suceden las tragedias y leerlas solo hacía que Ben volviese a aquel día y se encontrase a la profesora de nuevo ordenando papeles en clase, ignorante de la marcha de su hijo, porque asumió que ya estaba cuidado. Sobre la mesa de Ben descansaba un listado de alumnos matriculados en la universidad Wagner, adyacente al lugar donde había desaparecido, a quienes entrevistaron uno a uno por si alguno había visto al pequeño, pero eran declaraciones escuetas en las que junto al nombre tan solo se incluía: «No vio nada» o «No asistió a clase».

En los días posteriores a la desaparición se visitaron los domicilios de treinta y dos hombres, entre los veinte y los cincuenta y siete años, con antecedentes por delitos sexuales que vivían en un radio de una milla del domicilio de los Miller y se comprobaron todas sus coartadas. En un montículo sobre la mesa, Ben tenía una copia de los historiales y domicilios registrados en aquella fecha, y recordó que le dio asco sentir que en un área tan pequeña pudiesen vivir tantos degenerados. En 1981, Ben solicitó participar en todo cuanto le dejasen de la investigación y lideró hasta quedarse sin voz la batida de búsqueda con voluntarios de la zona para cubrir parques, descampados y zonas de difícil acceso de Staten Island. Una semana después, el rostro de Daniel aparecería por primera vez estampado en un cartón de leche, y otros niños del estado de Nueva York se preguntarían quién sería aquel chico sonriente mientras se servían, sin saberlo, un bol de sus cereales favoritos.

Conforme fueron pasando los días sin un avance o hilo del que tirar, la desesperación se fue apoderando de Ben Miller, hasta el punto de que llegó incluso a abalanzarse sobre uno de los agentes de la Unidad de Personas Desaparecidas que se habían hecho cargo del caso cuando le comunicó que quedaban pocos lugares donde buscarlo. Se profundizó la colaboración con otras agencias de ley y orden (la policía local, la policía estatal de Nueva York y la de Nueva Jersey, y también con otras agencias del FBI) con el objetivo de llevar la búsqueda a las afueras de Staten Island, y se pidió la cooperación de los medios de comunicación locales para que difundieran la noticia del pequeño Daniel Miller como un extraño caso que esperaban que tuviese un final feliz. Un operativo de la NBC estuvo una mañana grabando la calle en la que había desaparecido y un reportero vestido de traje gris explicó desde la puerta del colegio la marcha de Daniel y el camino que debió seguir desde allí hasta el lugar en el que encontraron su bicicleta, justo antes de dar paso a la previsión meteoro-lógica. Pero al margen de aquella escasa cobertura, tan solo los medios locales se hicieron eco del caso porque, en otro lugar del país, otra persona había desapareci-do y su cara resultaba más amigable, su sonrisa en la foto de desaparición más amable o cualquier otro mo-tivo que decantó la balanza de la empatía mediática hacia la otra punta de Estados Unidos.

Un equipo de buzos se sumergió en el Silver Lake en busca del pequeño, pero en el fondo tan solo encontraron juguetes inservibles, una motocicleta oxidada de principios de siglo y señales de tráfico arrojadas al agua, fruto del vandalismo. El pantano de Silver Lake, a poca distancia de donde había desaparecido Daniel, fue uno de los primeros lugares que se inspeccionaron, puesto que en el imaginario de la zona se había quedado grabada la historia del «asesino de Silver Lake», la última persona ejecutada en la isla. En 1878 se encontró junto al pantano el cadáver, dentro de un barril, de una mujer que había dado a luz poco antes de ser asesinada. Aquella historia, aquel descubrimiento macabro asociado al pantano, sobrevolaba el imaginario colectivo de la isla como una leyenda olvidada e hizo que todos los ojos se posaran sobre las inmóviles aguas en espera de que alguien comprobase que Daniel tampoco estaba allí.

Cuando seis meses después de su desaparición se comenzó a priorizar otros casos con mejor pronóstico que el de Daniel, pues no se conseguía dar un simple paso en su resolución, fue Ben Miller quien pidió por escrito unirse a la Unidad de Personas Desaparecidas. Le había prometido a Lisa que nunca dejaría de buscar a su hijo y no vio otro camino para hacerlo que estar cerca de su expediente para asegurarse de que nunca se abandonase. Tras la comprensión por parte de sus superiores en la Unidad de Delitos Económicos de su situación y una instrucción de tres meses, Ben Miller se unió a la UPD del FBI, donde pasaría el resto de su carrera hasta su jubilación, a caballo entre la desesperanza y la búsqueda de respuestas.

Habían pasado demasiados años, había conseguido algún que otro logro importante en la resolución de otros casos de chicos y chicas desaparecidos, pero aquella herida era tan profunda que tenía la sensación de haber tirado toda su vida por la borda.

Subió las escaleras de casa y desde el marco de la puerta observó que su mujer aún dormía. La silueta de su esposa ya no era la misma de cuando tenían treinta y pocos años, pero la sensación que sentía era muy similar a cuando él se marchaba temprano al trabajo sin despedirse: ella, tumbada y dormida de espaldas a la puerta; él, con la cabeza baja y los ojos tristes. En la mesilla estaba el libro *El juego del alma,* de Jim Schmoer y Miren Triggs. Le pareció una ironía que su mujer hubiese estado leyendo esa misma noche su último caso como inspector mientras él no había parado de revisar el motivo por el que todo empezó.

Caminó hacia la puerta al fondo del pasillo y la abrió lleno de dudas. Era la habitación de Daniel. Siempre le costaba entrar allí, pero tras haber estado leyendo sobre él toda la noche necesitó sentirse cerca de su hijo durante un rato para recordar que no era un caso más como otros cientos que había perseguido, sino algo que tenía tan cerca que podía tocar. Tragó saliva antes de poner un pie en su interior y recordó cómo el agente Milton y dos miembros de la científica revisaron la habitación en 1981 en busca de muestras de cabello de Daniel, por si aparecía alguna coincidencia en la forma de sus fibras. Por entonces no existía el análisis avanzado de muestras de ADN y tan solo se buscaron huellas dactilares y restos biológicos. Años después, a finales de la década de los noventa, sería el propio Ben Miller quien enviaría las muestras de ADN de su hijo para cotejarlas con el registro central de muestras criminales, por si aparecía algún cadáver o resto biológico de su hijo en cualquier otra escena del crimen en el país, pero no obtuvo ninguna coincidencia.

Abrió el armario y comprobó que estaba vacío. Hacía muchos años que Lisa había bajado la ropa de Daniel al sótano. Al fin y al cabo, si algún día aparecía, su hijo no necesitaría aquellas prendas diminutas. Las paredes, en cambio, sí estaban tal y como las dejó. Había un póster amarillento del sistema solar, junto a una imagen de una de las misiones Apolo. También un cuadro pintado por su mujer en el que se veía la silueta de un niño corriendo por una pradera. La huella de Neil Armstrong parecía gritar: «Yo estuve aquí», como todo lo que quedaba en la habitación de su hijo.

Sobre el escritorio descansaba la grabadora TCM-600. Con ella Daniel se grababa a sí mismo desde el mismo día que Ben se la regaló. Meses antes de aquel horrible día, la encontró en el escaparate de Hill Stereo, la nueva tienda de electrónica y música que habían abierto en Forest Avenue. Ben se detuvo frente a la tienda, que tenía expuestos un puñado de altavoces de madera reluciente, varios walkman azules TPS-L2 de los que todo el mundo hablaba, auriculares de cables dorados y un precioso expositor con cintas de música de grupos de los que él no había oído hablar nunca. Se fijó en el pequeño aparato plateado que se anunciaba con el cartel de GRABADOR DE ENTREVISTAS SONY.

Entró en la tienda, preguntó un par de dudas a Ross, el dueño, y se llevó por ciento veinte dólares el aparato y también un pack de diez cintas vírgenes de sesenta minutos. En aquella época la tecnología se vivía de manera triunfal, y al llegar a casa Ben anunció la nueva adquisición con orgullo. A Lisa no le gustó que su marido se gastase tanto dinero en algo que no sabía para qué iba a usar, pero su rostro cambió en cuanto vio que Daniel estaba fascinado por ese artilugio. Lo probaron en el salón los tres juntos. Al principio con timidez y curiosidad:

—Hola, soy Ben Miller, agente del FBI —dijo al aparato seguido de una carcajada de fondo de Daniel y un «No seas bobo, Ben» de su mujer.

—Hola, soy Lisa y… Ben, deja de poner esa cara —continuó su esposa a lo que le siguió otra explosión risueña del pequeño.

—Hola, soy Daniel, tengo seis años a punto de cumplir siete y cuando sea mayor mis padres estarán orgullosos de mí.

Tardaron unos minutos en descubrir cómo escuchar lo que habían grabado y rieron a carcajadas en cuanto oyeron sus propias voces en los auriculares. Terminaron juntos una cinta completa llena de frases aleatorias, risas esporádicas y confesiones simples e incluso dejaron que Daniel comenzase una nueva:

—Me gustaría tener un hermano con quien jugar —dijo el niño.

Ben y Lisa se miraron en silencio porque sabían que aquello ya era médicamente imposible tras las complicaciones que tuvo Lisa durante el parto de Daniel, y entonces fue cuando Ben se acercó a su hijo y le dijo:

—¿Sabes qué? He pensado que la grabadora te la quedas tú. La compré para el trabajo, pero a mamá y a mí nos encanta oír tu voz. Y así la podemos guardar y escucharla. Cuando seas mayor y oigas alguna de estas cintas, recordarás cosas que habías olvidado.

—¿Para mí? —inquirió el niño, confuso.

—Sí. Quédatela. Juega a grabar lo que has hecho. Será como… como un diario. ¿Sabes lo que es un diario?

—¿Una libreta?

—Sí, pero una en la que cuentas lo que te ha gustado del día, cómo te sientes, lo que has comido o incluso los sueños que tienes.

—¿De verdad puedo quedármela y grabar lo que quiera? —Daniel miró a su madre y buscó también su aprobación—. ¿Puedo, mamá? —añadió.

Ella respondió con una mueca cómplice y él corrió a abrazarla.

Ben acarició la vieja caja de zapatos azul que descansaba junto a la grabadora. La abrió y vio las cintas que Daniel había grabado durante aquellos meses. Le costaba hacerlo. En esos días en los que la vida le golpeaba y él trataba de aferrarse a los recuerdos felices, había escuchado muchas de ellas, pero siempre fue incapaz de aguantar la nostalgia que encerraban.

Cogió una de ellas y leyó el título que le había puesto su hijo: MAMÁ HACE TORTITAS - 02/08, y no le hizo falta reproducirla para viajar a aquel instante en que Daniel hacía las veces de reportero mientras Lisa preparaba una ración de tortitas con sirope por la mañana.

De pronto, la voz de Lisa se coló en la habitación.

—Si estás aquí supongo que la noche no ha ido bien —le dijo su mujer desde el marco de la puerta.

Él se detuvo en seco y se dio la vuelta sin responder.

—Te esperé leyendo, pero me quedé dormida. He visto que tu lado de la cama está sin deshacer.

Le mostró la cinta a su mujer.

—¿Hace cuánto que no las oyes? —le preguntó con la voz rota.

—Años. Antes me costaba menos hacerlo. Ahora tengo la sensación de estar oyendo a un fantasma. La voz de esas grabaciones ya no es la de nuestro hijo, sino la de quien era cuando… se lo llevaron.

Ben asintió y apretó los labios:

—Había olvidado que pintaste ese cuadro de él cuando tenía seis años. Recuerdo ese día. Lo feliz que estaba en aquel viaje. Hace tiempo que no entro en tu estudio. Echo de menos verte pintar. Me relajaba.

—Hace años que mi marido dejó de interesarse por mis pinturas —respondió ella—. ¿Qué nos ha pasado? ¿Acaso lo único que nos unía era él? Desde entonces siempre estuvimos distantes. Yo estaba ahí para ti. Te necesitaba, Ben. Y tú… te volcaste con su búsqueda un tiempo, pero luego… todo se evaporó. Volviste a trabajar y cuando te metieron en esa unidad te embarcaste en buscar a otra gente y poco a poco Daniel acabó saliendo de tu vida.

—Llevo treinta años sin ser capaz de mirar a los ojos a mi mujer. Fue por mi culpa, Lisa. Lo perdimos por mi culpa. —Se le escapó una lágrima que le recorrió la mejilla hasta perderse en su barba gris de tres días.

Lisa no respondió. Se acercó a su marido y le rodeó con los brazos.

—Si a pesar de todo, Ben, he seguido aquí todos estos años es porque sé que lo encontrarás. Me lo debes. Nos lo debemos. Que descubras qué le pasó antes de que nos muramos. Nada me haría más daño que ir al cielo sin saber qué le sucedió. Y no nos quedan muchos años, Ben. Míranos. Ya no somos los chicos jóvenes de antes. Ya no tenemos la misma energía que cuando formamos esta familia. Pero ¿sabes qué? Confío en ti. Confío en que lo harás. Toda nuestra vida nos ha traído hasta este mismo instante. Todo lo que hemos hecho, la gente que hemos conocido, las cosas que hemos aprendido son todas las armas que tenemos para esta última etapa de nuestra vida, Ben. Nos hacemos viejos. Míranos. Mira nuestras arrugas. Nos morimos. Pronto uno de los dos no estará aquí para esperar la llamada de nuestro hijo.

Ben abrazó a su mujer con fuerza. Y ella le habló desde su pecho.

—Tengo cáncer, Ben. El viernes me dieron los resultados. No sabía cuándo contártelo.

Ben fue incapaz de contener aquel golpe y bajó la mirada hacia los ojos de su esposa. No la notó triste, sino decidida. Su mirada estaba cargada de aceptación y, al mismo tiempo, de rabia. Y fue justo en ese instante, tras oír las palabras de su mujer, cuando decidió pedir ayuda a dos personas que la vida le había puesto en su camino y que él conocía muy bien: Jim Schmoer y Miren Triggs.

Capítulo 5
Nueva York
12 de diciembre de 2011
Dos días antes
Miren Triggs

La vida golpea
sin hacer ruido.

No me perturbó ver el cadáver de Baunstein sobre el capó del vehículo policial.

Una parte de mí se alegró de que hubiese un degenerado menos en el mundo. Disparé una ráfaga de fotos con mi cámara al cuerpo inerte del empresario, tratando de ocultar con la perspectiva su torso desnudo. Brazo caído a un lado, con la mano ensangrentada colgando junto a la ventanilla y la sirena de policía hundida sobre el techo.

—Un tipo salta de su azotea y ahí está usted, con su cámara, justo al día siguiente de que alguien envíe un informe que desemboca en un intento de arresto —apuntó el agente Kellet.

—Hay gente que no es capaz de aguantar los monstruos que llevan dentro. No es mi culpa que no puedan soportar que alguien los saque a la luz —le respondí sin sentir lástima.

No tardó en llegar una ambulancia que no pudo hacer otra cosa que confirmar la muerte del magnate. Se montó un cordón policial en la calle y empezaron a pararse los curiosos, que se agolparon junto a la cinta y se preguntaban entre ellos qué había pasado. Un par de coches patrulla más de la policía de Nueva York aparcaron en la calle para ayudar en la contención, y, sin darme cuenta, permanecí en el lado interior de la cinta.

—Quédese aquí —me gritó el agente Kellet al tiempo que se marchaba en dirección a la puerta de entrada de la mansión.

De allí salieron dos policías con gesto derrotado con quienes intercambió algunas palabras que no logré escuchar. Los sirvientes de Baunstein fueron escoltados por otros policías hasta el furgón policial, seguramente para tomarles declaración sobre lo que habían visto en aquella casa. Yo traté de hacer fotos a todo lo que me parecía llamativo, pero allí fuera, salvo el movimiento de agentes de policía, que era constante, todo se había quedado tan inmóvil como el cadáver de Baunstein. Finalmente lo bajaron al suelo y lo cubrieron con una sábana plateada.

Miré la hora y comprobé que ya eran las once de la mañana. Si me daba prisa, podría tener el artículo de Baunstein para la actualización de la web del mediodía. Ya había trabajado en un borrador unos párrafos sobre su detención (que era lo que yo esperaba) y tan solo debía añadir aquel oscuro final y ajustar las descripciones, pero la puerta abierta de aquella casa me estaba pidiendo a gritos un pequeño paso más. ¿Cómo era? ¿Por qué alguien que podía permitirse a los mejores abogados se había visto tan acorralado? Entonces noté el fuego en el pecho, una llama ardiente que era imposible de controlar. Bajé la cámara y me fijé en los movimientos de los agentes. Kellet ya no estaba por allí. Era mi oportunidad. Corrí decidida hacia la casa y me adentré en la mansión con la certeza de que era mejor pedir perdón que permiso.

La entrada abrumaba, no por amplia, sino por la sensación de vigilancia. De las paredes colgaban cientos de pequeños cuadros de globos oculares que parecían susurrar a todo el que entraba: «Te estoy viendo». Me pegué a la pared en cuanto oí los pasos de los agentes y me deslicé, como pude, a una de las estancias laterales. Oí sus voces pasar de largo. Me bombeaba el corazón en el pecho a mil por hora. No sabía bien lo que quería encontrar, pero tan solo el hecho de estar allí dentro me hacía sentirme sucia. El degenerado de Baunstein pedía flores a Littlejohn y él le conseguía vídeos y fotografías de contenido prohibido. Había construido una jerga propia: magnolias, margaritas, orquídeas, amapolas. Cuando comprendí que clasificaban a las chicas por edades en función de cuánto tiempo aguantaba su floración, me asqueé al leer tantos y tantos e-mails pidiendo amapolas, que solo florecían durante un par de días.

La segunda estancia era un gran salón decorado con muebles señoriales, tapices y cuadros de arte moderno que podrían costar varios millones cada uno. Le hice una foto a la habitación y a una pequeña escultura de una figura vestida con una túnica a la que apenas se le identificaba el rostro. Todas las salas eran gigantescas, decoradas con un gusto horrible y con las paredes llenas de libros, cuadros y sofás con estampados imposibles en los que parecía que nunca se había sentado nadie. Oí de lejos la voz de Kellet que daba instrucciones a dos miembros de la científica. Debía marcharme de allí cuanto antes si no quería que mi ADN apareciese también en los registros. «No toques nada, Miren», me dije. «No cruces esa línea». Sin embargo, el corazón me gritaba que las estaba cruzando todas. Tragué saliva para tratar de acallarlo y me llamó la atención que sobre una pared empapelada descansaba el mismo busto demoníaco de la entrada. Me acerqué para verlo de cerca. Miraba con rabia hacia donde yo estaba, como si expulsase todo su odio a los que se acercasen debajo de él, y entonces me fijé: delante de mí, en el papel de la pared, había una pequeña grieta vertical que caía desde unos dos metros de altura hasta el suelo. Me aproximé para verla de cerca y entonces comprendí que era una puerta.

Dos policías estaban inspeccionando la habitación de al lado y me di cuenta de que si venían en mi dirección me descubrirían.

—Esto es tener pasta a otro nivel —dijo uno de ellos al otro. Su voz sonó como si la tuviese al lado—. Mira qué cuadro. ¿Es un Picasso?

—Joder —susurré al ver que no tenía salida.

Metí las uñas en la hendidura y traté de abrir la puerta, pero estaba bloqueada. Forcejeé con ella, pero tampoco quería hacer demasiado ruido. Yo no debía estar allí. Y, de repente, la voz del agente Kellet flotó en el aire y di un paso atrás de la impresión. Me giré y lo miré a los ojos, sorprendida.

—¿Qué hace aquí? Está jugando con fuego —me advirtió realmente enfadado—. Salga ahora mismo del edificio.

Me quedé inmóvil un segundo, pensando en si contarle la existencia de aquella puerta escondida.

—¿Qué han encontrado? —ignoré la orden.

—De momento no hay nada. Y es lo único que sacará de mí. La unidad está comprobando los ordena-

dores en la última planta. Considérelo el pago por su…
—No terminó la frase—. Salga del edificio. Me meterá
a mí en un problema y usted acabará salpicada.

Asentí y luego le señalé la pared.

—Hay una puerta oculta ahí. Bajo la escultura de
la cabeza. Déjeme ver qué hay ahí dentro y le dejaré
tranquilo. No sabrá más de mí. —Supe que no me estaba creyendo y añadí—: En un tiempo.

El agente Kellet me observó confuso. Se acercó a
la hendidura y frunció el entrecejo al darse cuenta de
que tenía razón. No podía ofrecerle otra cosa.

—Usted no descansa, ¿verdad? No puede dejar este
tipo de temas. Los lleva dentro, golpeándola una y otra
vez —me dijo con su mirada clavada en mis ojos, como
si supiese más de mí de lo que yo me había atrevido a
contar—. Está bien. Pero nada de fotos. Quédese detrás
de nosotros y deje la cámara fuera. Nada de fotos.

—Hecho. —Cerré nuestro acuerdo.

El agente Kellet se acercó a la puerta y forcejeó con
ella. Tenía los guantes puestos, no como yo.

—¡Aquí hay algo! —gritó para llamar a algún compañero—. Traed una palanca.

Me aparté a un lado y permanecí en silencio. Se dio
la vuelta y me repitió las condiciones:

—Nada de fotos.

Apagué la cámara y la dejé a un lado. La curiosidad me pesaba más que la desobediencia a un cargo

público. Tres agentes con chalecos antibalas y con los guantes puestos se acercaron hasta donde nos encontrábamos y me fijé en que uno de ellos cargaba una barra de metal.

—Ahí —señaló Kellet al grupo, indicando el lugar donde se ubicaba la puerta oculta.

El que portaba la palanca la colocó sobre la hendidura de la pared y con un movimiento rápido la madera crujió y se abrió de par en par, dejando ver una escalera que descendía perdiéndose en la oscuridad. Sabiendo lo que sé ahora, hubiese deseado haber hecho caso al agente Kellet y haberme marchado de allí en cuanto me lo dijo. Habría ido a la redacción, habría completado el artículo y al final del día mi vida habría sido mucho más fácil. Pero es imposible detener un tren que se dirige a toda máquina contra el final de la línea, y de algún modo aquella puerta era mi última parada.

El agente Kellet fue el primero en adentrarse en la oscuridad y lo siguieron dos policías más, con sus armas desenfundadas. Encendieron una linterna y se dieron órdenes en silencio. Escuchaba las respiraciones desde arriba, sus pasos se perdieron según iban descendiendo. Me asomé tras ellos y seguí la espalda de uno de los agentes con la sensación de estar colándome en un lugar prohibido. Llegamos abajo y la linterna de Kellet bailaba en la oscuridad de un lado a otro e iluminaba con su haz un pequeño círculo en el que identifiqué varios objetos inconexos: estanterías de hierro en la pared del fondo, una silla vacía en el centro de la sala, una televisión de tubo de cátodos frente a ella. Y de repente el agente Kellet pulsó un interruptor y la estancia se iluminó con la luz de una única bombilla incandescente que colgaba en el centro: el suelo era de cemento pulido, la silla de madera oscura y patas de metal, la estantería estaba llena, de punta a punta, de cientos de cintas VHS con nombres propios en los lomos.

—¿Es lo que creo que es? —dijo Kellet al tiempo que se acercaba a la estantería y la iluminaba con la linterna.

—Este es el motivo por el que saltó —dije en un susurro.

Mis ojos viajaron de un nombre a otro con rapidez y me di cuenta de que a algunos de ellos les seguía un número. LUCÍA, 2003. AMANDA, 2009. MARÍA, 2002. DAISY, 2007. ESTRELLA, 2000. ESTEBAN, 2004. JOE, 1996. NICOLÁS, 2008. La lista de cintas y nombres era interminable y demasiado dolorosa, y me alegré de haber acordado no hacer ninguna foto de aquello. Me dolió el pecho de impotencia al ver que había tanto nombres de chicos como de chicas en las cintas. Me acerqué a las baldas llenas de polvo y me atreví a leer más nombres, no por curiosidad, sino movida por la tristeza: LOLA, 2010. CARLA, 2001. ZOE, 2008.

El agente Kellet trató de interrumpirme:

—Creo que ya tiene suficiente. Se acabó la rueda de prensa —sentenció al comprender la magnitud de lo que implicaban aquellas cintas, a las que miraba con preocupación.

Estaba dispuesta a irme, a marcharme a la redacción y actualizar el artículo hablando de que se había incautado material prohibido, cuando, de pronto, sentí el golpe, el puñal inesperado rajando, como si fuese de tela, el escudo que había logrado construir a mi alrededor con finas capas de tiempo y diálogo interior. El corazón me aulló dentro del pecho y mi mente viajó a aquella noche: me vi a mí misma corriendo descalza, con la entrepierna ensangrentada. En una de las cintas estaba escrito: MIREN, 1997. Mi nombre. El año en que me violaron.

Capítulo 6
Nueva York
12 de diciembre de 2011
Dos días antes
Jim Schmoer

Y cuando una luz brille,
¿no nos cegará después de tanta oscuridad?

Jim observó en silencio cómo Ben Miller removía su taza sin atreverse a hablar. Cuando se lo encontró en la calle, le notó afectado y, por ese motivo, le compró un café en el *deli* y le propuso subir a casa. Ben se sentó en el sofá de piel y Jim se puso a su lado en el sillón.

—Perdona por venir sin avisar —se disculpó Ben—. No he pasado una buena noche.

—Siempre tengo tiempo para un antiguo amigo —le respondió preocupado.

—He visto vuestro éxito con el libro. Mi mujer lo está leyendo. ¿Es cierto lo de que harán una serie?

Jim sonrió al saber que Ben estaba luchando por encontrar las palabras adecuadas para afrontar el asunto del que quería hablar.

—Sí —respondió—. Pero ya sabes lo que dicen: el libro siempre es mejor.

Ben bufó por la nariz.

—Me alegro mucho. Eres un buen tipo. Siempre has obrado bien. Uno de esos periodistas que lucha contra el mundo injusto. Te mereces un respiro.

—¿Qué ocurre, Ben? Sé que no has venido para preguntarme por el éxito o la fama.

Miller agachó la cabeza y trató de construir el mensaje. Durante el camino le había dado vueltas a qué decirle, a cómo afrontar una derrota, pero decirlo en voz alta era otra cosa. Ben observó el café en la taza y vio en las vueltas que daba el líquido las ruedas de la bicicleta de su hijo.

—Necesito ayuda, Jim —dijo al fin armado de valor.

—Claro, Ben. Lo que necesites. Si es algo de dinero, he cobrado un buen pellizco con las ventas del libro. Supongo que la jubilación es difícil.

—No es dinero —protestó con la voz más frágil—. Nada de eso. No.

—Bueno, lo que sea. Creo que la vida nos ha unido a lo largo de los años por algo, ¿no?

A Ben le recordó a las palabras de Lisa y aquello le dio fuerza para hablar.

—Es por mi hijo, Daniel —exhaló finalmente.

—¿Tienes un hijo? No…, no sabía nada. ¿Cuántos años tiene? —Jim lo miró extrañado—. ¿Quieres alguna carta de recomendación para un periódico o algo así? ¿Es eso? Ya no tengo tanta mano como antes, pero aún conservo buenos contactos.

—Siete años.

Jim miró extrañado a Miller. No entendía nada. A no ser que Ben hubiese tenido un hijo fuera del matrimonio, la edad no encajaba con los sesenta y tantos que debía de tener.

—¿Te suena Daniel Miller? —le preguntó Ben.

—No.

—Un niño que desapareció en 1981 en Staten Island a la salida del colegio.

Jim abrió los ojos de golpe y recordó un caso que fue noticia durante unas semanas cuando él estudiaba segundo en la facultad. No tenía en su mente los detalles, pero sí que se trataba de un niño que pudo haber sido secuestrado y de cuyo paradero nunca más se supo. El caso quedó en el olvido en poco tiempo y la avalancha de noticias y cambios que estaban sucediendo en el país sepultaron aquella historia con rapidez, como siempre ocurre cuando un tema no consigue la suficiente tracción o no impacta en el corazón de la sociedad. Por algún motivo, la historia de Daniel no pasó a los medios nacionales, como sí llegaron muchos otros. Y sin lectores ni presión mediática el tiempo guardó aquella tragedia en el cajón del olvido.

—¿Daniel Miller es tu hijo? —preguntó sorprendido—. Recuerdo su nombre.

Ben asintió con dificultad. Luego, con alivio, dio un primer sorbo al café. Jim observó con tristeza a Ben, sus manos gruesas y ese rostro arrugado en el que siempre intuyó desesperanza, y comprendió el motivo por el que había trabajado tantos años en esa unidad del FBI. Le vibró el móvil en el bolsillo, Jim lo sacó y vio el nombre de Martha Wiley en la pantalla. Colgó sin pensárselo un segundo.

—Necesito saber qué le pasó. Han sido muchos años luchando contra un muro, contra lo silencioso que se ha quedado mi hogar desde la tragedia.

—¿Y cómo podría ayudarte? Sabes que después de tanto tiempo es prácticamente imposible encontrar un hilo nuevo del que tirar. Tú habrás revisado el expediente hasta la extenuación. Sabes lo difícil que es localizar a alguien pasados tantos años. Si alguna persona vio algo, ya lo habrá olvidado. Si hubiese habido pistas biológicas o huellas, ya estarán borradas.

—Todo lo que hay lo tengo en mi casa. Tres cajas de información. Está todo allí. —Se lanzó en cuanto vio una posibilidad—. También tengo los casos de otros chicos que desaparecieron en el estado de Nueva York durante estos últimos treinta años y que no han sido resueltos. Conseguí una copia de todo antes de jubilarme.

—Es un caso imposible, Ben. Lo sabes. ¿Treinta años? Es remover algo para solo encontrar heridas.

—Lo sé, Jim. Pero necesito ayuda. Me hago viejo… y Lisa se muere.

—¿Qué? ¿Tu mujer?

Ben asintió con tristeza.

—Cáncer de páncreas. Avanzado. No puedo dejar que muera sin darle una respuesta a la gran pregunta de nuestra vida. ¿Quién se llevó a nuestro hijo? ¿Quién nos lo arrebató? Si está muerto y… si sufrió. Siempre creí que en algún momento de nuestra vida podríamos colocar sus huesos en el nicho vacío que visitamos cada año en el St. Peters. Así, al fin, podríamos cerrar nuestra historia de algún modo.

Jim observó a aquel hombre derrotado sin saber qué responder. Muchas veces el silencio habla más claro que cualquier palabra que se pueda decir, y Jim había aprendido a callar en aquellos momentos en los que ni tan siquiera un «lo siento» estaba a la altura. Bajó la vista al teléfono y vio un mensaje de Martha Wiley en el móvil: «¿DÓNDE DIABLOS ESTÁS?».

—No sé, Ben. No sé cómo podría ayudarte. Tú sabes más de ese mundo que yo. Tienes la información que yo consultaría. No creo que haya nada que pueda encontrar que ayude a resolver lo que le ocurrió.

—Tan solo sería revisarlo todo de nuevo. Con otros ojos. Quizá veas algo que yo no pude ver. Quizá te hagas preguntas que yo no tuve en cuenta.

—Estoy… —buscó alguna excusa en su agenda, pero acababa de terminar la promoción y, en realidad, su vorágine profesional se había detenido. Precisamente, estaba esperando las instrucciones para volver a arrancar. Las firmas y presentaciones serían cada vez más escasas y Martha Wiley, suponía que en esos momentos bastante cabreada, ya esperaba un nuevo libro en el que ni siquiera sabía qué contar—. Estoy ocupado, Ben. Debo ponerme a trabajar en el siguiente libro. La editorial me está presionando para…

—Te lo pido por favor, Jim. Ayúdame —suplicó Ben.

Llevó las manos delante en un gesto que a Jim le dolió ver.

—Ben… —Jim sabía que aquello era un camino sin salida y un compromiso imposible de cumplir.

—Úsalo en tu siguiente libro —ofreció Ben, desesperado—. Revisa la información y, si te sirve, úsala en tu nuevo libro.

Era lo único que podía ofrecerle. Ben no era una persona con recursos que pudiese contratar a un reputado periodista en la cima de su fama. Al contrario. Era una persona cuyos ingresos habían caído tras su jubilación y que tendría que medir cada centavo hasta el día de su muerte. Por suerte, Lisa contaba con seguro médico para cubrir los gastos del tratamiento que comenzaría en la unidad de oncología en el Hospital Monte Sinaí, y aquello, aunque un palo difícil de asumir, no afectaría a sus finanzas personales.

Jim agachó la cabeza y pensó en aquella propuesta. Miró de nuevo la pantalla de su móvil y releyó el mensaje de su editora. Decir que sí a Ben Miller era aceptar una investigación imposible, pero también abría la posibilidad de darle voz al caso no resuelto de su amigo.

—Está bien —aceptó de pronto, con un nudo en el pecho. A Ben se le iluminaron los ojos y apretó los labios tratando de contener el torrente de emociones que supusieron aquellas dos palabras—. Te ayudaré. Pero me traeré aquí todo lo que tengas.

—Gracias, gracias —exclamó Ben como pudo, conmovido.

—Pero quiero que comprendas que es imposible. Que aceptes desde ya que no encontraré nada y que nunca sabrás qué pasó con tu hijo. No puedes cargarme esa responsabilidad.

—Jim...

—No quiero que creas que hay la más remota posibilidad de encontrarlo, Ben. Lo de Gina, todo lo del juego del alma..., tú y yo sabemos que no fue más que un cúmulo imposible de casualidades.

—¿Acaso la vida no es eso? —replicó Ben sin voz—. Mi hijo desapareció por un cúmulo imposible de casualidades.

Jim miró a los ojos a Miller y vio en ellos un ligero rayo de esperanza que no podía arrebatarle.

—Dime, ¿cómo me traigo el archivo del caso? —preguntó Jim, con la sensación de estar cometiendo un grave error.

Capítulo 7
Nueva York
12 de diciembre de 2011
Dos días antes
Miren Triggs

Todos podemos construir un refugio
con las ruinas de nuestro dolor.

Estaba sentada sobre el capó de mi coche, dentro del cordón policial, con las lágrimas en los ojos y sin saber siquiera cómo me sentía por dentro. Habían pasado muchos años de mi herida más profunda e, inocente de mí, creía que, en parte, al fin había conseguido deshacerme de aquellos fantasmas que reían en la noche. Había tres. Hicieron turnos, aunque sentí tan solo dos olores distintos, que eran insoportables. Nunca pude enfocar bien sus rostros, sus manos, tan solo sus ansias de devorarme. Identificaron a uno de ellos, un tal Roy Jamison, y siguieron la pista a su pandilla de amigos, pero nunca detuvieron a ningún culpable. El único testigo ocular no pudo confirmar la identidad de Roy, y mi caso se desmoronó por falta de pruebas concluyentes.

Roy Jamison, el primero de ellos, murió de un disparo en 2002 en un callejón de Harlem cuando intentaba destrozarle la vida a otra mujer. La policía lo trató como una disputa por robo. En el expediente policial de mi caso aparecía también un tal Aron Wallace. Este año, unos meses antes, había firmado una nota de suicidio en la que se arrepentía de mi agresión con un escueto: «Pido perdón por lo que le hice a la chica del parque Morningside en 1997». Recuerdo su mirada. Su cara de sorpresa al verme dentro de su casa, como un fantasma que volvía a cobrar lo que se le debía. Se pegó un tiro con una Glock de nueve milímetros, la misma que había acabado con la vida de Roy. El propio agente Kellet no tardó en vincular una muerte con la otra y visitarme para contarme aquella casualidad, pero se trataba de un arma sin registrar que formaba parte del mercado negro, y ese tipo de armas pasan de unas manos a otras con facilidad por menos de mil dólares.

¿Era posible que Aron fuese quien asesinó a su amigo en el callejón y nueve años después se quitase la vida con la misma arma? Sin duda. ¿Probable? Yo sabía que no. Pero lo que nunca imaginé es que aquella noche en el parque hubiese una cámara. Cerré los ojos y sin quererlo volví allí, a aquellas imágenes que me habían atormentado tantas veces. Agarré mi teléfono y marqué el número de la única persona que podía rescatarme.

—¿Miren? —respondió mi madre al auricular—. Qué alegría oírte, cariño. ¿Qué tal el día?

—Bien —exhalé en un sollozo simulando una sonrisa que recé para que ella notase.

—¿Cómo te encuentras? He revisado hoy el periódico y no he encontrado ningún artículo tuyo.

—Estoy preparando un reportaje algo más largo —respondí sin fuerzas.

Delante de mí Kellet y otros agentes del FBI hablaban entre ellos. Él me miró a los ojos en la distancia y agachó la cabeza. Me había mandado esperar allí hasta que decidiesen qué hacer con lo que habían encontrado.

—¿Estás con Jim? Tengo que darle las gracias por haberme mandado libros firmados para todas mis amigas. Están locas con él. Locas. Pero yo siempre les digo que el nombre de mi hija también está en la portada. Que eres la mejor periodista de este país y que ya está bien de que los hombres se lleven el mérito de todo. ¿No está escrito por los dos? Pues que el mérito sea de ambos, ¿no? —lo dijo convencida de que era una guerra que yo quería luchar—. Tenéis que venir a Charlotte y dar una charla en la biblioteca del pueblo, y que todos se enteren de lo que vales.

—Claro, mamá —le respondí algo ausente.

Su voz era lo único que me transportaba de nuevo a un lugar seguro.

—¿Qué vas a hacer hoy? —me preguntó de la manera más trivial, y yo amé con todas mis fuerzas su modo inocente de rescatarme de mis pesadillas.

—Iré a la redacción —le dije con la voz rota—, terminaré el artículo con el que estoy y luego iré a ver a Jim —añadí, triste.

Esa era mi vida. Comerme mis traumas y dejar que me devorasen por dentro. Tenía la certeza de que hablar de ello no era más que otra forma de darle poder a mi pasado. ¿Cuándo lograría olvidar todo aquello? ¿No había manera de avanzar de una vez? ¿Acaso no estábamos más que destinados a enfrentarnos una y otra vez a todo aquello que nos hizo daño?

—Te ha pasado algo, ¿verdad? —dijo mi madre al otro lado de la línea.

—Sí —respondí con un monosílabo, porque estaba a punto de derrumbarme.

—¿Quieres hablar de ello?

—No.

—¿Te encuentras bien?

—No.

—¿Quieres que vaya a verte?

—No.

—Sabes que te quiero, ¿verdad?

No pude responder.

Ella esperó al otro lado de la línea y yo sentí aquel silencio como un abrazo. Ella era así. Comprendía partes de mí que yo era incapaz de verbalizar. Y sabía estar. Sabía cuándo decirme lo que pensaba y cuándo dejar que yo me vaciara. Sabía aguantar mi dolor, porque en el fondo también era parte de ella.

—Miren, tú puedes, ¿vale? Tú puedes. Has podido siempre.

—Pero esto… —fui incapaz de terminar la frase.

—No —me cortó—. Tú puedes. Mi hija puede. Siempre ha podido. Y aquella persona del parque quedó atrás. No eres tú. No eres tú. Recuérdalo. Tú eres mucho más. Mucho. Eres lo que escribes. Eres lo que ríes. Eres lo que amas. Las respuestas que buscas. No eres las heridas que tienes. No eres lo que te aterra. Eres mi hija y sé de lo que eres capaz —sentenció. Lloré, pero me limpié las lágrimas en cuanto vi que el agente Kellet se dirigía hacia mí.

—Tengo que dejarte, mamá —le dije como pude.

—Llámame cuando quieras, cielo. Siempre estaré aquí. —Su voz flotó en mi cabeza como si fuese un refugio inquebrantable.

—¿Cómo lo haces? —le pregunté antes de colgar.

—¿El qué?

—Tener siempre las palabras correctas, aunque no sepas lo que necesito escuchar.

—Soy tu madre, Miren. Y eso no cambia con la distancia.

—Te quiero, mamá.

—Te quiero, hija.

Colgué el teléfono justo cuando tuve al agente Kellet delante de mí con el rostro serio y preocupado.

—Tenemos que mandar todo esto a la Unidad de Delitos Sexuales y Crímenes contra la Infancia. No pinta bien —dijo—. Ahora comenzará una operación a gran escala. Identificar víctimas, buscar culpables, si es que se puede identificar a alguno en las imágenes.

—Estoy yo, agente. Mi nombre está en ellas.

—No se adelante. No tiene por qué ser usted —replicó sin creérselo demasiado.

Él conocía mi expediente tan bien como yo.

—Déjeme verla. Déjeme saber si me grabaron aquella noche. Si a esos hijos de puta no les valió con destrozarme la vida, sino que querían también vender mi dolor.

—No puedo enseñarle el contenido de una investigación criminal. Ha sido un error dejarla entrar —admitió en tono triste.

—¿Es un error descubrir la verdad?

—Me equivoqué. He estado en otros registros de este tipo y nunca ha sido así. Pensé que sería como todos: un ordenador con carpetas protegidas o discos duros encriptados. Usted ya tenía la foto de Baunstein en el techo del coche. Debí decirle que se marchase.

—Por favor, déjeme verla.

—Eso es imposible y lo sabe.

En realidad, yo tampoco estaba preparada para digerir algo así.

—Le diremos algo en cuanto la científica haya analizado las imágenes. Pero será en un tiempo. Son muchas cintas.

—Usted sabe muy bien qué hay en ellas.

Me miró en silencio con el rostro serio y luego señaló la zona desde la que miraban los curiosos junto al cordón.

—Márchese. Ya tiene su exclusiva. No trate de hacerse más daño.

—Prométame que me dirá qué hay en mi cinta. —Luché una última vez.

Pero Kellet me dio la espalda y se dirigió hacia sus compañeros. Me dejó allí sola, tocada y hundida. Llena de preguntas y sin ninguna respuesta. Lo peor que podían hacerle a alguien como yo.

Subí al coche, arranqué el motor y salí de la 71 Este con la sensación de haber dejado allí otro pedazo de mí. Me estaba convirtiendo en un puñado de ruinas con escombros repartidos por toda la ciudad y conduje entre lágrimas en un largo atasco hasta que al fin llegué al aparcamiento del edificio del *Manhattan Press*.

Eran las doce de la mañana y, aunque nadie me esperaba en la redacción y nada me ataba a fichar a una hora concreta, nunca solía aparecer por allí tan tarde justo un día en el que pensaba entregar un artículo. La oficina había recuperado algo de pulso, la edición digital estaba creciendo semana a semana a golpe de titular viral y las suscripciones online parecían ayudar a detener un poco la sangría. Había menos redactores que antes, la unidad de artículos de investigación había desaparecido y mi puesto se había convertido en un híbrido entre ambos mundos: Bob Wexter, el editor jefe del periódico, me había dado pie a investigar lo que quisiera y a dedicar meses al asunto en el que estuviese trabajando mientras también nutriese a la oficina de noticias calientes recién salidas del horno. Bob levantó la vista desde su oficina al verme entrar y se dirigió con rapidez a mi mesa.

—¿Con qué estás? Te has perdido la reunión de temas. Te he guardado espacio en el digital, pero dime que es interesante —dijo a modo de saludo.

La prensa funcionaba a base de tiempos y no había ninguno para formalidades.

—Baunstein. Un empresario adinerado se ha suicidado antes de que lo detuviesen por tenencia de pornografía de menores. Lo tendrás en tu mesa en quince minutos —dije sin levantar la vista de la pantalla mientras abría el borrador que me había enviado a mi correo.

Comencé a teclear y rellenar los huecos que yo misma había dejado para incluir detalles.

—¿Markus Baunstein? ¿El filántropo? —preguntó confuso.

—Es un degenerado, no un filántropo —repliqué—. Bueno, era.

—Joder —exhaló—. No he visto nada en ningún otro medio.

—Porque acaba de pasar. Hace un par de horas. No había nadie de ningún otro medio.

—Bien. Es buena. —Lo noté conforme a mi lado y supliqué para mis adentros que no me preguntase cómo lo había conseguido.

No quería entrar en detalles.

—¿Y cómo lo tienes tú?

Quiso descubrir qué había hecho esa vez. «Mierda», me salió del alma.

—Estaba allí. Esperando en la puerta de su casa.

—No pienso hacer ninguna pregunta más, Miren. Si has cometido alguna ilegalidad necesito saberlo. Soy tu editor jefe.

Paré un segundo de escribir para pensar.

—No. Mejor no me digas nada. No quiero saberlo.

—Bien —respondí al tiempo que completaba un párrafo.

Parecía que iba a marcharse, conforme, pero volvió sobre sus pasos.

—Supongo que no tendrás ninguna imagen para acompañar el artículo —incidió.

Le di un par de golpes a mi cámara y continué escribiendo llena de rabia.

—De acuerdo. La cabecera digital es tuya en la actualización de las tres. Tendrás hueco en la versión impresa de mañana —sentenció y yo asentí sin darle importancia.

Estaba concentrada, escribiendo. No quería dejar pasar por alto ningún detalle de lo que Baunstein había hecho. Tampoco quería contar detalles que me pusiesen en un aprieto, así que resumí la parte sobre el tipo de contenido que él había pedido a Littlejohn e hice una mención clara a la opulencia de su mansión, al atuendo de los sirvientes y al daño de sus vicios. Describí parte de la casa, añadí un pie indiferente a la fotografía de su mano ensangrentada y lo acompañé todo del más profundo asco. A la gente le gustaba leer mis artículos y había llegado un punto en que mi estilo periodístico bailaba a caballo entre la información y el enfado. Lo que había descubierto en su casa era demasiado doloroso como para no arder por dentro. Quizá fue por ello por lo que titulé la información con un escueto «Markus Baunstein se suicida en su mansión» y añadí un emoji de felicidad que borré antes de enviarle el artículo a Bob doce minutos después.

Fui a su despacho y Bob se quedó sorprendido por tener tan rápido el artículo. Yo tan solo quería marcharme a casa y tratar de olvidar todo lo que había ocurrido.

—Está perfecto, Miren. Un gran trabajo.

—Gracias, Bob.

—Si quieres puedes hacer un seguimiento de esta historia para ampliar la información. Algo para dentro de una semana.

—No confío en que la historia aguante viva una semana. No creo que genere mucho interés.

—¿Por qué no?

—A nadie le suelen importar estas cosas, Bob. Quiero decir, a nosotros sí, pero ¿al mundo? Somos golpeados todo el tiempo por la maldad y la gente se insensibiliza. Las noticias están siempre llenas de cosas horribles y ya nadie se aflige cuando denunciamos desde aquí algún horror. La gente está aceptando que el mundo es así y que nada hará que lo cambiemos a mejor. A nadie le importan las víctimas, Bob. A estas alturas deberías saberlo —afirmé con seguridad porque aún me dolía mi nombre en aquella cinta.

—Es nuestro trabajo, Miren. Hacer que a la gente le importen las injusticias. Señalar con el dedo los abusos, atacar con la verdad allí donde solo florece el engaño o iluminar los lugares que algunos no quieren que veamos. A mí me importa la verdad, Miren. Y sé que a ti también. Así que amplía esta historia todo lo que puedas para la semana que viene. Tienes mi permiso.

Miré a Bob sorprendida. Lo admiraba por cómo había cambiado el rumbo del periódico. Había devuelto las ganas a un equipo cada vez más golpeado por la caída de las tiradas y por la disminución del tamaño de la oficina. Ser periodista había pasado de ser un puesto lleno de poder y reivindicación a ser una profesión en la que solo quedábamos los que no podíamos dejar de gritar. Bob le había dado un impulso a una idea absurda que había calado entre los redactores del *Press*: la verdad era lo único que teníamos.

—Está bien —acepté. Supe que hacerlo era acercarme demasiado a la versión de mí que no podía dejar que volviese a salir.

Capítulo 8
Nueva York
12 de diciembre de 2011
Dos días antes
Jim Schmoer

Cuando nos buscamos en el pasado
tan solo encontramos fragmentos de lo que éramos,
porque hay trozos de nosotros mismos
que ocultamos en el presente.

Jim viajaba en el asiento del copiloto del coche de Ben Miller de camino a su casa en Staten Island. Circulaban hacia el puente Verrazano-Narrows desde Queens cuando marcó el teléfono de Martha Wiley, que respondió enfadada:

—Me dijiste que vendrías. Tengo al equipo de marketing esperando en la sala de reuniones con un montón de propuestas.

—Lo sé, Martha. Pero necesito unos días para pensar.

—¿Pensar? ¿Acaso crees que te hemos contratado para pensar? Tenemos muchos planes, Jim. Ideas sobre cómo sacar jugo a lo que hemos conseguido. Como... tazas con frases tuyas.

—¿Qué? ¿Tazas? ¡No!

—Tus lectoras saben que te encanta el café. Comprarían cualquier cosa que venga de ti. Podemos aprovechar el tirón ahora mientras preparamos el nuevo lanzamiento.

—Martha, no pienso vender tazas. Quiero... —Miró a su lado y se fijó en que Ben conducía en silencio. El vehículo estaba a punto de adentrarse en el puente y dejar atrás la ciudad—. Quiero ayudar a un amigo.

—¿Qué hago, Jim? ¿Tú también quieres empezar a jugar? ¿Te convierto en una estrella y ahora piensas desaparecer como Miren?

—No es eso, Martha. Estoy buscando mi siguiente libro. Tengo algo que podría escribir, pero aún es pronto para saberlo. Debo dedicarle un tiempo.

—Ya sé lo que estás haciendo, Jim —se lamentó—. Lo he visto muchas veces. Estás tanteando marcharte a otra editorial. Son esos de Mars Publishing, ¿verdad? Siempre hacen lo mismo. ¿Cuánto te han ofrecido por el siguiente libro? Sabes que puedo igualar cualquier oferta.

—No se trata de eso, Martha —replicó con el ego tocado. Nunca se había considerado alguien que traicionase sus principios por dinero—. Déjame un poco de espacio. Lo necesito. Quiero pensar y hablar con Miren. Estamos juntos en esto.

—Me daría mucha pena que te fueses ahora a otra editorial, Jim. He descubierto a muchos grandes autores. Y sé que puedo hacer que llegues más lejos. Lo he visto en las firmas. Cuando notas ese brillo en los ojos de las lectoras…, es imparable. Esto es solo el principio. ¡El principio! Tenemos muchos países que conquistar, y ya he estado hablando para llevarte a Frankfurt, a la Feria del Libro, y que todos los editores del mundo te conozcan. ¿Recuerdas que te dije que llegarías al millón de libros vendidos? Creo que si lo hacemos bien podemos pasar de diez millones. Piénsalo. Una gira internacional. Tus libros en italiano, en francés, en…

—Martha, para —la cortó—. Te aseguro que solo necesito tiempo. No puedo pensar ahora en más promoción o en un viaje a Alemania.

—Está bien. Una semana. Que no se te olvide que queda la presentación en Strand. Creo que puedo conseguir que te entreviste allí alguna estrella del cine. ¿Cómo lo ves?

Jim resopló por la nariz y se dio cuenta de que Martha era imparable. Sin duda tenía empeño y visión, y por eso mismo Stillman Publishing era una de las editoriales más importantes del país. Cada libro que salía bajo su sello se convertía en un acontecimiento que invadía televisiones y emisoras de radio, y generaba un submundo abrumador en las redes sociales.

—Hasta la semana que viene, Martha —se despidió Jim antes de colgar—. Disculpa —dijo dirigiéndose a Ben, que había escuchado la conversación con curiosidad.

—Debe de ser una sensación extraña. Que la gente te persiga así, con ese entusiasmo —le dijo Ben justo cuando el coche ya salía del puente y se adentraba en Staten Island por la 278 y la vegetación crecía a ambos lados de la carretera.

—Solo lo hará mientras le interese. Esto es América. El país de las oportunidades y de la hipocresía. El lugar donde lo que vales está definido por lo que eres capaz de generar. Lo he aprendido con los años. Y en el momento en que pisas en falso te reemplazan por otra persona y el mundo sigue como si nada. Nadie te echa de menos, salvo los que tienes cerca y en realidad son los únicos que importan.

Ben asintió en silencio y se incorporó en la salida 13A hacia Grymes Hill.

Giró un par de calles y pronto subió por Howard Avenue sin tener fuerzas para comentarle a Jim que en esa cuesta comenzó todo. Se metió por Campus Road y tragó saliva al pasar por el punto en el que encontraron la bicicleta. Esa era la manera de vivir con aquella carga: lugares comunes que se convertían en imágenes del pasado; objetos insignificantes, en golpes al alma.

—Es aquí.

Ben detuvo el coche junto a su casa y Jim se bajó del vehículo. Ben estaba inquieto, porque, sin duda, abrir aquella puerta al pasado era admitir una derrota.

Jim admiró el hogar desde fuera. Se fijó en sus paredes blancas, en las contraventanas azules y en la pequeña corona de abeto que colgaba en la puerta de entrada. No había ningún indicio que dibujase allí dentro un drama como el que había vivido la familia Miller, pero comprendió que el paso del tiempo era capaz incluso de disfrazar un dolor como aquel en una máscara de normalidad.

—Pasa, por favor —le invitó Ben—. Tengo que arreglar esa valla, pero la verdad es que me he acostumbrado a verla así.

Abrió la puerta de casa y se encontró de frente con Lisa, que parecía mirarlos con la ilusión de quien espera una vida nueva.

—Cariño, te presento a Jim.

—Un placer conocerla, señora Miller —dijo Jim sin saber bien cómo saludarla.

—Gracias por ayudarnos —dijo ella con un nudo en el pecho—. He preparado café. Sé que le gusta. Estoy leyendo su libro. Es… —Jim creyó que iba a escuchar un cumplido sobre la escritura o el estilo directo de sus palabras, pero se encontró con un golpe de realidad —, es esperanzador.

—Se lo agradezco, pero no pensaba quedarme mucho tiempo —respondió Jim—. Solo quería recoger lo que tengáis, hablar un poco con vosotros y luego revisarlo con calma en casa.

—Cualquier ayuda es más de lo que hemos tenido en todos estos años —respondió ella. Se acercó a su marido y le cogió de la mano—. Se lo agradecemos de corazón.

Ben guio a Jim hasta la mesa donde tenía apilados un montón de carpetas, folios y fotografías. En el suelo había dos cajas más hasta arriba de papeles y archivadores.

—Aquí está todo lo que tengo sobre la búsqueda. Una vida resumida en tres cajas de cartón.

—Has comentado algo sobre que tenías también el archivo de otros casos sin resolver de los últimos años.

—Sí. Está en esos archivadores. —Señaló a una estantería con varias carpetas rotuladas con distintos nombres: STEVEN ASCOTT, 1989. CARLOS RODRÍGUEZ, 2011. ROBERT DIMONS, 1995. TIMOTHY PENN, 1970. Dio un par de golpes en la carpeta de Carlos Rodríguez y explicó su caso—. Este por ejemplo, el último, es de hace seis meses. Se denunció poco antes de jubilarme. En abril desapareció un pequeño de ocho años de la puerta de su casa, cerca de aquí. Su madre denunció su desaparición en cuanto encontró su jersey rojo tirado en el jardín, pero todo apunta a que el padre se lo ha llevado a México. Es de allí y estaban en medio de un proceso de separación. No sé si ha trascendido a la prensa, pero ocurren muchos casos de este tipo: sustracciones parentales cuando uno de los progenitores quiere destrozarle la vida al otro. Cuando el matrimonio no funciona, algunos se creen con el poder de destruir lo que tuvieron en común, llegando incluso a asesinar a sus propios hijos por hacer daño. Otros se llevan a los niños a otra jurisdicción y todo se convierte en una pesadilla imposible de rastrear. El caso de Carlos Rodríguez tiene pinta de ser de este último tipo. Su vehículo cruzó la frontera al día siguiente de desaparecer. Una mala coordinación de la unidad con la patrulla fronteriza.

—¿Y ese caso? ¿Steven Ascott, en 1989? No me suena.

—Es un chico negro de diez años que desapareció en Brooklyn al volver a medianoche de casa de un amigo. Bajos recursos, padres despreocupados, zona conflictiva. Por entonces Brooklyn no era lo que es ahora. Hallaron restos de sangre en un callejón a mitad del recorrido y se analizaron cuando avanzó el ADN hace unos años. Era suya, no había duda. Nunca se encontró al culpable ni el cuerpo. Podría tratarse de un robo que acabó mal y quien lo hizo tuvo suerte al deshacerse bien del cadáver. Es la hipótesis final que aparece en el caso, pero está sin resolver. Estos son dos de los casos que implican a niños de edades parecidas a la de Daniel que no se han resuelto todavía. Hay más, claro. Este país es demasiado bueno escondiendo personas. Te pondré en la caja el resto.

—Sí, por favor —respondió Jim—. ¿Podría ver el cuarto de Daniel?

Lisa tragó saliva y asintió. Acompañaron a Jim arriba y cuando llegaron a la habitación y abrieron la puerta se dieron cuenta de lo difícil que iba a ser dejar que alguien ajeno removiese todo aquello. Jim se adentró en la estancia y observó las paredes, los pósteres sobre el espacio, las marcas en la pared que medían su altura. La última de ellas tenía una fecha: enero de 1981. Había pegatinas descoloridas en algunos muebles. Jim se acercó al escritorio y comprobó que el pequeño Daniel había rayado la madera y dejado una muesca que decía: DAN. A un lado había una caja de cartón azul cuarteada junto a la grabadora TCM-600. Jim esbozó una sonrisa al verla.

—¿Sabéis que yo tuve durante años una de estas? Me gustaba llevarla a las entrevistas. Era el instrumento estrella de todos los que aspirábamos a ser periodistas. Hacía años que no veía una. Creo que acabé tirando la mía o la perdí en una mudanza.

—A Daniel le gustaba grabar lo que hacía o los sonidos de la casa cuando llegaba del colegio. La usaba como un diario personal. En esa caja azul están las cintas que grababa.

—Un pequeño periodista en potencia. Me hubiese caído bien vuestro hijo. ¿Cuántos años tendría ahora?

—Treinta y siete.

Jim contuvo el aliento al sentir aquel golpe. Habían pasado demasiados años.

—¿Os importa si me llevo las cintas? Así podré conocer un poco más a vuestro hijo.

Ben y Lisa se miraron el uno al otro, confundidos. Allí descansaba la voz de Daniel, y darle acceso a algo así no era ya solo abrir las ventanas para airear la casa y arrojar algo de luz, sino dejar que un tornado se la llevase por los aires.

—Eh…, claro. No importa —aceptó Lisa contrariada.

Era quien más veces las había usado para rescatar a su hijo del olvido, aunque ya llevaba años sin escucharlas, y las sentía tan dentro que fue ella quien decidió que debía responder a aquella petición.

—Os aseguro que trabajaré con respeto —prometió Jim.

—Gracias —le dijo Ben y luego le dio un abrazo que se alargó más de lo que Jim hubiese esperado en un primer momento.

Cargaron juntos las cosas en el coche y Ben condujo en silencio de vuelta a la ciudad. Ninguno de los dos se atrevió a hablar por el camino. Era difícil encontrar palabras para el viaje que iba a emprender Jim y para la renuncia que estaba haciendo Ben. Cuando llegaron a Hamilton Place, subieron las cajas al interior de la casa de Jim y Ben miró a los ojos a su amigo desde el marco de la puerta.

—Encuentra a mi hijo, Jim. Y saluda a Miren de mi parte.

Jim apretó los labios al sentir un ligero cosquilleo en los ojos y tragó saliva en cuanto Ben cerró la puerta y lo dejó allí solo, con treinta años de búsqueda metidos en aquellas cajas. Pasó la tarde colocando todas las carpetas en orden sobre el escritorio y extendió las fotografías para hacerse una mejor idea de las pistas que habían conseguido reunir con los años. El archivo parecía un puzle imposible, con declaraciones, atestados, entrevistas y expedientes policiales llenos de anotaciones en los márgenes. Dispuso los archivadores de los casos de otros chicos junto a su iMac de 27 pulgadas y sacó varias libretas sin estrenar para tomar notas de lo que le pareciese importante. Cuando terminó de colocarlo todo en un orden lógico que avanzaba en el tiempo de manera cronológica, se dio cuenta de que ya era de noche y ni siquiera había podido empezar. Buscó el móvil entre sus cosas y navegó por la agenda unos instantes hasta que encontró a quien quería llamar. Esperó algunos tonos hasta que al fin sonó la voz de su hija Olivia al otro lado:

—Papá —le saludó con voz dulce—. ¿Cómo va esa fama? ¿Te han vuelto a pedir que firmes alguna teta?

—Olivia —protestó Jim con una media sonrisa—. Solo fue aquella vez y dije que no.

Olivia rio al otro lado del auricular.

—¿Cómo estás, cariño?

—Bien. Aquí con mamá, ayudándola a elegir qué ponerse. —Hizo una pausa—. ¡Ese no! —Sonó su voz algo más lejos.

—¿Sale a cenar o algo? —preguntó Jim algo incómodo.

—Viene su… nuevo amigo a casa. No sé por qué no se atreve a llamarlo novio, si se han visto ya mil veces en otros sitios. Pero está nerviosa. Es la primera vez que viene a casa, aunque lo he visto ya muchas veces acompañándola hasta la puerta.

—Ah —exhaló Jim casi sin emitir sonido alguno.

—Creo que es un buen tipo. Te caerá bien, papá. Veo a mamá feliz desde que está con él.

—Me alegro, cariño —dijo sin sentirlo demasiado.

Tras una pausa, Olivia le preguntó:

—¿Tú qué haces hoy?

—Nada. Estaré aquí en casa leyendo. Cenaré algo y me iré a la cama. Estoy algo cansado de la gira y echaba de menos estar tranquilo.

—¿No ves a Miren hoy? Ella me gusta. Es decidida y creo que te pone en tu sitio.

—No sé. No creo. Miren y yo tenemos una relación particular, si es que se le puede llamar relación a lo nuestro. Cada uno va un poco a lo suyo, y creo que es mejor así.

—¡Ese sí que no! —Alzó la voz Olivia en el auricular.

Luego sonó una carcajada. Deseó estar al otro lado de la línea y verla reír.

—Bueno, te dejo. Que estás ocupada.

—Chao, papá. Y cena algo, que comes fatal.

—Lo haré, cielo —dijo, pero Olivia ya había colgado.

Miró la pantalla y comprobó que eran las nueve de la noche y estaba solo en casa. No era exactamente lo que había imaginado para su vida, pero era lo máximo que había podido conseguir. Comodidad, éxito profesional y soledad. Pensó en llamar a Miren por teléfono, pero recordó que ese mismo día ya le había colgado y no quería agobiarla. Se dirigió a la cocina y calentó un bote de sopa de *noodles* precocinada que se tomó mientras echaba un vistazo a la denuncia de desaparición de Daniel, fechada a las seis de la tarde del 24 de abril de 1981. Cuando terminó de cenar leyó un par de entrevistas que hicieron a la profesora Amber y a la familia Rochester que evidenciaban el malentendido que propició que el pequeño se quedase solo. Luego se tumbó en el sofá y se quedó dormido con un folio en la cara.

De pronto, no supo cuánto tiempo después de quedarse dormido, en la oscuridad de la noche, sintió una presión en la cadera y, cuando quiso darse cuenta, notó el olor de Miren cerca de la nariz. Había vuelto. Estaba allí. Su fantasma volvía a casa. Sintió las formas agudas de sus huesos. Respiró hondo y se incorporó un poco para besarla, pero notó algo extraño en ella. Su cuerpo formaba una silueta a contraluz, pero él pudo distinguir en su rostro pequeños destellos que brillaban.

—¿Qué te ocurre, Miren? —le dijo en un susurro al darse cuenta de que lloraba.

Ella se tumbó sobre él y guardó silencio un instante. Una vez que notó que Jim le acariciaba el pelo, le respondió:

—Solo te pido que me abraces esta noche.

Capítulo 9
Nueva York
12 de diciembre de 2011
Dos días antes
Miren Triggs

Siempre es difícil aproximarse a la verdad
porque sabemos que nos hará daño.

Tras la actualización de la web, salí de la redacción con un nudo en el pecho. Había aguantado el tipo, había terminado mi trabajo con el artículo de Baunstein y había revisado junto con Bob la versión extendida para la edición en papel del día siguiente, pero no podía más. Cuando al fin Bob le dio el visto bueno al artículo, me levanté y me marché sin despedirme. Bajé al aparcamiento, me subí al coche y en cuanto cerré la puerta chillé de rabia. Golpeé el volante una y otra vez hasta que al fin sentí en las manos el dolor que anhelaba.

Lloré. En la oscuridad del aparcamiento, me di cuenta de que no iba a poder pasar página de aquello. Ya no solo era una víctima en aquel parque, sino también una sombra cuyos llantos se reproducían a voluntad de quien tuviese mis imágenes. ¿Cómo pudieron hacerme pedazos en un instante? ¿Tan estúpida fui aquella noche? ¿Tan vulnerable me vieron?

Agarré con fuerza el volante y arranqué el coche sin secarme la cara. Estaba enfadada y lo único que podía calmarme era encontrarme de nuevo. Salí del centro y conduje en dirección a Brooklyn, cruzando el puente, y giré varias calles hasta llegar a los trasteros de Life Storage. Aparqué delante de la entrada y caminé hasta llegar al mío, que destacaba por su portón de color turquesa.

Pensé en mi abuela y giré el candado hasta el año de su nacimiento. Sonó el clic que siempre me erizaba la piel. Levanté la persiana y su chirrido me trajo buenos recuerdos. Allí me esperaba una decena de archivadores metálicos apoyados en las paredes con un orden del que me sentía orgullosa. En el frontal de los cajones había pequeñas tarjetas escritas con mi letra e iban marcando los años desde 1960 hasta 2010. Aquel lugar era una parte de mí y quizá el perfecto contraste de lo que yo sentía en mi interior. El orden de un puñado de misterios chocaba de frente contra el torbellino interior de una chica que había sido demasiado transparente. Abrí un cajón y esbocé una sonrisa cuando leí el nombre de Gina Pebbles tachado. Tras su archivo se encontraba el de Kiera Templeton y acaricié su carpeta con nostalgia. Me agaché hasta el cajón inferior y rebusqué donde guardaba las diligencias de mi violación. Allí estaban las fichas con los nombres de Aron Wallace y de Roy Jamison. Miré sus rostros y no pude evitar alegrarme de que hubiesen muerto. Tiré el contenido de todo aquello al suelo y me centré en volver a localizar los nombres de los que formaban parte de su pandilla.

En el parque había un hombre blanco, de pelo moreno. No tenía su rostro en mi mente, pero sí su silueta recortada bajo la luz de la farola. El sonido de su risa, mientras sus amigos le animaban. Una luz roja. Una mano tocándose el paquete. De pronto, en uno de los folios, un agente de policía nombraba a cada uno de los miembros de la pandilla de Aron Wallace y leí sus nombres tratando de encontrar uno que no fuese de un afroamericano: Elijah Brown, Terrence Johnson, Darius Freeman, James Anderson. Tenía que ser ese último. Nunca me había armado de valor para indagar más allá, pero entre ellos debía de ser él quien me faltaba. Busqué en la carpeta la ficha de James y, al ver sus ojos de niño bueno, su piel clarita inmaculada, su cara joven llena de miedo, tuve el presentimiento de que era él.

Apoyé la espalda en el archivador y sentí asco. Era un crío en aquella imagen. Había nacido en 1978 y tenía diecinueve años cuando participó en la violación. Allí tirada busqué su nombre en Facebook y me apareció su perfil abierto. Observé durante un rato sus imágenes públicas y lloré con rabia cuando vi que tenía pareja. En una de las imágenes la besaba en la mejilla frente a las cataratas del Niágara. Era mecánico en Harlem, con un taller a su nombre. Estaba abierto hasta las nueve de la noche.

Lo tenía. Llegaría en una hora y durante el recorrido pensé en qué le diría cuando le tuviese frente a mí. Todavía albergaba dudas de si realmente me enfrentaría a él o si le dispararía a escondidas. Yo no era vengativa, o eso trataba de decirme a mí misma, pero sí quería justicia. Abrí mi guantera y me pregunté si habría comprado aquella arma porque sabía que pronto la necesitaría. Tras lo que sucedió en Rockaway me desperté varias veces en mitad de la noche temiendo por mi vida y usé aquellos gritos como excusa para visitar de nuevo una armería y comprarme una nueva Glock para sentirme a salvo de mis propias pesadillas. Nada de registros, como la última vez. No fue difícil conseguirla. Este país es así. Permite que alguien como yo se convierta en una de ellos. Quizá en el resto del mundo actuarían igual si tuviesen acceso a la pólvora con la misma facilidad que consiguen una pizza.

Paré el motor frente al taller de James Anderson y no me vi con fuerzas para soltar el volante. Estaba abierto, quedaban pocos minutos para las nueve. La noche estaba cerrada y no había un alma por la calle. Lo observé durante un rato por la ventanilla. Tenía los brazos llenos de grasa e iluminaba con una lámpara los bajos de un Pontiac negro elevado por encima de su cabeza. Estuvo un rato junto a una rueda, apretando algo al lado del amortiguador, mientras yo pensaba en silencio qué hacer con mi vida. En qué quería convertirme o si ya a esas alturas no tenía alternativa. Cuando el reloj marcó las nueve, James Anderson dejó el vehículo en alto, se perdió por el fondo del taller y luego salió con otra ropa. Apagó las luces y bajó la persiana que sonó como la risa de una hiena. Me puse un abrigo verde botella y abandoné el coche. Había cogido el arma. La escondí bajo la prenda y lo seguí en dirección norte, a unos cincuenta metros. Yo era como una sombra, esa en la que él y sus amigos me habían convertido. Ni siquiera se dio cuenta de que caminaba cada vez a menor distancia. Mis pasos sonaban en la acera, pero qué importaba. En Harlem los que quedaban en la calle apenas sostenían la mirada. Éramos todos culpables de algo y al mismo tiempo de nada.

James Anderson paró en una tienda de ultramarinos y lo observé desde fuera mientras cogía un par de cervezas, unos Twinkies y un paquete de cereales de una marca que no conocía. Salió cargando una bolsa blanca y por un instante creí que me había visto, pero seguí andando y me ignoró como si su vida no pendiese de un hilo. Sujetaba la empuñadura de mi arma bajo el abrigo y con el índice acariciaba el lateral del gatillo. Llegamos a la 128 y cruzó la acera para caminar junto a la iglesia. Se detuvo un instante y le colocó en la mano un billete a un vagabundo tirado en la acera.

Hijo de puta.

Siguió andando por la 128 y, de pronto, a mitad de la calle rebuscó en el bolsillo del pantalón. Sacó unas llaves que brillaron en su mano iluminadas por la única farola que no estaba apagada. Subió las escaleras de una casa. Oteé a ambos lados para comprobar si alguien me había visto, pero no había nadie en aquella zona. El corazón no paraba de susurrarme desde el pecho: «Hazlo, Miren. Acaba con esto. Que te mire a los ojos y que encuentre en ellos lo que hizo». Tragué saliva. Coloqué el dedo en el gatillo sin sacar la pistola del abrigo. Abrió la puerta y apreté los dientes. Me temblaba el cuerpo y, al mirar a un lado, me quedé sin fuerzas al darme cuenta de que había corrido por esa misma calle aquella noche en 1997. Descalza, malherida, huyendo de la pesadilla, con el vestido roto y con mi alma suplicando por mi vida.

«Dispara, Miren, dispara».

Subí las escaleras hacia él y me sintió detrás de su espalda. Saqué el arma. Coloqué el cañón en su columna.

—Joder —exclamó sin darse la vuelta—. Llevo cincuenta pavos en la cartera. —Dejó caer la bolsa al suelo y la puerta se abrió delante de él—. Quédatelos. No…, no tengo nada más. En la bolsa hay un par de cervezas. Llévatelas, tío. Pero no dispares.

No sabía qué decirle. Me quedé inmóvil al sentir que tenía el control de su vida y también de la mía.

—Date la vuelta —le dije con la voz rota.

Lo hizo poco a poco, con las manos en alto, y di un paso hacia atrás para evitar una sorpresa. Me miró a la cara y pude percibir que me recordaba.

—Tú… —susurró con tristeza.

Le noté el miedo en el rostro, pude ver cómo la culpa lo golpeaba. No se había olvidado de mí.

—Tú… —Se me saltaron las lágrimas.

No tuve fuerzas para pronunciar nada más. Tampoco hacía falta. La culpa hablaba por él, la rabia lo hacía en mi nombre. Elevé la pistola y le apunté a la frente.

—No dispares, por favor —suplicó.

Sus manos temblaban en el aire, noté el viento frío de Manhattan. Me temblaba el pulso por el peso de tantos años arrastrando mi alma. Entonces sonó una voz femenina detrás de su espalda y escondí la pistola en mi abrigo sin dejar de empuñarla.

—¿James? —dijo una mujer de mi edad desde la puerta de su casa—. ¿Qué pasa?

—Mary —replicó al instante sin dejar de mirarme—, entra en casa.

James suspiró con fuerza. Yo lo miraba y las lágrimas cubrían mi rostro, recordándome a aquella Miren que se quedó en aquel parque, aquella joven que era inocente, despreocupada y estúpida.

—¿Qué ocurre, James? ¿Por qué no entras? —insistió la mujer y se asomó—: ¿Qué quieres? ¿Quién eres tú? —me dijo.

—Entra en casa, Mary, por favor —respondió James.

—¿Quién es, James? —le preguntó sin dejar de vigilarme, pero sin entender nada de lo que estaba ocurriendo.

Me había visto. Estaba acorralada. Clavé mis ojos en James y él tragó saliva.

—Entra en casa con Tommy, por favor —ordenó él.

—¿Papá? —Una voz de niño surgió de la penumbra, y un instante después aparecieron sus manitas agarrando el marco de la puerta. Luego su brazo completo vestido con un pijama verde y después surgió su pelo negro y sus ojos azules a la altura de nuestra cintura, que me miraron sin comprender nada.

—Es una clienta del taller, Mary —respondió James con una mentira—. Vivía por aquí antes. —Lo compensó con una verdad.

Yo no había soltado el arma y la empuñaba bajo el abrigo. Tenía el dedo en el gatillo. Podía haber acabado con mi sufrimiento en aquel mismo instante. Rendirme y aceptar que mi camino terminaba al fin. Un disparo simple, dos testigos que me incriminasen, una vida llena de resentimiento en una cárcel a las afueras. Un titular: «La periodista y escritora Miren Triggs, acusada de matar por venganza». Quizá había llegado la hora.

—¿Por qué no entras, papá? —le interrogó el pequeño—. Te hemos esperado para cenar.

James agachó la cabeza y miró hacia donde yo había guardado el arma. Me suplicó en silencio que no lo hiciese. Me habló con sus ojos tristes sin pronunciar palabra. Me temblaba todo el cuerpo. Entonces comprendí que él había pasado página. Había construido una vida y había dejado atrás el daño que había hecho, y yo era la única que aún visitaba una y otra vez aquella noche, que estaba atrapada por la corriente y luchaba sin fuerzas contra las olas, que me empujaban una y otra vez mar adentro.

—¿Qué vas a hacer? —exhaló él con la voz rota.

—No lo sé —susurré casi sin aliento.

Se volvió hacia su mujer y su hijo y me dio la espalda. Yo observé a los tres en silencio y noté cómo me quebraba.

—Creo que… —conseguí decir—, creo que cambiaré de coche. No puedo permitirme arreglar el mío. No tiene solución.

Él asintió y cogió a su hijo en brazos.

Tenía los ojos tristes y el pequeño lo abrazaba ignorando que la vida de su padre dependía de lo que yo decidiese.

—Es lo mejor que puedes hacer —respondió—. No merece la pena pensar en arreglar algo que no tiene vuelta atrás. Hay averías que no tienen arreglo y es mejor tratar de seguir hacia adelante —dijo en una frase que solo entendimos los dos.

Asentí en silencio. Simulé una sonrisa para el pequeño. Me di cuenta de que tenía que dejarlo todo atrás y renunciar a aquella Miren. A la que sonreía al mirarse al espejo, a la que caminaba por la vida llena de sueños. Esa persona del pasado ya no existía y quizá era hora, catorce años después, de conocer a esta otra chica que vivía en mi cuerpo.

—Pásate otro día por el taller y quizá pueda ayudarte —me dijo de pronto.

—Lo haré —respondí con las últimas fuerzas que me quedaban.

Le dio un beso a su mujer y me hizo un ademán con la cabeza. Me despedí sin decir nada. Llegué hasta el coche y conduje sin retener las lágrimas hacia el apartamento de Jim. Subí a su casa, era lo que necesitaba. Entré sin hacer ruido, dando pasos de fantasma, y, cuando lo vi durmiendo en el sofá, me senté sobre su cintura y lo observé en la penumbra.

—¿Qué te ocurre, Miren? —me dijo en un susurro en cuanto sintió mi cuerpo.

Tenía la voz dormida, pero era lo que necesitaba. Me eché sobre su pecho y apenas me salieron las palabras:

—Solo te pido que me abraces esta noche.

Capítulo 10
Nueva York
Madrugada del 13 de diciembre de 2011
Un día antes
Jim Schmoer

Lo más difícil de enamorarse es
encontrar la manera de encajar.

Jim acompañó los sollozos de Miren con caricias en su espalda sin saber qué decirle. No estaba seguro de qué ocurría ni por qué estaba así, pero era consciente de que con ella era mejor esperar a que tuviese fuerzas para contarle lo que pasaba. Se durmió junto a ella y, de pronto, abrió los ojos. Miren no estaba a su lado. La luz de la mesa del salón iluminaba la estancia con una penumbra delicada y al incorporarse la vio sentada frente a los papeles de Daniel. Leía con determinación a pesar de ser madrugada. Jim se levantó y se acercó a ella.

—¿No quieres dormir? —le susurró.

Le entró un miedo repentino de que ella se marchara.

—¿Desde cuándo estás con esto? —le interrogó Miren sin levantar la vista del papel—. Es… el hijo de Benjamin Miller. No sabía nada.

—Ocurrió hace muchos años. Recordaba el nombre del pequeño, pero nunca lo relacioné con él. Ha venido a pedir ayuda. Ya sabes que dejó el FBI y se ha jubilado. Este tema le ha atormentado toda su vida y me ha pedido que le eche un ojo. Voy a revisar el archivo por si hay algo.

—¿Has leído la declaración de la profesora y de los otros padres? —Jim la observó y se dio cuenta de que estaba cayendo otra vez en lo mismo de siempre. Miren estaba tapando sus heridas con aquellas fichas.

—Sí —respondió él dándose cuenta de que era imposible cambiarla.

—¿Y no te parece triste?

Él no pudo responder y la miró como quien contempla un cuadro de arte abstracto. Con fascinación y extrañeza. Comprendió que si quería estar cerca de ella debía abrazar la idea de acompañarla.

—La profesora no se quedó con Daniel porque creía que estaba con otra familia y ellos no se quedaron a su lado porque creían que estaría con ella —continuó Miren—: Todos creyeron que el niño estaba atendido. A nadie se le ocurrió hacerle una simple pregunta: Daniel, ¿con quién estás? No nos movemos de tu lado hasta que lleguen tus padres.

Miren levantó un instante la vista hacia Jim y no se percató de cómo la estaba mirando.

—Quizá esperó allí —siguió— y cuando vio que no venía nadie a por él se montó en la bicicleta para volver a casa, pero nunca llegó. —Estaba cada vez más afectada mientras elaboraba el relato—. Alguien lo vería pedaleando solo cuesta arriba. Le ofreció ayuda. Sí, le tuvo que ofrecer ayuda. Paró su coche junto a él y nadie lo vio. Quizá incluso le dijo que lo acercaría a casa. Puede que lo hubiese visto en otras ocasiones. Que usase aquel camino para llegar a otro sitio de vez en cuando y se cruzara con Daniel, que por primera vez estaba solo. Le sonrió. Seguro que lo hizo. La gente malvada sonríe mejor que las buenas personas. Transmiten confianza, porque en realidad saben lo que quieren. Sus ojos parecen transmitir calidez, pero esconden rabia.

—Puede ser como lo cuentas o que un coche lo golpease y el conductor asustado decidiera esconder el cadáver.

—No había restos de sangre en la carretera ni marcas en el suelo. La bicicleta estaba perfecta.

Miren señaló las fotografías que se tomaron en el momento y que apoyaban sus palabras. Ella asintió conforme y trató de montar el puzle en su cabeza.

—Quiero leerlo todo. ¿Preparas café? —le pidió a Jim al tiempo que volvía a una de las páginas.

—Sí, claro —respondió él. Se fijó en las ojeras de Miren y en cómo se apartaba el pelo de la cara. Leía concentrada. Sabía que aquello sería lo único que podría rescatarla de su angustia.

Fue directo a la cocina y volvió a la mesa con un café en la mano.

—¿Qué son estos otros nombres? —dijo Miren señalando los archivos con los nombres de Steven Ascott y de Carlos Rodríguez.

—Casos no resueltos de los últimos treinta años en la ciudad. Niños de edades parecidas a Daniel Miller. La desaparición de Carlos Rodríguez, por ejemplo, sucedió hace seis meses. Se denunció poco antes de que se jubilase Ben. Puede que no estén relacionados en absoluto, pero no creo que perdamos nada por echarle un ojo para tener una visión conjunta.

—Bien. Sí. ¿Qué se sabe de él?

—Estaba jugando fuera de casa y desapareció. Tenía ocho años, uno más que Daniel entonces. Se cree que está con su padre en México, pero no hay manera de demostrarlo ahora mismo.

Ella asintió en silencio mientras asimilaba la historia de Carlos. De pronto, Jim vio su oportunidad en aquella pausa y se atrevió a cambiar de tema.

—¿Cómo estás? —le preguntó con delicadeza.

Miren levantó la vista un instante.

—No quiero hablar de mí, Jim.

—¿No piensas contarme nada? ¿Por qué llorabas?

—No puedo —susurró ella—. Mejor déjalo estar...

Jim apretó los labios y asintió. Él le puso la mano en el hombro y Miren inclinó la cabeza para apretarla contra ella. Notó en su rostro los nudillos de Jim y sintió aquel gesto como si fuese el abrazo que necesitaba.

—¿Seguro que no quieres hablar?

Miren suspiró:

—Quiero pasar página. Quiero dejar de desangrarme viva.

—Déjame ayudarte.

—Nadie puede. Es cosa mía.

Jim se agachó y se puso a la altura de su cara.

—Sabes que estoy aquí, ¿verdad? Y que me importas más de lo que tú crees.

Miren asintió y cerró los ojos. Él esperó, deseando que le contase qué le ocurría, por qué había llegado así de afectada, pero, cuando al fin movió los labios, Miren solo le pidió una cosa:

—¿Podemos volver con lo de Daniel, por favor?

—Claro —se rindió él—. Le he echado dos de azúcar.

Jim se sirvió otro café y leyeron juntos durante un par de horas. Los primeros rayos de sol se colaron por la ventana y bañaron la piel blanca de Miren, y, por un instante, Jim se alegró de ser capaz de atrapar al fantasma. Tan solo necesitaba un enigma sobre la mesa y de esa manera el tiempo se congelaba. Era la única forma de tenerla a su lado.

Jim se pegó una ducha y se vistió. Bajó al *deli*, compró dos periódicos, pan de molde y mermelada. Luego subió y le preparó a Miren otro café y un par de tostadas.

—Supongo que comprobaron las coartadas de toda esta lista de agresores que vivían en la isla en aquellos años, ¿verdad? —indicó Miren mientras señalaba un documento que enumeraba treinta y dos nombres de varones junto a los delitos por los que habían sido condenados.

—No he llegado a esa parte, pero entiendo que sí.

—Hay uno de ellos que era profesor. En la universidad Wagner.

—¿Uno de los agresores era profesor de la universidad Wagner? —Jim se sorprendió de que existiese esa conexión.

—Will Pfeiffer, profesor de música.

—¿Qué aparece en su coartada?

—Tenía clase. Más de doce alumnos lo confirmaron.

—¿Cuántos años tenía entonces?

—Will Pfeiffer nació en 1952. Tenía… —calculó con rapidez de cabeza— veintinueve años en 1981. Lo detuvieron en 1970 por masturbarse en el parque Silver Lake.

—¿Y qué tal le ha ido la vida a este tipo? Ahora tiene cincuenta y nueve años. ¿A qué se dedica? ¿Dónde vive?

—Déjame buscarlo en el registro web de la Ley Megan —replicó Miren, levantándose con energía y dirigiéndose al ordenador de Jim.

—La contraseña es…

—El cumpleaños de Olivia, lo sé.

—Eh…, sí. ¿Desde cuándo sabes mi contraseña del ordenador?

—Desde que la probé el primer día que me quedé aquí. Deberías ser más original. Es el primer código que probaría cualquiera.

Jim sonrió y se sentó en la mesa a echar un vistazo a los periódicos. De pronto, sus ojos se clavaron en una pequeña noticia al pie de página de la portada del *Manhattan Press*: «Markus Baunstein se suicida en su mansión». Pasó las hojas hasta la doce y comprobó que el artículo lo había escrito Miren. Mientras ella abría Safari y buscaba el registro online de la ley de agresores sexuales del estado de Nueva York, Jim leyó la noticia. Siguió el texto con interés y descubrió el motivo por el que Baunstein había saltado. También el hallazgo de una habitación secreta llena de contenido prohibido. Jim percibió la ira en cada frase de la noticia y comprendió por qué había estado tan esquiva.

—No aparece —dijo Miren de pronto—. Está limpio.

—¿No aparece?

—Fue hace muchos años. Estaría en un nivel bajo de peligrosidad y pasados unos años sales del sistema. Si no reinciden van descendiendo de niveles hasta que cumplen la condena y un juez dicta que se borre lo que hicieron.

—Lo podemos buscar por otro lado. Quizá siga dando clase.

Miren buscó en la web de la universidad y comprobó entre el personal docente quién impartía música, sin suerte. Escribió su nombre en Google y, de repente, apareció la imagen de un hombre de jersey de cuello negro y pelo blanco, propietario de una tienda de música en St. George, en Staten Island.

—Bingo. Tiene que ser él —celebró Miren—. No hay muchas personas que se llamen Will Pfeiffer por aquí.

—Bien. ¿Conduzco yo? —propuso Jim.

—¿Vamos? —inquirió Miren.

—Estamos juntos en esto, ¿no?

Jim dudó un instante si sacarle el tema del artículo, pero decidió que era mejor no perturbarla, porque parecía que había renacido de nuevo.

—Yo conduzco —dijo con media sonrisa en el rostro.

Capítulo 11
Staten Island
13 de diciembre de 2011
Un día antes
Miren Triggs

Solo en la más absoluta oscuridad
podemos ignorar nuestras propias sombras.

Los dos estábamos de nuevo juntos en un coche, trabajando.

Fuimos a mi estudio en el West Village para poder ducharme y vestirme prácticamente igual: vaquero, blusa negra y el abrigo verde. Jim aprovechó mi ducha para comprar algo en una tienda del barrio. Me dijo que me esperaría en la calle. Bajé sin secarme el pelo, me gustaba la sensación de tener el cuello frío, y me encontré a Jim de pie junto al coche con unos auriculares puestos.

—¿Qué escuchas? —le pregunté.

Busqué si tenía en las manos un reproductor MP3 o un móvil, pero me sorprendió encontrarme con un walkman azul.

—A Daniel Miller. —Levantó la mano y una cinta de casete giraba en ese antiguo reproductor.

—¿Cómo que a Daniel? ¿Qué es eso? —inquirí confusa.

—Es lo que quería comprar. —Señaló el walk-man—. Pensaba que me costaría más encontrarlo, pero parece que hay gente que adora estos cacharros. Dos calles más arriba hay una tienda de vinilos que tiene una pequeña sección de casetes y walkmans. Hay gente que echa de menos aquellos tiempos. Daniel era un pequeño reportero. —Sonrió Jim al tiempo que pulsaba un botón y detenía la cinta de golpe—. Y divertido. Se grababa hablando y explicando lo que le ocurría. Me recuerda a mí. Por lo que he oído tenía sentido del humor. No se escucha del todo bien, porque con el tiempo las cintas suelen perder calidad y se llenan de ruido, pero se entiende todo lo que dice.

—¿Me dejas oírlo? —le pedí llena de curiosidad.

—Claro —respondió.

Se quitó los auriculares y me los puso con la delicadeza que le caracterizaba.

Apretó un botón y de repente una voz joven y aguda navegó por mi cabeza:

«Luca hoy ha sacado el hámster de la jaula y se ha escapado. Toda la clase lo hemos estado buscando durante un rato. Ojalá hubieseis visto la cara de la señorita Amber. Estaba aterrorizada. Igual que Alice, que se ha arrinconado en la clase y no ha dejado de llorar hasta que al fin lo hemos encontrado. Luca siempre hace estas cosas y por eso todos le admiran en clase. Me llevo bien con él y con Gabi *(pausa)*. La señorita Amber dice que somos el trío peligroso de clase, pero yo nunca hago nada malo. Son ellos los que siempre están pensando en trastadas. Ya os conté que mi padre es del FBI y no quiero meterme en ningún lío. Pero ha sido tan divertido lo del hámster… A ver qué os cuento mañana *(pausa larga)*. Mi madre está pintando y mi padre cortando el césped *(pausa, sonido de puerta)*. Hola, mamá. Qué bonito. ¿Es un árbol?» *(pausa)*. «No, cariño. Estoy pintando un bosque» *(pausa larga)*. «¿Dónde lo piensas colgar?». «No lo sé, decídelo tú». «¿En mi cuarto?». «Me parece perfecto, cielo. ¿Le dices a tu padre que venga, por favor?» *(pausa larga, sonido de pasos en la madera, sonido de puerta al abrirse)*. «Papá, mamá te llama». «¿Qué quiere?». «No lo sé. ¿Jugamos a algo?». «Dan, ¿no ves que estoy ocupado?».

De pronto, la cinta se cortó y, cuando miré extrañada a Jim, me di cuenta de que había sido él el que la había parado.

—Es un chico muy avispado para tener siete años, ¿no crees?

De algún modo noté que escuchar aquello me ataba más a aquella búsqueda. Me recordó tanto a cuando yo era niña que creí por un instante que era mi voz la que hablaba. Me pareció estar en Charlotte con mis padres y recordé algún instante cotidiano de mi infancia cuando yo aún era alguien.

—¿Vamos? —Jim me sacó de ese pensamiento.

Me subí en el coche y él arrancó en dirección sur.

—Ahí atrás hay más cintas —dijo, al tiempo que señalaba una caja azul que había dejado en el asiento trasero—. Grabó una veintena de casetes. Solo he escuchado un poco de la que está puesta mientras te esperaba.

—Es una sensación horrible, ¿no crees? —le dije.

Me había dolido escuchar a Daniel de aquella manera. Tan inocente y vulnerable.

—¿A qué te refieres? —me preguntó.

—A poder oírlo como si nada tantos años después, sabiendo lo que ocurrió después.

Jim cogió aire y suspiró con fuerza.

—Es una pequeña ventana hacia aquella época. A lo que le preocupaba. Es una manera de conocer qué estamos buscando —respondió—. Puede que no sirva de mucho, pero… nos acerca un poco a cómo se sentía.

Observé a Jim un instante y me di cuenta de que hablaba con un tono distinto, como si tratase de convencerme de que era buena idea introducirnos en los pensamientos y en las emociones del pequeño.

—Y… me ha llamado Martha para hablar de un nuevo libro —añadió de repente en un tono en el que percibí que no sabía bien cómo me tomaría aquello.

—No me lo puedo creer —le dije de pronto.

—¿Qué pasa? —preguntó.

—Quieres escribir sobre él —espeté.

—Bueno, estoy pensándolo. Lo quería hablar contigo —replicó contrariado.

Noté que titubeaba. Me di cuenta de que él tenía claro lo que quería hacer antes siquiera de decírmelo.

—Sí, quieres hacerlo —protesté al instante—. Lo quieres conocer para poder describirlo. No es por ayudar a Ben Miller o descubrir qué pasó, sino para hablar del personaje. Quieres convertir a Daniel en alguien con quien empatizar.

—Miren…

—¿Cuándo pensabas decírmelo? —Estaba realmente molesta—. Yo no me veo con fuerzas para abrirme de nuevo en otro libro.

Jim esperó un instante y me di cuenta de que se sentía atrapado. Subió por la rampa del puente de Brooklyn y bajo las sombras de sus imponentes columnas dijo finalmente:

—Me ha pedido que lo escriba solo.

—¿Qué?

—Me ha dicho que quiere que lo escriba yo solo.

—¿A qué te refieres con que lo escribas tú solo? No entiendo. —Lo entendía perfectamente, pero me negaba a aceptarlo.

—Me ha pedido que el siguiente libro que escriba no lleve tu nombre, Miren —aclaró finalmente. Me encontré de bruces con el motivo de sus titubeos.

Arqueé las cejas y apreté los labios. No sabía cómo tomármelo. En el fondo yo no quería seguir dentro de ese mundo que había abierto con *La chica de nieve*, pero no me apetecía quedarme fuera. No supe qué decir. También en parte era inevitable. Había renunciado a participar en las giras y me había escondido para evitar estar en la diana. Encontrarme aquella puerta cerrada me tocó el ego de un modo para el que no estaba preparada.

—¿Y qué le has respondido? —pregunté bajando la voz.

—Que quería que fuese contigo, Miren —dijo en un susurro.

—No sé si quiero, Jim —negué con la cabeza—. El dinero no es el motivo por el que estoy aquí en el coche. No es el motivo por el que me hice periodista. Nunca se trató de eso. Tú mismo lo decías en la facultad. En el momento que dejamos que las noticias y los temas que se tratan los definan los anunciantes, los poderosos, los que mueven el dinero, el periodismo muere. Y en ese mundo la verdad nunca sale a la luz. Buscamos la verdad no por dinero, sino por convicción. Pero ahora mismo en este coche vamos dos personas con dos visiones distintas del mundo que queremos.

—No seas injusta conmigo, Miren. Te aseguro que quiero ayudar a Ben. Antes de que me encontrase con él, Martha ya me había pedido el libro. Cuando Ben me ha contado todo, he pensado: «¿Por qué no?». Incluso él me lo ha ofrecido. Pero si he aceptado revisar el caso de Daniel ha sido porque he visto sufrir a Ben. Nada que ver con el maldito libro… Te lo aseguro.

—¿Cómo sé que dices la verdad?

—Porque no concibo el mundo de otra forma, Miren. Porque aspiro a morir sabiendo que siempre he hecho lo correcto y que me he movido toda mi vida para que la verdad salga a la luz, aunque me cueste el trabajo o la vida entera. Y sé que tú y yo encajamos de algún modo porque en el fondo somos iguales. Tienes ese gusano dentro, como lo he tenido yo siempre. Lo arriesgamos todo por buscar la justicia.

Guardé silencio y traté de asimilar la posibilidad de que Jim escribiese el libro de Daniel por su cuenta. Por un lado quería formar parte de algo así, pero por otro mi corazón me pedía que me alejase todo lo que pudiese de lo que me hacía daño.

Cuando quise darme cuenta estábamos dejando atrás Brooklyn y nos adentrábamos en Staten Island a través del puente. Ya era prácticamente mediodía. Jim tenía la virtud de convencer y transmitir su amor por el periodismo, aunque se notasen las señales de que indagar la verdad le había pasado factura.

Llegamos a Staten Island y Jim tomó la primera salida y giró al norte. Poco después, en Bay Street, frenó su coche junto a una tienda de toldos y rótulos negros llamada Music More sobre la que colgaba una bandera de Estados Unidos.

—Es aquí —dijo al tiempo que apagaba el motor.

Me bajé sin decirle nada y caminé hacia el local con decisión. Era el primer paso que dábamos en este nuevo caso. Me sentía nerviosa y confusa a la vez. La voz de Daniel aún resonaba en mi cabeza. Jim me siguió hasta la puerta. Dentro la luz estaba apagada y el cristal dejaba ver un interior sin vida.

—Está cerrado —dije al comprobar que dentro no había nadie. Me fijé en que en el suelo se acumulaba un montón de propaganda con ofertas de electrodomésticos y cerrajeros—. Parece que lleva un tiempo así —añadí.

—Bueno, ha sido un buen paseo —soltó Jim—. ¿Alguna otra idea? —me preguntó metiéndose las manos en los bolsillos—. Quizá podamos…

Le interrumpí reventando el cristal de la puerta con el codo.

—¡Qué diablos haces! —exclamó de repente—. ¿Es que has perdido el norte?

Jim miró a un lado y a otro mientras yo retiraba un par de cristales más para poder meter la mano y quitar el cerrojo.

—Estas no son formas, Miren. Nos estamos saltando todas las reglas del código deontológico del periodismo —protestó, aunque sabía que no le haría caso.

—A la mierda el código. —Estaba enfadada con Jim. Quizá por eso actué así—. Comprueba que nadie nos ve.

—Joder. Vale. Date prisa.

Metí la mano, quité el cerrojo y entré en esa tienda en penumbra. Deambulé por ella y me fijé en la cantidad de instrumentos que hacía tiempo que nadie tocaba. Jim decidió seguirme finalmente y cerró la puerta. Nos quedamos allí dentro los dos solos y percibí un olor extraño, decadente, como cerrado. Había un mostrador de madera cubierto por un manto gris. Sobre las paredes colgaban una decena de guitarras y en una vitrina descansaban un puñado de instrumentos de viento. A la derecha destacaban tres teclados electrónicos cubiertos de polvo, un piano de pared en madera oscura y una vitrina llena de libros de música y partituras.

—¿Cuánto tiempo llevará esto cerrado? —pregunté en voz alta.

—Bastante. Tiene pinta de que Will Pfeiffer se fue con bastante prisa.

—¿Y dejó todo esto así? ¿Cuánto dinero hay aquí en instrumentos?

—Bastantes miles. Ese piano de ahí es un Steinway. Vale más de diez de los grandes.

—¿Y por qué se iría tan de repente? —traté de comprender aquella pregunta sin respuesta.

—No lo sé.

Me fijé en que a un lado del mostrador había una decena de pequeñas cajitas de cartón, igual de abandonadas que el resto de los objetos de la tienda.

—Quizá deberíamos irnos —dijo Jim—. Lo podemos buscar de otro modo. En el registro civil o incluso puedo preguntar a la policía por si me dice algo interesante. Sigo teniendo algún amigo que quizá pueda rastrear los movimientos en su cuenta.

Señalé la puerta que había detrás de un separador de madera y al aspirar por la nariz me di cuenta de que ese olor extraño venía de allí. De repente, oí un ruido al otro lado. Jim y yo nos miramos a la vez. En ese momento, lamenté haber reventado el cristal y haber tenido la genial idea de colarnos dentro. Jim dio un paso atrás y yo, no sé por qué, rodeé el mostrador y me dirigí hacia el ruido.

—¡Miren! —me susurró Jim con fuerza—. ¡Vámonos!

Lo miré un segundo y luego di un paso hacia delante.

LA GRIETA DEL SILENCIO

—¡Miren! —repitió.

Agarré el pomo con la mano y abrí la puerta con la certeza de que era un paso equivocado. Sentí el impacto de aquel olor. Me tapé la boca, entrecerré los ojos y fue entonces cuando vi el cadáver allí sentado, con las manos a la espalda. Una rata mordisqueaba lo que quedaba de los pies. Me acerqué con miedo, con la certeza de que era el hombre que buscábamos, y me fijé en su rostro. Y fue entonces cuando percibí unos hilos negros que envolvían y ataban unos labios que el tiempo había consumido.

Capítulo 12
St. George. Staten Island
13 de diciembre de 2011
Un día antes
Jim Schmoer y Miren Triggs

Dame un alma y te enseñaré sus pedazos.
Dame un corazón y te mostraré sus heridas.

Los agentes no tardaron en hacerles preguntas a Jim y Miren, que no sabían bien cómo explicar todo aquello. Un policía rubio y regordete de cara amistosa trató de comprender la situación.

—¿Por qué se han colado en la tienda? ¿Qué buscaban dentro? —indagó el agente llamado Bollinger mientras miraba a Jim y Miren con incredulidad.

—Somos periodistas —respondió Jim—, vivimos en la ciudad y estamos siguiendo un caso de hace muchos años. Ella trabaja para el *Manhattan Press* y yo soy *freelance*.

—¿Un caso? ¿Periodistas? —preguntó el agente, confuso.

—Daniel Miller —Miren intervino en la conversación—. Desapareció aquí en Staten Island en 1981. Estábamos indagando en el expediente y vimos que el dueño de esta tienda era profesor entonces en la universidad que está al lado del lugar en el que ocurrieron los hechos. Estaba fichado por un delito sexual, era un pervertido, y pensamos que era buena idea empezar a investigar por aquí.

—¿Daniel Miller?

—Sí. ¿Recuerda el caso? Estamos escribiendo sobre su desaparición para ver si conseguimos que el FBI retome la búsqueda del pequeño.

—Oh, claro que lo recuerdo —exclamó con algo de orgullo—. Fue un golpe para la isla, ¿saben? Yo estudié en el Clove Valley, en la misma escuela que Daniel, aunque yo era mayor que él. Si no recuerdo mal Daniel estaba en primer grado cuando desapareció. Su profesora, la señorita Amber, había sido mi tutora unos años antes, ¿saben? Acabó destrozada por aquello. Lo recuerdo perfectamente porque abandonó el colegio poco después. La culpabilidad es una compañera muy perra. Lo pasó realmente mal. Todos los alumnos de Clove Valley conocíamos esa historia, que desatendió al pequeño, que el niño se fue a su casa solo, y, bueno…, luego pasó lo que pasó. Es algo con lo que es difícil convivir. Un error así se te agarra al cuerpo y no te suelta. Un compañero del cuerpo se quitó la vida por la culpa. Un tipo que estaba atracando una gasolinera tenía de rehén a una dependienta. Y ella terminó con un tiro en la cabeza. La cosa se complicó, mi compañero estaba tratando de calmar al atracador y cometió el error de confiar en que este no dispararía. Se dio de baja tras el incidente y dos meses después lo encontraron colgado en el baño. Algunas personas simplemente no pueden aguantar la culpa. Es algo humano.

Miren interiorizó aquellas palabras como si estuviese hablando de ella.

—Supongo que saben que se han metido en un buen lío —siguió el agente—. Ya es mala suerte colarse en una tienda y que dentro haya un cadáver. No me malinterpreten, les creo, pero tendrán que prestar declaración y rellenar todo el papeleo.

—Ayudaremos en lo que haga falta —aceptó Jim—. Solo queríamos hablar con él, cotejar qué recordaba y contrastarlo con su declaración de entonces. Nos pareció la primera conexión más lógica.

Llegó un furgón del equipo de investigación forense y Miren se dio cuenta de que era la segunda vez que lo veía en dos días consecutivos.

—Verán, tendremos que tomarles las huellas. Ya saben, para descartar las que se encuentren ahí dentro. Supongo que no les importará.

—No, claro que no.

—Bien —replicó—. Esperen aquí y ahora me acompañan a comisaría. Tendrán que contarme todo lo que ya me han dicho y poco más. No están acusados de nada, pero necesitamos tenerlos controlados.

—¿A comisaría? —se lamentó Jim—. ¿No hay otro modo de hacerlo?

—Lo siento, es el procedimiento estándar en estos casos. —El policía señaló al furgón del que se bajaron dos agentes de la científica con maletines que entraron enseguida en la tienda—. Me temo que tendrán que acompañarnos. Han descubierto ustedes un cadáver. Enhorabuena.

Miren agachó la cabeza. Para ella, más que un asesinato, aquello había sido una ejecución. Por su aspecto y estado de descomposición, el cadáver llevaría allí meses. Las larvas y las reacciones químicas de los líquidos corporales se habían expandido por los tejidos. El cuerpo se había secado, la piel se había convertido en una fina capa negruzca y estirada, similar a una tela vieja a punto de quebrarse. La mente de Miren viajó a lo que habían visto apenas unos minutos antes: unos labios cosidos y unas manos atadas en la espalda. Quien lo había matado había dejado claro el mensaje: ese hombre debía guardar silencio.

Acompañaron al agente Bollinger a la comisaría de Staten Island, en las inmediaciones de St. George, y contaron de nuevo frente a otro policía los motivos por los que estaban allí: la investigación por la desaparición del pequeño Daniel Miller. Eso los había llevado hasta Will Pfeiffer, un potencial agresor sexual registrado y profesor de la universidad Wagner, dueño de la tienda de música. Trataron de justificar la rotura del cristal porque habían percibido el olor desde fuera y se habían dado cuenta de que la tienda estaba abandonada, pero sintieron que más tarde o más temprano recibirían una citación judicial por intento de robo.

Luego tuvieron que esperar un par de horas en una sala de la comisaría en la que media docena de delincuentes aguardaban su suerte, bien para ser fichados, bien para que los bajaran directamente al calabozo. De vez en cuando Jim y Miren se miraban, pero se notaba que cada uno estaba pensando una cosa diferente. A Jim, por un lado, le parecía que todo se estaba oscureciendo de un modo que no pudo intuir en un principio. Miren, en cambio, no paró de darle vueltas a aquellos labios sellados y en lo que podían significar.

Cuando terminaron de prestar declaración y dejaron sus huellas sin pedir un abogado, salieron de la comisaría. Comprobaron que ya era bastante tarde.

—Hemos tirado el día a la basura —protestó Jim.

Miró el reloj y marcaba las siete de la tarde.

—Al menos sabemos dónde está Will Pfeiffer —respondió Miren al tiempo que abría la puerta del coche y se introducía en él.

Jim no supo interpretar si eso era una broma. No estaba acostumbrado a aquella chispa momentánea.

—¿Cenamos? —propuso él—. Prometí a Olivia que comería mejor y estoy muerto de hambre. Bueno, no como ese Will Pfeiffer, claro. —Sonrió.

—¿Es eso humor negro? —preguntó Miren.

—Más o menos —respondió él—. Algún día te contaré cómo reaccioné la primera vez que vi un cadáver.

—¿Conoces algún sitio que esté bien por aquí?

—Hace años que no voy, pero vamos a probar si sigue abierto —dejó caer Jim, intentando seguir con el tono de la conversación.

Arrancó el vehículo y Miren le sonrió por un instante. Circularon paralelos a la costa hacia el sur y luego Jim giró a la derecha para alcanzar Victory Boulevard, una calle empinada llena de pequeñas tiendas, locales de comida para llevar, lavanderías y el mismo cerrajero que se había anunciado una y otra vez con folletos de publicidad en la puerta de Music More. Jim aparcó en mitad de la cuesta, frente a un local de envío de dinero, e invitó a Miren a que saliese del coche.

—¿Adónde me traes?

Miren sonrió al bajarse y Jim hizo lo mismo.

—¡A Taquitos! —Señaló de manera triunfal un pequeño restaurante de toldos rojos y con neones que autoproclamaban en letras blancas que era el mexicano con mejor sabor de la isla.

Se sentaron en una de las pocas mesas que había dentro y un camarero llamado Óscar los atendió con un «acento» que divirtió a Jim.

—¿Qué quieren mis amigos? —preguntó Óscar—. ¿Un variadito? Os puedo poner taquitos al pastor, *escamoles*, *chapulines* o *cochinita pibil*. Si esperáis un poco, también os ofrezco un *buen mole* de la receta de mi abuela o una *sopita azteca* cocinada como si estuvieseis en el mismo D. F. Me quedan un puñadito de *chicatanas*, pero no sé si tenéis el cuerpo para algo así.

Miren observó a Jim con expresión de no entender una palabra. El ánimo de Óscar era contagioso, pero aquellos nombres sin traducir sonaban demasiado exóticos para cualquiera que no supiese que detrás de la mayoría de aquellas palabras había insectos con distintas formas y texturas.

—No sabría ni por dónde empezar —respondió Jim—. Pero creo que unos… —trató de imitar el acento de Óscar, sin éxito— taquitos al pastor y un par de sopas es suficiente.

—Os voy a poner también el taquito de *escamoles* para que tu amiga los pruebe —respondió Óscar radiante.

Miren rio un instante y le preguntó a su compañero:

—¿Qué es eso? Por favor, dime que no tiene bichos. Si tiene bichos no pienso probarlo.

—¿Bichos? No, tranquila —replicó Jim sin estar muy seguro—: ¿Tiene bichos, amigo? —De pronto, prefirió aclararlo para no cometer un error.

Recordaba algunos nombres, pero no con claridad. Las anteriores ocasiones que había estado en aquel antro había regado la cena con tequila, de tal manera que todos los nombres habían terminado mezclándose unos con otros. Le gustaba aquel lugar.

—Es algo que tienes que probar —dijo Óscar con un acento inglés perfecto, tratando de tranquilizarla.

Miren se preocupó, pero como Jim sonreía, cedió. Se dejó llevar.

Cuando Óscar se perdió en la cocina, Miren sacó su lado curioso y le preguntó:

—¿Cómo conoces este sitio?

—Lo descubrí hace años, cuando hice un perfil para el *Wall Street Daily* de uno de los empresarios mexicanos más ricos del planeta. Era el propietario de varios grupos de telecomunicación que daban servicio a media Latinoamérica, pero se evadía del mundo tomando tacos en este lugar tranquilo a las afueras de la ciudad. El empresario me confesó que seguía visitando Taquitos solo por la sopa azteca que le recordaba a la que hacía su abuela y por la sensación que tenía aquí de seguir siendo el que era antes de tener éxito con sus empresas —respondió Jim.

—¿Y tú echas de menos algo? —incidió Miren.

—¿Quién no? —respondió él sabiendo que todo el mundo navega por la vida con la misma herida.

—¿Qué es lo que echa de menos Jim Schmoer, el gran periodista y escritor de éxito? —trató de bromear Miren, pero Jim agachó la cabeza y tardó un instante en responder.

—A mi familia —dijo Jim apretando los labios—. Pasar tiempo con mi hija. No fui un buen padre entonces y perdí la oportunidad. Después he ido capeando el temporal lo mejor que he podido, pero hay cosas que no vuelven. Por el trabajo me perdí muchos momentos y por mis errores me perdí el resto.

Miren miró a Jim y se dio cuenta de que él había cambiado el tono; había hurgado en una herida en la que nunca había reparado.

De pronto, Óscar los interrumpió con los tacos al pastor y volvió unos segundos después con una bandeja con un par de cuencos llenos de un líquido marrón sobre el que flotaban tiras de tortilla frita de maíz.

Miren probó enseguida ambas cosas y se sorprendió del sabor.

—Esto está buenísimo —exclamó.

En realidad, Miren deseaba también que Jim volviera al tono de broma anterior.

—Me alegro de que te guste.

Óscar colocó sobre la mesa otro taco cubierto de larvas blancas de aspecto gelatinoso.

—Ni hablar —exclamó Miren de pronto—. No pienso probar eso. —Soltó una carcajada—. No. Ni hablar. Me vuelvo a casa ahora mismo.

—¡Venga! —bromeó Jim—. Tienen un aspecto fenomenal.

—Pues cómetelos tú —rechistó ella medio en broma.

Jim rio y agarró el taco. Lo dobló como pudo y le dio un bocado ante la mirada torva de Miren, que no tardó en partirse de risa.

—¿Qué tal está eso? ¿Sabe como Will Pfeiffer? —bromeó ella.

Jim escupió el taco sobre el plato y explotó en una carcajada.

—Te odio —le dijo Jim con una sonrisa.

—Lo sé —respondió ella con la certeza de que aquella sensación dulce, aquel instante placentero no duraría demasiado.

Su mente funcionaba así. Aceptaba momentos esporádicos de felicidad con la seguridad de que no era su estado natural. Y no se equivocaba. Levantó la vista hacia el ventanal de la entrada y clavó la mirada bajo el neón. Se fijó en una fotografía de un chico joven de pelo negro y piel morena que destacaba en un cartel con las letras: ¿HA VISTO A CARLOS RODRÍGUEZ?

Capítulo 13
Lugar desconocido
13 de diciembre de 2011
Un día antes

Si solo aprendiésemos a creer en lo que vemos,
seríamos siempre víctimas fáciles del engaño.

Lo despertó el sonido de la melodía. Reconocía el timbre metálico de cada nota y suspiró con tristeza al hacer memoria de las veces que lo había escuchado antes con esperanza. Poco a poco, noche a noche, aquel sentimiento se había desvanecido al mismo tiempo que perdía la cuenta de los días que llevaba allí. Levantó el rostro de la camita en la que dormía y miró hacia un lado para observar la fina línea de luz bajo la puerta.

Corrió hacia una esquina de la sala hasta un pequeño lavabo, abrió el grifo y se lavó la cara con agua fría. Luego agarró con prisa un jabón y se frotó con fuerza las manos. Se las secó en el pantalón mugriento y corrió a la cama, asustado. Al otro lado de la puerta empezó a temblar la madera del suelo al ritmo de unos pasos que parecían acompañar la melodía. Se santiguó en la oscuridad y le tembló la mandíbula. Luego se llevó las manos al frente y susurró en un tono apenas imperceptible:

—Dios te salve, María. Dios te cuide, vida mía. —Bajó la voz un poco más al darse cuenta de que se escuchaba a sí mismo con demasiada claridad—: Dios me conceda la fortuna de seguir con vida.

Los pasos llegaron hasta la puerta y el pequeño Carlos Rodríguez contuvo la respiración un instante. Temía aquella imagen. Las dos sombras negras de unos pies dividían el haz de luz que se colaba bajo ella. Agachó la cabeza sollozando. Se secó las lágrimas con las manos y las juntó otra vez deprisa. Siguió rezando, porque la fe era lo único que le quedaba.

La puerta se abrió de golpe y la luz lo cegó. Distinguió una silueta.

—Mamita, ¿dónde está? —Lloró en voz baja—. ¿Dónde está la virgen de la que usted me habló? ¿Por qué nos separó?

La silueta se acercó y el pequeño Carlos inhaló con fuerza por la nariz para contener su llanto. Agachó al instante la cabeza y apretó los labios. No quería levantar la vista y encontrarse de frente con su mirada como aquella primera vez.

Recordó los golpes y los gritos de rabia. Aún le dolían los moratones en la espalda. Carlos había interiorizado que si estaba allí dentro era por su culpa y desde entonces no tenía muy claro cómo comportarse. No tendría que haber mirado. Tragó saliva y, casi sin fuerzas para soportar aquello, se derrumbó entre lágrimas.

—Shhh —siseó la silueta.

Carlos cerró al instante los ojos con fuerza y, de repente, sintió aquellos fríos dedos tapándole los labios.

Capítulo 14
Staten Island
13 de diciembre de 2011
Un día antes
Miren Triggs

*Hubo una época en la que, cuando estábamos
unos frente a otros, nos mirábamos a los ojos.*

Me levanté de la mesa y miré los ojos del pequeño Carlos Rodríguez, cuyo rostro sonreía sobre un cartel de SE BUSCA. Me era imposible ignorar esos pósteres. Jim se dio cuenta de que ya no le estaba haciendo ningún caso y quiso saber qué era lo que me había llamado la atención.

—Carlos Rodríguez —dijo—. Tengo algunas cosas de su archivo en casa. Me las trajo Ben. Lo he leído por encima. Pocas esperanzas de que vuelva a casa.

—¿Qué sabes de él? —Me sentí arrastrada por aquellos ojos tristes de ocho años.

—Un matrimonio que se desmorona y un padre que busca hacer daño a su exmujer. El marido puso tierra de por medio y se le perdió la pista en México. Todo apunta a que se llevó al pequeño allí con él. Encontraron hace unos seis meses su jersey en la puerta de casa, donde jugaba. La madre denunció la desaparición ese día y, claro, no tardaron en ver que el padre había cruzado la frontera. Este tipo de secuestros parentales internacionales ocurren demasiadas veces y la mayoría de ellos se resuelven muchos años después, cuando cumplen la mayoría de edad o consiguen de algún modo ponerse en contacto con su familia en el país del que desaparecieron.

—¿Y cómo lo saben?

—¿Qué quieres decir?

—¿Cómo saben que Carlos Rodríguez iba con su padre? —incidí en aquella idea.

—No lo sé. Supongo que en las cámaras de seguridad de la frontera lo verían en el vehículo. No he leído todo el expediente.

—¿Alguien ha podido hablar con el padre?

—No, que yo sepa —me respondió Jim—. El niño desapareció y se perdió la pista del padre en México.

Noté que el camarero nos estaba escuchando y se acercó a nosotros.

—¿Lo están buscando? —intervino triste, nada que ver con la actitud jovial que había mostrado antes.

—No exactamente —respondió Jim—. ¿Lo conoce?

—Claro. Es muy triste. La comunidad latina de la isla está muy unida. Hacemos barbacoas de vez en cuando en Freshkills. Nos vemos las caras, charlamos, hablamos de todo lo que dejamos atrás o lo que nos costó llegar hasta aquí. Nos ayudamos en lo que podemos. Ya saben. Es una manera de no sentir que abandonaste tus raíces, ¿me entienden? Lo del pequeño Carlos ha sido triste para todos. La madre volvió hace poco a uno de esos encuentros y… es otra persona. El padre flirteaba con las drogas y las pasaba por la frontera. Y, oye, nunca nadie le juzgó por eso. Todos nos ganamos la vida como podemos, pero ¿marcharse así con el pequeño Carlos? No. Eso no está bien. Es usar a la familia como arma. Eso es de mala persona.

—¿Y han encontrado al padre? ¿Han podido hablar con él?

—No hay noticias de él —respondió Óscar—. Hay zonas de mi país que nadie se atreve a pisar, ¿saben? Y si el padre se movía en esos círculos, Carlitos estará en algún lugar por allí.

Miré a Jim con una extraña sensación. Tenía una intuición: lo que ocurrió con Daniel también podría haber pasado con Carlos. Al igual que ocurrió con Daniel Miller, cuando la profesora y los Rochester escurrieron el bulto de su responsabilidad en lo ocurrido, algo me decía que nadie buscaba con fuerza al pequeño Carlos porque todos pensaban que estaba con el padre.

—¿Y si no está con su padre? —dije de pronto.

Jim pareció comprender lo que estaba pensando.

—Entonces la historia que tenemos es otra completamente distinta —me replicó.

Óscar entrecerró los ojos:

—Sabía que ustedes eran policías. Lo sabía.

Jim le sonrió y le aclaró que éramos periodistas mientras yo trataba de procesar las implicaciones de aquella idea.

—¿Sabes dónde estudiaba Carlos? —le pregunté por curiosidad.

—Creo que vivían cerca de Clove Park, así que puede que en el colegio de la zona: el Clove Valley —respondió Óscar.

Aquella respuesta nos sumergiría a Jim y a mí en un viaje en el que todo saltaría por los aires. Jim me miró preocupado y por un instante noté cómo ambos pensábamos en lo mismo. Estoy segura de que Ben Miller había hecho la misma conexión que nosotros, pero quizá él se había dejado seducir por la versión de que Carlos estaba en México con su padre.

—No tendrá la dirección de su casa, ¿verdad? —dije con un nudo en el pecho.

No me gustaba nada aquella coincidencia entre ambos casos. ¿Acaso tenían ambas historias algo en común que nadie había investigado a fondo por la situación particular del matrimonio?

—Puedo preguntar a los conocidos, pero no me mencionen si publican algo —pidió.

Óscar escribió algunos mensajes en el móvil y volvió a nuestra mesa con la cuenta y con la dirección escrita detrás.

Salimos de Taquitos y, cuando iba decidida hacia el coche, Jim me agarró del brazo.

—Miren… —me dijo en tono serio—, espera un segundo.

—¿Qué pasa?

Me di cuenta de que iba a recriminarme algo y me puse a la defensiva.

—Me preocupa que con todo esto te vuelvas a encerrar en ti misma. Lo veo en tus ojos. En la manera en la que te implicas por encontrar a todo niño perdido.

Me molestó que estuviese en lo cierto.

—¿Nos vamos? —Traté de esquivar el tema y quise alejarme de él.

Sus dedos apretaron mi antebrazo.

—¿Qué quieres de mí, Jim? —le pregunté sintiendo su cuerpo cerca.

—Sacarte del lugar al que huyes cuando sufres. Lo has hecho otras veces y lo estás haciendo ahora. ¿Acaso crees que no me doy cuenta? Siento que a veces estás conmigo, pero, de pronto, todo se desvanece cuando algo te hace daño y tratas de esconderte, de replegarte en ti misma. ¿Qué te ocurre?

—Jim, no sigas por ahí. No tienes ni idea del incendio que llevo dentro.

—¿Qué te pasó anoche, Miren? ¿Por qué no me lo cuentas? ¿Tiene que ver con Baunstein? —me soltó de repente.

Agaché la cabeza y sentí cómo me desmoronaba. Pensé en la cinta con mi nombre que había aparecido en la sala de Baunstein y noté cómo aquello abría las heridas.

—¿Es eso? ¿Qué pasó con él? He leído el artículo que has escrito y siento que es el motivo por el que estás sintiéndote arrastrada a esta oscuridad.

—Nada, Jim. —Apreté la mandíbula, no quería llorar—. ¿Me sueltas, por favor?

Agachó la cabeza y abrió los dedos. Caminé llena de rabia hacia el coche y me metí dentro sabiendo que era incapaz de hablar sobre aquello. Jim era la única persona que sabía leerme como si fuese un libro abierto, lleno de secretos y giros, pero que él intuía con facilidad. Quizá fue un error dejar que se colara dentro de mi cabeza y conociese tantos rincones de mi personalidad. Él me siguió en silencio. No dijo nada. Se sentó a mi lado y arrancó.

Condujo por Victory Boulevard cuesta arriba y bordeamos el parque Silver Lake desde donde me fijé en la luna menguante que siempre reflejaba mis sentimientos. A aquellas horas Staten Island tenía una extraña atmósfera bajo las farolas. Después de pasar por casas de varios millones, te encontrabas una zona de pequeños hogares con la pintura descamada de la fachada. Los contrastes estaban presentes en cada esquina. Una familia entraba en casa y poco después aparecían por allí pandillas de gente con mala pinta y con sus rostros iluminados por la pantalla de móvil. Me fijé en los árboles del parque. Algunos estaban llenos de hojas y otros eran apenas unas ramas que se inclinaban hacia la carretera marcando un destino, tal vez el nuestro. Pasamos junto al cementerio y reparé en varias ancianas que lloraban solas frente a algunas lápidas. En todo el recorrido no cruzamos palabra. Una vez que llegamos a un cruce, liderado por un 7 Eleven, nos dimos cuenta de que el tamaño de las casas se iba reduciendo cada vez más. Me llamó la atención un neón que colgaba en la puerta de una diminuta propiedad: LECTURA DE MANOS. CONOZCA SU DESTINO. Jim giró a la izquierda en Labau Avenue y esa ruta no la siguió ningún coche más. La calle era estrecha, de casas pequeñas y modestas. En una zona en la que se expandía la carretera, identifiqué en la esquina una pequeña capilla de madera blanca desde cuyas ventanas se proyectaba una cálida luz. Jim detuvo el vehículo junto a ella y señaló una vivienda en la acera de enfrente:

—Es el 73. Debe de ser esa.

Jim se mostró distante. Fui a bajarme del coche, pero me interrumpió de golpe:

—Si te digo todo esto es porque me importas, Miren.

Noté la preocupación en sus ojos.

—Estoy bien, Jim —mentí.

No estaba bien. De un momento a otro, se abriría paso dentro de mí la Miren que incendiaba cada poro de mi piel.

—Déjame decir una cosa más —añadió serio—. No pienso repetir errores que ya he cometido.

No respondí nada. Yo sabía que no podía hacer aquella promesa. Abrí la puerta y me bajé. Fue entonces cuando oí aquel canto. Aquella suave melodía que flotaba en el aire y que salía de la capilla. Mi mente viajó a mi infancia, cuando acudía con mi madre a la iglesia y cantaba aquella misma letra rezándole a un Dios en el que ya no creía.

Caminamos en dirección a la casita de madera e inspeccioné de manera instintiva el aspecto desde fuera: una silla de plástico bajo el porche, una pelota de fútbol sobre el césped, una parabólica negra en el tejado y una verja de alambre que se caía a pedazos. Rodeamos la valla y llamamos a la puerta. Unos segundos después sonaron pasos tras ella y alguien desbloqueó el cerrojo. Abrió una mujer morena vestida con bata y su tristeza me hizo entender que era ella.

—¿Guadalupe? —preguntó Jim—. ¿Guadalupe Escamilla?

—Eh…, sí —dijo confundida. Pude leer en su rostro las noches en vela, las lágrimas y los rezos para que volviese.

—Es usted la madre de Carlos Rodríguez, ¿verdad?

Se llevó las manos a la boca esperando lo peor.

—¿Son de la policía? ¿Lo han encontrado? ¿Saben algo de Carlos? —dijo a medio camino entre un grito y un sollozo.

—No, no, disculpe. Somos periodistas —aclaró Jim.

Nos miró llena de confusión.

—¿Periodistas? ¿Ahora? ¿Seis meses después? —Cambió su expresión al enfado—. No me hicieron caso entonces. ¿Qué quieren ahora? A nadie le importamos. ¡A nadie! —Alzó la voz—. Se llevan a un niñito a otro país y nadie mueve un dedo para encontrarlo. Los del periódico local me cerraron la puerta en la cara cuando les pedí ayuda. Y vienen ahora a… ¿a qué?

La comprendí al instante. Lo había visto multitud de veces. La prensa solo tenía estómago para tres o cuatro noticias de ese tipo, y en todo el país se denunciaban más de trescientas cincuenta mil desapariciones de menores al año. La mayoría se resolvían al día siguiente, otras se alargaban unas semanas al tratarse de denuncias de custodia, pero había siempre un río constante de menores que pasaban a engrosar el listado de desapariciones permanentes. Y ese número crecía cada año. No todas tenían la fuerza o generaban la suficiente empatía para movilizar a la prensa. Carlos pertenecía a una familia mexicana de bajos recursos, con progenitores en proceso de divorcio y con un padre que flirteaba con el tráfico de drogas. Con esas características, supe al instante que nunca nadie se interesó realmente por su historia. No porque el pequeño Carlos no lo mereciese, sino porque tristemente al mundo solo le importan las tragedias de sus iguales.

—Ella es Miren Triggs, periodista del *Manhattan Press* —me presentó Jim—. Yo soy Jim Schmoer —lo vi vacilar sin saber qué añadir—, y estamos revisando un par de casos de menores que han desaparecido por la zona. Estamos preparando un artículo para el periódico. ¿Le importaría que hablásemos unos minutos?

Sus ojos nos miraron con resignación, comprendía que éramos su única oportunidad para intentar que se reactivase la búsqueda de su hijo en México. Agachó la cabeza, derrotada.

—Está bien, pasen —respondió justo en el instante en que los cánticos de la capilla se terminaron y todo se quedó en silencio.

Capítulo 15
Staten Island
13 de diciembre de 2011
Un día antes
Ben Miller

Todos añoramos algo del pasado
cuando queremos huir del presente.

Ben Miller se despertó por el sonido de un fuerte estruendo metálico proveniente de la cocina y se puso en pie de un salto lleno de confusión. Salió del dormitorio, bajó las escaleras para comprobar qué ocurría y se encontró con Lisa subida a un taburete rodeada de cacharros, ollas y varias vajillas apiladas sobre la encimera.

—¿Qué haces? —exclamó Ben al ver el desastre—. ¿Qué es todo esto? ¿Desde cuándo llevas despierta?

—Estoy buscando el bol de Daniel —espetó sin siquiera mirarlo—. En el que se tomaba los cereales.

—¿Para qué?

Lisa ignoró su pregunta y rebuscó en el fondo de un mueble alto. Ben se acercó a su mujer y trató de comprender aquel impulso.

—Tiene que estar por aquí —dijo ella desesperada.

—Lisa, para un segundo. —Le puso la mano en la cintura y Lisa agachó la cabeza y le miró a los ojos—. ¿Por qué lo buscas?

—Llevo toda la noche pensando en aquella mañana, Ben. Desayunó cereales en su bol favorito. ¿Dónde está? ¿Crees que lo hemos tirado en un descuido? Hace tiempo estuve reorganizando todo esto y ahora no está donde siempre lo había guardado.

—Lisa… —exhaló él—. Tranquila, tiene que estar en alguna parte. Lo habremos cambiado de sitio.

—Ese cuenco consigue que vuelva a aquel día. Y el hecho de que Jim se haya llevado las cosas no ha hecho más que removerme. No he dejado de revivir esa mañana, esa tarde horrible buscándolo por la calle o esa noche esperando alguna llamada.

—¿Y para qué quieres volver a ese día, Lisa? —dijo Ben—. ¿Por qué no lo olvidas? Es solo un cuenco, Lisa.

—¿Cómo se hace eso, Ben? —protestó—. No puedo.

Ben abrazó a su mujer por la cintura y ella se encorvó sobre él sin bajarse del taburete.

—¿Sabes, Ben? —le dijo en un susurro—. Nunca he comprendido cómo aguantamos juntos tras lo que nos pasó. —Lisa pegó su cuerpo aún más a su marido y le susurró—: Siempre te culpé por perderlo. Fuiste tú quien le regaló la bicicleta y le enseñaste a cogerla. Fuiste tú quien llegó tarde al colegio aquel día. ¿Qué fue tan importante? ¿Por qué no saliste antes? Yo te dije que tenía clase.

—Lisa… —fue lo único que se atrevió a decir tras las palabras de su mujer.

Había esperado muchos años aquel golpe, había temido muchas veces aquellas palabras y creía que cuando surgiesen estaría preparado para responderlas, pero no, no pudo decir nada.

—Me quedé una cinta, ¿sabes? —añadió Lisa—. Mi favorita. Jim no se las llevó todas. Y anoche mientras dormías bajé aquí al salón y la escuché otra vez. Tu hijo era increíble. En la cinta está su risa.

—Cuando reía, se parecía mucho a ti —respondió Ben como pudo.

—Dime —dijo Lisa, sin soltarse del abrazo—. ¿Por qué hemos tardado tanto en hablar de él así?

—No lo sé. Quizás por el miedo. —Hizo una pausa y respiró hondo para coger fuerzas—. Lo siento tanto, Lisa —se lamentó—. Siento tanto todo lo que ocurrió aquella tarde… Te aseguro que cada día de mi vida he deseado volver atrás y cambiarlo todo. Pero ¿cómo iba a esperar algo así? ¿Qué señal podría haber visto antes para saber lo que iba a ocurrir?

—No lo sé, Ben —susurró ella—. Siempre te he odiado, ¿sabes? Dentro de mí, en el fondo de mi corazón, he deseado cientos de veces que hubieses sido tú quien se hubiese marchado. Te veía volver a casa sin noticias y me decía: «¿Cómo puede hacer como si nada? ¿Cómo puede olvidar lo único que nos importaba?».

Ben emitió un sollozo y se derrumbó. Ella hizo lo mismo y lo abrazó con más fuerza. Se sentían dos personas que habían tirado su vida por la borda y que, de pronto, en un instante, habían abierto los ojos y apenas se reconocían.

—Lo siento, Lisa —dijo él.

—Yo también, Ben —respondió ella—. No quería…

—No importa —la interrumpió—. Yo mismo siempre me he hablado del mismo modo.

Lisa bajó del taburete y, sin pronunciar palabra, buscaron juntos el cuenco de Daniel. Su matrimonio había funcionado de aquel modo, con descargas esporádicas de rabia que se compensaban poco después con momentos de calma en los que no se atrevían a decirse nada. Encontraron el bol entre el resto de los cuencos de la casa y cuando Lisa lo sostuvo entre los dedos supo al instante que había sido ella quien lo había puesto allí. Ben se acercó a su mujer y le dio un abrazo en silencio.

Luego subió a ponerse el chándal y salió a caminar como hacía cada día desde que se había jubilado. Trataba de andar cuatro o cinco millas por la mañana para luego sentarse delante del archivo del caso de Daniel hasta el mediodía. Aquel día decidió alejarse un poco más, no tenía el expediente para volver a repasarlo y fustigarse por no avanzar ni un solo paso. Siguió caminando hasta el límite de Freshkills, un parque al oeste de la isla que había sido el antiguo vertedero y que estaba siendo remodelado para reconvertirlo en uno de los parques de mayor extensión de todo el estado de Nueva York. Contaba con unos doscientos mil acres, con su parte norte llena de árboles, y tenía una extensa ribera que rodeaba varios arroyos que iban a parar a un gran río que daba nombre al lugar. Avanzó por Signs Road hasta el cruce de Park Road, buscando la manera de adentrarse en la arboleda de esa zona.

De pronto, se encontró en la distancia con una mujer de su edad que tendía la ropa junto a una enorme casa antigua pintada de amarillo que parecía haber vivido tiempos mejores. Tenía dos plantas y una tercera abuhardillada liderada por una ventana con las cortinas cerradas. El polvo y la suciedad se habían pegado a las hendiduras de la madera de la fachada, el césped había crecido más de un palmo y las baldosas del camino desde la calle hasta la entrada estaban inclinadas hacia ambos lados y se notaba que hacía tiempo que nadie se preocupaba de quién entraba en casa. Sus miradas se cruzaron. Ben percibió que la mujer le había reconocido y notó que colgaba la colada más rápido. Ben se dirigió a ella con paso decidido, pero esta se dio la vuelta y quiso evitarlo a toda costa.

—¿Señorita Amber? —dijo Ben alzando la voz desde la distancia. La mujer se detuvo en seco bajo el porche de la casa—. ¿Es usted? —insistió Ben, que había reconocido aquellas facciones envejecidas desde la distancia.

La mujer se dio la vuelta y miró de frente a Ben.

—¿No me recuerda?

—Benjamin Miller —respondió con la voz rota. No quería tener aquella conversación—. Cómo olvidarlo. ¿Qué tal está? Veo que los años tampoco han tenido piedad con usted.

Ben miró a ambos lados de la calle y observó aquella casa que parecía haber sufrido la misma suerte que ellos.

—No sabía que seguía viviendo en el mismo lugar, no sé por qué, creía que se habría marchado —dijo él.

—¿Adónde iba ir si no? Esta casa siempre se ha caído a pedazos y si yo no estoy, ¿quién la mantendría en pie? Es bastante grande y la parcela llega hasta un poco más allá de los árboles del norte de Freshkills. A pesar del aspecto natural de la zona, estos terrenos están… —buscó la manera de ser gráfica— podridos. No sé si sabe que esta zona antes era un vertedero y hay días que el aire trae los olores de la planta de tratamiento. A veces me da miedo plantar algo ahí fuera en el jardín, por si descubro que vivo sobre un montículo de residuos de otra gente.

—¿Hace cuántos años que no nos vemos?

—Veinticinco —respondió ella sin tener que pensarlo.

—Cierto. Recuerdo cuando visitó nuestra casa cinco años después.

—Su mujer me echó —dijo—. Y no la culpo por ello.

—Mi mujer nunca se calla lo que piensa. Eso es lo que me enamoró de ella.

—Usted también me gritó —añadió la profesora y Ben emitió un leve bufido al recordarlo—. ¿Cómo está Lisa? Me pareció verla una vez a lo lejos en el supermercado. No me atreví a decirle nada.

—Bueno, vamos por épocas. ¿Sabe? Todo aquello es como una marea que va y viene. A veces tienes la energía para aguantar a flote y en otras ocasiones las olas te golpean y no te da tiempo a alejarte de la orilla.

La señorita Amber resopló y miró un segundo hacia arriba como si estuviese debatiendo consigo misma.

—¿Quiere pasar? Aún no me he tomado mi café y supongo que ha venido hasta aquí para hablar, ¿no? —propuso sin estar muy convencida de hacerlo.

Ben la contempló un instante lleno de dudas, pero pensó que aquella puerta tal vez nunca se le volvería a abrir y respondió:

—Sí.

La profesora Amber apartó la mosquitera que apenas se sostenía en las bisagras, empujó una segunda puerta de madera y se perdió dentro. Ben miró a ambos lados de la calle y siguió los pasos de la anfitriona. Se dio cuenta de que el aspecto del interior era incluso peor que el de fuera: la humedad había combado los tableros de madera del suelo y también despegado el papel de pared azul con flores naranjas de algunas zonas. A través de la puerta, pudo ver que la cocina estaba desordenada y con una pila de cacharros sucios sobre el fregadero. Allí dentro sonaron los pasos de la mujer y Ben entró con la certeza de que aquel hogar se caía a pedazos.

—No tengo leche —remarcó la profesora—. Supongo que no le importa tomar el café solo.

—Está bien así —dijo Ben sin saber muy bien qué estaba haciendo allí.

La señorita Amber le puso delante una taza y le sirvió el café con calma hasta que él le dijo que era suficiente. Ben echó un vistazo a su alrededor y se fijó en que la encimera era un completo desastre: una bandeja de fruta con unos plátanos negros sobre los que revoloteaban dos moscas, varias esponjas de acero con restos de comida, un bote de palillos volcado, un paquete abierto de bastoncillos para los oídos, junto a varios tapones amarillentos con restos de cera...

—¿Sabe? He pensado muchas veces en aquel día —dijo ella al tiempo que se sentaba delante de él y se servía a sí misma—. Y siempre termino recordando lo que me dijo: «Como le haya pasado algo a mi hijo le pienso joder la vida». —Cambió el tono para hacer una triste imitación.

Ben resopló y le sostuvo la mirada.

—No hizo falta que hiciese nada —añadió—. El tiempo coloca las cosas siempre en su lugar y busca su modo de hacer justicia. No han sido años fáciles.

—Se marchó del colegio.

—Estuve un tiempo apartada de la escuela y finalmente la dirección me despidió. No volví a dar clase después. Dejé de ser la profesora Amber o la señorita Amber para ser tan solo Patricia. Tampoco crea que me apetecía hacerme responsable de ningún otro niño. Tenía suficiente con mi hija Alice y con la culpa. Intenté trabajar en otro colegio, pero ninguno me contrataba al pedir referencias. No era fácil criar a Alice con un único sueldo, ¿sabe? Siempre hemos vivido al límite, esta casa era demasiado grande, al igual que la letra del banco, y Thomas, mi marido, tampoco es que ganase mucho dinero de conserje. Él sí aguantó un tiempo más que yo en el Clove Valley. Sí, con un sueldo humilde. Cuando dejé de dar clases, decidimos que yo enseñaría a Alice en casa. Luego Thomas también dejó Clove Valley y sobrevivimos como pudimos.

Ben recordó así el nombre de pila de la profesora. Nunca había conseguido separar a la profesora de su apellido.

—¿Y Thomas? ¿Dónde está?

—Digamos que tomamos caminos separados. La vida no es fácil, señor Miller —respondió la mujer.

Ben asintió y buscó cómo rellenar un silencio que había surgido y que había durado demasiado.

—¿Qué le ocurría a Alice? Recuerdo que a Daniel le caía bien, pero le pasaba algo, ¿no es así? Estaba en su clase, ¿verdad? —Trató de hacer memoria.

Patricia dio un trago a su café. Se notaba que le costaba hablar de ella.

—Alice siempre fue una niña normal, ¿sabe? Risueña y alegre. Pero a partir de los cinco años dejó de hablar. La llevamos a médicos que buscaron en sus cuerdas vocales y en su laringe si le había ocurrido algo, pero estaba perfecta. Luego llegaron las visitas a los neurólogos, que la sometieron a un puñado de pruebas y no encontraron daño cerebral alguno. Decían que el cerebro era un misterio y que a veces, en esas etapas de desarrollo, hay partes que dejan de conectarse y otras que lo hacen de manera explosiva. Parece ser que el desarrollarnos como lo hacemos es un milagro de la naturaleza sin explicación. Con Alice vivimos los mejores años de nuestra vida hasta que el silencio invadió nuestro hogar.

—Vaya, no sabía nada de esto —confesó Ben.

—Y por si se lo pregunta, oía bien. En cuestión de meses mi hija empezó a responder con monosílabos y poco a poco, como si nos estuviésemos hundiendo en una pesadilla, solo asentía o negaba con la cabeza sin pronunciar palabra. Recuerdo como si fuese ayer el último día en que dijo mi nombre. —La profesora Amber perdió su mirada en algún lugar de su memoria y luego volvió a posar sus ojos sobre Ben.

—¿Y cómo está ahora? ¿Qué tal le va? —inquirió él.

—Bien. En silencio. Es toda una mujer de treinta y siete años que no protesta por nada. Sería la bendición de cualquier hombre —bromeó—, aunque es la mayor pesadilla para una madre que quiere ayudarla y no sabe cómo. Tuvimos que aprender juntas el lenguaje de signos. Ella para hablarme y yo para entenderla. Y también a convivir en silencio. No sabe usted lo difícil que es pasar todo el día escuchándose a una misma sin obtener respuesta.

De pronto, sonaron unos pasos a su espalda seguidos de algo que caía al suelo. Ben se giró y se quedó sorprendido al ver a una mujer bajo el marco de la puerta de la cocina. Era relativamente joven, con el pelo moreno, la tez clara y una mirada dulce. Llevaba puesto un vestido beige de manga larga. Sonrió, sin mostrar los dientes, y levantó la mano en señal de saludo.

—Oh, Alice —dijo Patricia—, te presento a Benjamin Miller.

—Encantado, Alice.

Ben no sabía muy bien qué esperar de ese encuentro. Alice permaneció inmóvil un instante y luego suspiró con fuerza al tiempo que cambiaba su expresión de la amabilidad a la sorpresa. Ben no comprendió su reacción y observó cómo Alice movía las manos con rapidez en dirección a su madre. Hizo repetidas veces un gesto en el que pinzaba con tres dedos mientras negaba una y otra vez con la cabeza.

—Tranquila —dijo la señorita Amber—. No hay nada de qué preocuparse.

—¿Qué dice? —preguntó Ben lleno de confusión—. ¿Qué pasa?

Alice gesticuló con más energía y Ben dirigió la mirada hacia Patricia para que le explicase.

—No, Alice. No pasa nada —trató de calmarla su madre—. Le he dicho yo que pase. Me apetecía hablar con alguien.

Alice frunció el entrecejo y, de pronto, hizo un gesto en el que los dedos índice y corazón de ambas manos se encontraron. Luego levantó el brazo y señaló la puerta. Ben comprendió al instante lo que Alice quería decir con el brazo.

—Disculpe, señor Miller —dijo la profesora dirigiéndose a él—, pero será mejor que se vaya.

—¿Por qué? —le preguntó, sin entender nada—. ¿Qué ocurre?

—Debería haberle dicho que a Alice no le gustan las visitas. Ha sido culpa mía por invitarle a entrar.

Ben se puso en pie y caminó hacia la puerta, molesto. Se agachó junto a Alice y recogió del suelo el pequeño objeto que se le había caído. Era una cajita metálica de la que sobresalía una diminuta manivela.

—Gracias por el café, Patricia. —Le entregó a Alice la cajita, que la agarró en silencio—. Le diré a Lisa que usted le manda recuerdos.

—Gracias, Ben —respondió ella, sin levantarse. El exinspector salió de la casa con prisa y caminó hacia la carretera. Y al mirar atrás, vio cómo Alice lo observaba desde una de las ventanas.

Capítulo 16
St. George. Staten Island
13 de diciembre de 2011
Un día antes
Jim Schmoer y Miren Triggs

Solemos creer lo que otros dicen
sin preguntarnos quién se beneficia
de nuestra ignorancia.

Jim siguió los pasos de Guadalupe Escamilla a través de la casa mientras recorrían un pasillo largo que terminaba en una pequeña salita. Miren se quedó rezagada observando las fotografías colgadas en las paredes. En ellas se podía ver al pequeño Carlos sentado en una sillita roja de plástico, la que estaba en la entrada; o a Guadalupe vestida de novia junto a un hombre con perilla y pelo corto. Se fijó en otra de las imágenes, que mostraba al pequeño Carlos sonriendo en una playa. Sintió un escalofrío cuando sus ojos se posaron en una cruz cristiana a la altura de su cabeza. Miren aceleró el paso y se unió finalmente a ellos en la salita del fondo, donde Jim la esperaba de pie mientras Guadalupe colocaba los cojines en un sofá estampado de flores para hacerles espacio.

—¿Qué quieren saber? —preguntó la mujer al tiempo que se acomodaba en un sillón orejero. Invitó a Jim y a Miren a sentarse en el sofá, y solo Jim hizo caso al ofrecimiento.

—Que nos hable de usted, de Carlos y por supuesto de su marido —respondió Jim con tono conciliador desde el sofá. Miren se quedó de pie a un lado inquieta por estar rodeada de tantos motivos religiosos—. Si logramos darle voz a su desaparición, quizá consigamos algo de repercusión en México y se pongan las pilas al otro lado de la frontera para dar con el paradero de su marido y de su hijo. —Jim dejó su móvil sobre la mesa y añadió—: ¿Le importa que grabe la conversación? Nos servirá para repasar ideas.

—No, no pasa nada —aceptó sin darle importancia y Jim comenzó a grabar una nota de voz—. ¿Qué les voy a contar de mi hijo? Carlos es lo mejor que me ha pasado, ¿saben? Un niño alegre y bondadoso, que le gustaba ir a la capilla conmigo y rezar antes de dormir. Es pequeñito, mide un metro quince, no más, pero siempre se ofrecía a cargar las bolsas de la compra con sus brazos finitos. Tiene un corazón de oro.

Guadalupe se llenó de orgullo al pronunciar aquellas palabras.

—¿De dónde son ustedes? —preguntó Jim a continuación para guiar la conversación—. ¿De qué parte de México?

—De Colima. Una zona humilde y llena de belleza. La vegetación crece por todas partes y se respira un ritmo tranquilo, a pesar de…, bueno, los problemas que todo el mundo sabe. Conocí a Roberto allí. —Rebuscó en su memoria con una sonrisa—. Teníamos grandes planes y sueños para nosotros. Nos casamos con la bendición de nuestros padres y ellos nos pagaron el pasaje para cruzar la frontera cuando nació Carlos. Queríamos que a nuestro pequeño la vida le sonriese más que a nosotros. Vivimos un tiempo en San Antonio, en Texas, tirando de trabajos esporádicos y mal pagados. Luego la cosa fue remontando, Roberto empezó a traer dinero a casa, más de lo que había ganado hasta entonces en sus trabajos esporádicos. Nunca tuve el valor de preguntarle. Intuía que estaba metido en algo ilegal que yo prefería no saber, ¿entienden? Nunca le juzgué. Nos cuidaba y nos protegía. Y eso es lo que me prometió cuando nos casamos. Luego vinieron los problemas. Le buscaba gente porque había perdido algo.

—¿Qué había perdido? —le preguntó Miren, inquisitiva.

—No lo sé. Ya le he dicho que nunca hice preguntas. Pero algo que no sentó bien a alguien para quien trabajaba.

Se notaba que Guadalupe hablaba con la sinceridad que daba estar cansada de las dificultades de la vida.

—Roberto vino a casa una noche de madrugada y nos dijo que hiciésemos las maletas. Vinimos aquí, a la isla. Conocíamos a alguien que conocía a otra persona, también de México, que nos podía ayudar. No es fácil empezar de cero, ¿saben? Llegar a otro país sin nada, ver que las puertas se te cierran una y otra vez. Aquí hay una preciosa comunidad latina dispuesta a echarse un cable. Y conseguí mi primer trabajo limpiando casas y Roberto se puso a arreglar jardines. Alquilamos esta casita y todo parecía que iba bien, hasta que…, bueno, descubrí que Roberto seguía metido en líos. No quería algo así para mi Carlos. No, señor.

—Rompió con él —dijo Miren.

—Sí. Pero volvía de vez en cuando con promesas de que había cambiado. Que ya no andaba metido en líos, pero yo no confiaba en él. Un día, cuando recogí a Carlos del colegio, Roberto estaba esperándome allí. Estaba afectado y lo noté nervioso.

—¿Qué le pasaba?

—Me pidió dinero. Le dije que no tenía apenas para pasar la semana. Y fue cuando me prometió de nuevo que no nos faltaría de nada. Quería seguir cuidándonos. Roberto es un buen hombre, pero creo que tomamos malas decisiones. Esa deuda de San Antonio le perseguía, y deber dinero a la persona equivocada es un problema que en mi país se paga caro.

—¿Fue una despedida? —inquirió Jim.

—Más o menos. Le dio un abrazo con fuerza a Carlos y le costó separarse de él. Dijo que trataría de pagar su deuda al otro lado de la frontera. Se montó en el coche y se fue. Ese día por la tarde Carlos desapareció. Estaba ahí fuera jugando en el jardincito, como siempre. Esta es una zona tranquila, de buena gente. Gente que ama a Dios. Los domingos se llena la capilla de buenas personas que desde entonces no han tenido más que buenas muestras de cariño conmigo. Voy cada vez que puedo a rezar ahí enfrente, a pedirle a Dios que me traiga a mi hijo, pero creo que no me escucha. Antes adoraba ir a la iglesia y me ayudaba a sentirme mejor oír la música y los cantos. Ahora todo suena peor en mi cabeza, como si los ángeles hubiesen dejado de tocar para mí.

Jim y Miren se miraron un instante y él asintió y respondió con un simple:

—Entiendo.

—A Carlos le gustaba darle patadas a la pelota —añadió la mujer—. Decía que quería ser como Hugo Sánchez, el jugador de fútbol. Su padre le metió esa idea en la cabeza y le gustaba mucho jugar ahí fuera.

—¿Cree que se lo llevó Roberto a México? —preguntó Miren para rebuscar en aquella idea que la había asaltado y el motivo por el que estaban en aquella casa.

—A estas alturas ya no lo sé —replicó Guadalupe, agotada—. Es lo que siempre ha creído la policía. Desde aquel día Roberto no ha vuelto a ponerse en contacto conmigo. Lo vieron cruzar la frontera, pero nadie vio a mi hijito con él. Les conté lo de la cajita, pero nadie me escuchó. Insistí, pero a nadie le importamos de verdad. Somos de México, gente humilde. Pero en cuanto entran en juego las drogas y la frontera te miran y te dicen: «Haremos lo que podamos», pero no hacen nada de verdad. Apuntan ajuste de cuentas en sus papeles y pasan a otra cosa.

—¿Qué cajita? —incidió Miren—. ¿A qué se refiere? ¿Puede darnos todos los detalles que recuerde de cómo fue su desaparición? ¿Dónde estaba usted?

—Ese día, tras ver a Roberto en el colegio, volví con Carlos a casa. Hizo algunos deberes ahí en esa mesa que tienen delante. Carlos es muy aplicado y le gusta estudiar.

—Estudia en el Clove Valley, ¿verdad? —interrumpió Jim para confirmar aquel dato.

—Sí. Es un colegio agradable y está cerca de aquí. Nada que decir sobre el colegio. Una maravilla. Carlos siempre salía feliz de clase y ese día no fue distinto. Tiene muchos amigos allí y a la salida se alegró bastante de ver a su padre. Lo adoraba. Ya llevaba algunos días sin verlo y aquello le animó, aunque no se dio cuenta de que en realidad era una despedida.

—Perdone, siga —dijo él—. ¿A qué cajita se refiere?

—Verán. —Guadalupe se dirigió a una estantería llena de pequeñas figuras religiosas y marcos diminutos con fotografías de tamaño carnet. De allí cogió algo que no pudieron distinguir—. Ese día, mientras él hacía los deberes yo estaba en el patio trasero tendiendo la ropa. Hacía un día precioso. Lo recuerdo con claridad porque pensé que el señor me estaba mandando una señal de que al fin todo iría bien sin Roberto. Fue entonces cuando oí una cancioncita, una melodía que provenía del interior de la casa. Como sabía que Carlos estaba dentro fui a ver de dónde provenía el sonido. Sobre la mesa, junto a su estuche, tenía esta cajita de música a la que él le daba cuerda cada vez que dejaba de sonar.

Extendió la mano al frente y dejó ver un pequeño artilugio metálico con forma rectangular del que sobresalía una manivela metálica. En uno de los laterales se podía leer, con letras grabadas: SIMON&SONS.

—¿Qué es? —preguntó Miren.

Guadalupe giró la manivela y, cuando la soltó, sonó una melodía triste que ninguno reconoció. La melodía flotaba en el aire. Los tres escucharon la canción en silencio sin saber bien cómo interpretarla.

—Le pregunté a Carlos si su padre se la había dado y me dijo que no —añadió Guadalupe—. Que aquel día por la mañana en el colegio un hombre se la había regalado desde el otro lado de la verja.

—¿Cómo dice? —dijo Miren.

—Lo que oyen. Le pregunté si había visto antes a aquel hombre y me dijo que sí. Varias veces. Que se había plantado al otro lado de la valla y le había hecho señales para que se acercase. Le regaló la caja de música y se marchó. Me dijo que incluso yo lo conocía. Me enfadé tanto por que los profesores no estuviesen atentos para impedir que los niños hablasen con personas extrañas al colegio que decidí llamar inmediatamente para pedir explicaciones antes de que cerrase la oficina. Imaginen si hubiese sido algún perturbado repartiendo drogas o algo peor. No quería que Carlos oyese mis protestas, así que lo mandé afuera para que jugase a la pelota como siempre hacía frente a nuestro porche. Le gustaba salir ahí después de hacer los deberes y pensé que era lo mejor para que no escuchase nada. Llamé varias veces al colegio, pero no me atendió nadie. Llamé a Marisa, otra madre del colegio, para contarle lo que había pasado. Admito que hablamos durante un rato, es mi mejor amiga, y le conté lo de Roberto y lo extraño que había estado. Cuando terminé la llamada, me sorprendió no oír a Carlos jugando con la pelota, así que salí y fue cuando encontré su jersey tirado en el suelo. Mi hijo ya no estaba en ninguna parte.

—¿Le dijo dónde lo había visto otras veces?

—Pensaba continuar la conversación con Carlos e indagar más cuando hubiese llamado al colegio. La oficina cierra por la tarde y no quería dejarlo pasar. Estaba enfadada. Pero mi niñito desapareció antes de poder saber más.

—¿Le contó lo de la caja de música a la policía?

—Sí, pero no le dieron importancia. En cuanto les conté lo de mi marido, se centraron en él. Buscaron a Roberto y, cuando saltó el aviso de que su coche había cruzado la frontera, ya todos los ojos se pusieron en encontrar a mi Carlitos en mi país o esperar noticias de él.

—¿Cree que su hijo está con Roberto en México? —repitió Jim.

—Mi corazón quiere creer que sí, pero algo me dice que Roberto se metió en un lío aún más grande del que quería salir y acabó mal —dijo derrumbándose entre lágrimas—. Si no es así, ¿por qué no llama? Roberto me amaba y me prometió que toda esa vida se iba a quedar atrás a su vuelta. No sé qué es lo que quiero pensar. Si mi hijo estaba con él y le pasó algo, creo que nunca lo volveré a ver, pero si no lo está y le ha ocurrido algo peor aquí, nunca me lo perdonaré —sentenció clavando sus ojos en Miren.

Jim y ella se buscaron con la mirada y casi sin decirse nada se dieron cuenta de que el enigma había crecido delante de ellos y que había cada vez más preguntas sin respuesta.

Capítulo 17
Staten Island
13 de diciembre de 2011
Un día antes
Miren Triggs

Todos somos parte del cambio,
pero pocos estamos dispuestos
a dar un paso al frente y actuar.

Jim y yo subimos al coche en silencio. Me preocupaba cómo una historia del pasado, que parecía muerta, estaba extendiendo sus garras a un presente siniestro. El caso de Daniel Miller se iba convirtiendo en un tormento que no me abandonaría hasta que todo tuviese sentido. ¿Quién era el hombre que había dado a Carlos aquella caja de música? ¿Quién había ejecutado al único agresor sexual que daba clases cerca de donde vivía Daniel y le había cosido los labios? ¿Qué le ocurrió a Daniel Miller en 1981? Sí, parecía que nada tenía sentido, pero yo tenía la certeza de que, de algún modo, todas esas preguntas estaban conectadas.

El reloj en el salpicadero de Jim marcaba las diez de la noche y fuera un pequeño grupo de personas que parecían haber salido de la capilla charlaban y nos lanzaban miradas furtivas. Tenía la sensación de que nos estaban juzgando, incluso sentí que tal vez notaban mi total rechazo a la religión tras el dolor que sufrí con el juego del alma. Me acaricié la cicatriz del estómago. No pude evitar enfadarme, mi interior ardía, y en ese momento Jim interrumpió mis pensamientos:

—¿Qué crees que están diciendo? —me preguntó con las manos en el volante al tiempo que hacía un ademán con la cabeza para que me diese cuenta de que aquellas personas nos miraban.

—Se estarán preguntando quiénes somos y por qué salimos de esa casa —repliqué—. Seguro que saben lo de Carlos y creerán que somos policías. Quizá deberíamos repensar nuestra vida. Últimamente todo el mundo nos imagina con una placa y un uniforme.

Jim me dedicó una sonrisa irónica y arrancó el vehículo.

—Es tarde, ¿quieres venir a casa? —me propuso en un tono en el que noté el compromiso que yo no podía ofrecerle.

—Hoy prefiero quedarme en la mía. Estoy cansada.

—Está bien. Claro —me respondió tras hacer una pausa. Casi pude palpar en el aire su desencanto con mi respuesta. Pero estaba agotada, no podía pensar más. Necesitaba ordenar todo lo que habíamos averiguado—. Pero antes de volver a Manhattan, vamos a repasar el camino que pudo hacer el pequeño Daniel —añadió mientras se incorporaba y dejaba atrás a los curiosos de la capilla—. No estamos lejos.

Asentí llena de culpa, no me preguntéis por qué. Rechazar a alguien a quien importas siempre es difícil, pero en ese momento no tenía nada que ver con él, sino conmigo. Estaba muy confundida. Tenía el corazón que no paraba de lanzarme preguntas, la mente me explotaba con decenas de ideas, y no podía pensar en adentrarme en la relación con Jim, pues creía que en ese momento no tenía nada que ofrecerle.

Tras conducir durante algunos minutos serpenteando por Staten Island, llegamos a una esquina en la que se podía ver la entrada al Clove Valley, donde había desaparecido Daniel Miller treinta años antes y donde también estudiaba el pequeño Carlos Rodríguez. Ni Jim ni yo nos bajamos del coche. Observamos el colegio en silencio y yo me imaginé sin quererlo a un niño esperando allí, junto a su bicicleta, hasta que decidió subir la cuesta pedaleando. Era un centro normal, con una bandera de Estados Unidos que ondeaba en la penumbra de la noche sobre la puerta. A la izquierda, al lado de la entrada se podía leer un mural que idealizaba los sueños que aquellos niños podrían cumplir en el futuro: somos parte del cambio.

—Según el archivo, Daniel salió por ahí e hizo el camino de vuelta a casa —dijo Jim al tiempo que avanzaba con el vehículo y los faros iban iluminando el camino que debió seguir.

Cuando llegamos a la esquina, Jim giró a la izquierda y se incorporó a Howard Avenue, una carretera amplia y con tráfico fluido sin aceras, y luego se incorporó a la derecha, entre la arboleda, hacia una calle estrecha, donde la cuesta se pronunciaba hasta el punto de que incluso Jim tuvo que reducir la marcha para evitar que el coche se detuviese.

—Es imposible que subiese todo esto pedaleando. —Recordé lo que me costaba montar en bici de niña—. ¿Qué bicicleta era? ¿Tenía cambios?

—No creo que tuviese —replicó al instante—. ¿En 1981? Lo dudo. El pequeño, en algún punto del recorrido, tuvo que bajarse y andar con la bicicleta.

—Debió de empujarla durante casi todo el camino —deduje en voz alta.

Jim aminoró la marcha y señaló una zona del asfalto junto a un poste de madera, delante de nosotros.

—Por las fotografías del expediente, creo que fue ahí donde encontraron la bicicleta en el suelo. Ben Miller vive al final de esta calle. Quedaba poco para que llegase a casa.

Clavé la vista en esa zona del suelo y luego busqué con la mirada por los alrededores, como si inconscientemente fuese a encontrarlo por allí, pero algo en todo aquello no encajaba. Me bajé del vehículo y miré arriba y abajo de la calle. A un lado vi una pequeña escalerita que conectaba con el aparcamiento de la facultad, donde tan solo había estacionados a esas horas un par de coches. Me acerqué a la zona en la que hallaron la bicicleta y Jim detuvo el motor, pero dejó los faros encendidos. Se bajó, se puso a mi altura y me observó un segundo antes de señalarme la escalera.

—¿Y si alguien vino de ahí y se lo llevó? Quizá tenía ahí aparcado el coche o la furgoneta. Vio a Daniel, que subía con la bicicleta, y aprovechó rápido para llevárselo sin que nadie lo viese.

Caminé hacia la escalera y subí por ella. Desde allí me acerqué a uno de los coches que había aparcados y busqué a Jim con la mirada, pero desde donde me encontraba no podía verlo. El aparcamiento estaba unos metros por encima de la carretera y había varios árboles entre la zona de los coches y el lugar en el que apareció la bicicleta.

—No te veo desde aquí. —Alcé la voz hacia Jim. Luego me aproximé al borde y le hablé desde arriba—: Si estás cerca de los coches, no se ve la carretera. Los árboles tapan la vista del camino.

—¿Qué quieres decir?

—Que es raro que fuese alguien que tuviese el coche aparcado aquí arriba. Fíjate en estos árboles. Seguro que estaban también entonces.

—Pudo estar ahí en las escaleras y, al verlo, cogerlo y subirlo al vehículo.

Volví hacia los coches aparcados y vociferé:

—¿Me ves?

—No. —Sonó su voz en la distancia.

Caminé de nuevo al borde y lo observé desde arriba. Los haces de luz de su coche iluminaban sus piernas.

—Si estuvieses ahí abajo, con un niño en brazos que podría estar gritando, ¿subirías aquí con el peligro de toparte con alguien? Era de día, había clase en la universidad. Aquí habría bastantes coches, con estudiantes caminando de un lado a otro. ¿Te arriesgarías a subirlo?

—No —me dijo desde abajo—, pero yo no soy un degenerado. ¿En qué estás pensando?

—En que hay dos opciones reales para que alguien se lo llevase en ese momento: o bien alguien circulaba por esta calle con el coche y tuvo la suerte de encontrárselo. —Me detuve para comprender las implicaciones de lo que iba a decir—. O bien ni siquiera llegó aquí.

—Encontraron la bicicleta en esta zona —vociferó Jim.

—Alguien la pudo traer. Daniel no llegó hasta aquí. O incluso puede que no saliese del colegio —sentencié—. ¿Alguien lo vio salir?

A Jim le cambió la expresión de la cara. Bajé del aparcamiento y me acerqué a él, que me esperaba con las cejas arqueadas.

—No puede ser, Miren —replicó, de pronto, en cuanto me puse a su altura.

Quizá era hora de hacer preguntas distintas.

—¿Por qué no?

—Porque… eso implicaría que alguien, tras secuestrarlo, vino con la bicicleta hasta aquí para dejarla como señuelo. Y si no recuerdo mal las horas, Ben solo llegó veinte minutos tarde al colegio. Tardarían unos diez o quince minutos más en encontrar la bicicleta. Esto le da a quien se lo llevó tan solo treinta y cinco minutos como máximo para coger a Daniel, salir del colegio sin que nadie lo viese y venir hasta aquí para dejar la bicicleta. Y todo eso con Ben buscándolo por la calle. ¿Dónde lo tenía entonces mientras hacía este camino?

—No lo sé, pero ¿por qué no es posible?

—Porque… implicaría a más de una persona en el secuestro.

Había llegado a la misma conclusión que yo.

—Esa es la idea que propongo. Si nos atenemos a que un coche pasó por aquí y, de repente, su conductor decidió llevarse al pequeño, la búsqueda es imposible, cuando no había cámaras de seguridad ni testigos que viesen algo. Pero ¿y explorar esta idea? Que Daniel no salió del colegio. En las declaraciones que he podido leer, nadie lo vio salir y, sin embargo, todos asumen que lo hizo porque encontraron la bicicleta en el camino hacia su casa.

Jim asintió con la misma expresión que usaba cuando era mi profesor en la facultad.

—Desarrollar una hipótesis y tratar de desmontarla. ¿No se trata de eso? ¿Alguien ha desmontado esta idea en todos estos años?

—No lo sé —respondió Jim—. Todo lo que he leído parecía centrado en buscar testigos por aquí, incluso vecinos de la zona.

—¿A quién se entrevistó del colegio?

—A los profesores, a otros compañeros de clase, al director.

—¿Y qué dijeron?

—La profesora, que Daniel estaba fuera y creía que estaba a cargo de los Rochester. El director no sabía nada y se limitó a declarar que desde el centro se hizo todo lo posible por localizar al pequeño. Algunos de los compañeros, que la última vez que vieron a Daniel estaba en la entrada esperando.

—¿Alguien más?

—Había un grupo de padres charlando en la entrada, pero ninguno prestó atención y nadie dijo haberlo visto salir. Todos suponen que lo hizo porque la bicicleta apareció fuera del colegio. Todos relatan los gritos de Ben Miller corriendo cuesta arriba y buscando a Daniel.

Me quedé un instante madurando aquella idea y comprendí que, en realidad, todo el mundo había visto por última vez a Daniel en el colegio. Ni otros padres ni alumnos tenían constancia de que de verdad hubiese salido del centro. Y aquella idea insignificante, surgida como una simple chispa dispuesta a quemar la maraña de raíces que envolvía el misterio de Daniel Miller, fue la que poco después prendió los cimientos de mi propia vida.

Capítulo 18
Staten Island
13 de diciembre de 2011
Un día antes
Ben Miller

Nadie está preparado para oír
lo que tiene que confesarnos nuestro pasado.

Cuando Ben Miller entró en casa, Lisa estaba tumbada en el sofá del salón con los ojos cerrados y unos auriculares de diadema puestos. Junto a ella descansaba un walkman en el que las bobinas de un casete giraban al mismo ritmo. Ben comprendió que su mujer estaba visitando en el pasado a su hijo a través de la cinta que se había guardado. Sin previo aviso los labios de su mujer dibujaron una sonrisa y él la sintió tan cerca que la compartió sin que ella se diera cuenta. Luego volvió a ponerse seria y Ben descubrió la calma con la que su mujer viajaba treinta años por el tiempo, igual que lo hacían los sueños. Él había sido incapaz muchas veces de escuchar esas cintas…, sabiendo todo lo que vendría después. Los ojos de su mujer se abrieron de golpe y se encontraron con los de su marido.

—No te he oído llegar —susurró Lisa al tiempo que se incorporaba y se quitaba los auriculares.

—No he querido molestarte —le dijo él en voz baja—, estabas con Daniel.

Su mujer esbozó una sonrisa llena de nostalgia.

—Me ha resultado difícil oír su voz, Ben. Por un segundo pensaba que era otra persona, que la voz que sonaba no era la de mi hijo. Creo que lo estoy olvidando poco a poco. Lo veo en las fotos, pero en mi memoria a veces su cara está emborronada. ¿No tienes miedo de olvidarlo?

—Eso nunca nos pasará, Lisa. Nos tenemos el uno al otro para recordarnos cómo era y para evocar los momentos que vivimos juntos.

—¿Y qué pasará cuando yo no esté? ¿Quién te lo recordará a ti?

Ben tragó saliva al pensar en el cáncer de su mujer.

—Eso no va a pasar, cielo. Vamos a morir juntos, dentro de muchos años —dijo él sin estar muy convencido.

Ella apoyó su cabeza en el costado de su marido. Dejó a un lado el walkman con la cinta dentro y cerró los ojos.

—Tengo miedo por el cáncer, Ben.

—Yo también, Lisa.

—La semana que viene empiezo el tratamiento en el hospital. ¿Me acompañas?

—Por supuesto —respondió Ben—. ¿Qué decía Daniel?

Ben no sabía cómo eludir la tristeza. Ni el cáncer de su mujer ni su hijo eran los mejores antídotos, pero no podía evitarlos.

—Ese día Daniel estaba fuera, en el jardín —respondió Lisa—. Hablaba sobre que prometiste pintar la valla. Me ha hecho gracia, porque nunca llegaste a hacerlo. Luego describía nuestra casa. No me acordaba de que ya teníamos las contraventanas azules.

—Los pintamos al poco de que naciese.

—Se me mezclan los años en la cabeza —admitió ella—. Luego Daniel canturreaba una canción y después decía que algún día tendría un hermano. Aquel tema siempre me dolió.

—Fue la vida que nos tocó, Lisa. Y es la nuestra.

—¿Te arrepientes de algo? —incidió ella, que parecía dispuesta a afrontar los envites del destino—. ¿Te hubiese gustado vivir de otro modo?

—No sirve de nada hacerse esas preguntas. Lo que importa es lo que tenemos por delante. Pero sí, me arrepiento de muchas cosas, claro. Todo hubiese sido muy distinto de no ser por aquel día. Cuesta aceptar lo frágil que es la felicidad.

Lisa abrazó aquella idea y suspiró al tiempo que se separaba de los brazos de su marido y se ponía en pie.

—¿Qué tal el paseo?

Ben pensó si contarle que había hablado con la señorita Amber y había conocido a su hija. Algo en él le decía que no era buena idea remover las heridas justo cuando acababan de hablar de Daniel.

—He llegado hasta Freshkills —dijo finalmente—. Hace algo de frío, pero es un paseo agradable. Creo que han sido seis o siete millas, ida y vuelta.

—Yo debería moverme un poco también —se lamentó—, pero últimamente no duermo como antes. Estoy más cansada que nunca. Supongo que es el peso de saber lo que me toca los próximos meses.

—Yo te veo más guapa que nunca.

Ella aceptó aquel piropo aunque en el fondo no se veía como Ben lo hacía. Se sentía cada vez más mayor, con arrugas en el rostro y las primeras manchas en las manos.

—¿Crees que hacemos bien? —le preguntó ella.

—¿En qué?

—En dejar que los periodistas se metan en lo de Daniel.

—Jim Schmoer es buena persona —respondió él—. Y nunca he conocido a nadie como Miren Triggs.

—¿En qué sentido?

Buscó la manera de describir a Miren, pero se dio cuenta de que no era fácil.

—Es distinta. Piensa distinto. Siempre parece que va un paso por delante y que esconde algo. ¿Recuerdas lo que me dijiste?

—¿El qué? —preguntó confusa.

—Que nuestra vida nos ha traído hasta aquí y que todo lo que hemos hecho, la gente que hemos conocido, las cosas que hemos aprendido son las armas que nos quedan para esta última etapa de nuestra vida.

—Crees que Jim y Miren son las armas que nos quedan —aseveró Lisa.

—Quiero pensar que sí —sentenció Ben, afligido—, pero no lo sé. Algo me dice que confíe en ellos.

Lisa miró a los ojos a su esposo y dejó ir un largo suspiro.

—¿Crees que podrías soportar la verdad de lo que sucedió? —susurró ella—. Sé lo que pasó con Kiera Templeton. He leído la historia de Gina Pebbles y todo lo de aquel juego. No sé si yo podría encajar un golpe de ese tipo.

—No lo sé. Supongo que, por muy horrible que sea lo que sucedió, es mejor que vivir con este vacío dentro, ¿no crees?

Lisa asintió y apoyó la cabeza en el pecho de Ben. Él apretó su cuerpo contra el suyo y se dio cuenta de que hacía años que no estaban tan unidos. Y eso había sido gracias a hablar del dolor y a afrontar juntos los miedos. Eso había sido lo único que había cambiado en los últimos meses y lo que había conseguido reconstruir aquel matrimonio que se había desmoronado por la desesperanza.

—¿Quieres oír cantar a tu hijo? —le preguntó Lisa, estirando la mano y cogiendo los auriculares.

Ben asintió sin decirle nada y ella rebobinó la cinta unos segundos. Ben se colocó los auriculares y, cuando le hizo un ademán con la cabeza a su mujer para indicarle que estaba preparado, el exinspector cerró los ojos y, de pronto, lo acompañó la voz de su hijo:

«*(La voz de Daniel tararea una canción)*. Me divierte decirle a papá que tiene que pintar la valla para ponerla como la de los vecinos, porque se nota que le molesta que lo compare con ellos. Blanca y reluciente. O azul, como las ventanas. Sería la única valla azul del barrio. Pero antes tendríamos que ponerla recta, claro. Aquella tormenta inclinó algunas partes y parece que es una decoración de Halloween. No da miedo, pero sí un poco de pena *(la risa de Daniel explota en el auricular)*. Mamá ya le ha dicho que la tiene que pintar, yo se lo repito tooooooodos los días, y siempre me responde que lo hará el fin de semana. A ver si algún día cumple la promesa».

Ben levantó la vista y vio cómo su mujer lo observaba con una sonrisa de oreja a oreja. Se bajó los cascos al darse cuenta de lo que intentaba y Ben rio por primera vez en años.

—No sabes cómo pedirme que pinte esa maldita valla, ¿verdad? —dijo divertido.

Lisa explotó en una carcajada y los dos se dejaron acompañar por la voz de Daniel que seguía sonando desde el cuello de Ben, donde descansaban los auriculares. De pronto, la voz de Daniel dejó de escucharse y se hizo el silencio entre los dos. Ben miró a Lisa a los ojos y pensó por un segundo que a pesar de todas las heridas quizá podrían volver a ser felices. Quizá todo consistía en buscar instantes cómplices como aquel. Ella le hizo una mueca como las que ponía cuando aún eran jóvenes y, de repente, Ben Miller cambió el gesto.

—¿Qué te pasa, Ben?

Lisa se preocupó por su cambio de actitud.

—Un segundo —dijo él al tiempo que se colocaba los auriculares y centraba su atención en ellos—. ¿Puedes rebobinar? —le dijo a su mujer, que aún sostenía el walkman sin comprender nada.

Lisa retrocedió la cinta durante un instante sin saber por qué lo hacía y luego la volvió a poner en marcha. Ben agachó la cabeza y se apretó el auricular para oír con claridad. La voz de Daniel surgió de nuevo entre aquel silencio:

«Mamá ya le ha dicho que la tiene que pintar, yo se lo repito tooooooodos los días, y siempre me responde que lo hará el fin de semana. A ver si algún día cumple la promesa. Pero bueno, aunque no sea un manitas, nos cuida a su manera. Le quedan bien las corbatas, aunque prefiero cuando se viste con camiseta. Algún día seré como él. Pillaré a los malos. Hay muchos por el mundo. Me convertiré en agente del FBI, como mi padre, aunque no lleve pistola».

De pronto, la voz de Daniel se detuvo y la grabación permaneció unos segundos en silencio. Ben prestó atención al ruido de fondo y estiró la mano hacia el walkman para subir el volumen. Las bobinas seguían girando como las ruedas de la bicicleta de Daniel, y entonces lo escuchó: en aquel vacío silencioso, rodeado del ruido blanco de fondo con el que se ensucia un casete con el paso de los años, se podía oír claramente un sonido metálico y armonioso con la misma melodía que Daniel había canturreado.

—¿Qué diablos es eso? —preguntó al aire al tiempo que miraba a los ojos a su mujer.

Capítulo 19
Staten Island
13 de diciembre de 2011
Un día antes
Miren Triggs

A veces el amor te pone en el camino equivocado
para que sepas cuánto duele.

Jim condujo por Staten Island sin yo saber muy bien dónde me encontraba. Había visitado en algunas ocasiones la isla, pero nunca me había adentrado en ella con la urgencia de tener que comprender los rincones y sombras. Tras varios giros en los que creí que nos alejábamos cada vez más de Nueva York, me di cuenta de que estaba equivocada en cuanto vi al fondo las grandes torres del puente Verrazano-Narrows que conectaba con Brooklyn. A lo lejos se podía divisar cómo la ciudad resplandecía en la noche y, a la izquierda, si buscabas bien con la mirada, podías identificar la estatua de la Libertad como un diminuto faro turquesa que brillaba en la también diminuta Liberty Island. Al mismo tiempo, al ver la ciudad desde la distancia y el halo de luz que proyectaba en el cielo, me invadió un sentimiento opresivo, pues pensé en la oscuridad que se escondía en aquella jungla brillante de hormigón y acero. Para mí Nueva York era la zona cero de mis miedos y también el único lugar que me ofrecía la posibilidad de conocerme a mí misma mientras rebuscaba los secretos de los demás.

Cruzamos el puente en silencio y por un instante me acordé de Kiera Templeton y de Gina Pebbles. Pensé en todos los casos que descansaban en mi trastero y en cómo sus historias me habían moldeado. ¿Acaso el de Daniel Miller también podría marcarme para siempre? Miré a Jim y, al ver su mano agarrando el volante con firmeza, sonreí al darme cuenta de que él siempre había estado a mi lado y nos habíamos convertido, de algún modo, en una especie de pareja de aventuras que funcionaba sin llegar a comprender por qué lo hacía.

Ambos amábamos nuestra profesión, nuestra incansable búsqueda de la verdad, pero lo hacíamos por motivos distintos. Él, por su amor por el periodismo y su poder para cambiar el mundo a mejor cuando se hace con honestidad. Yo, porque quería evitar a toda costa hacerme preguntas a mí misma que era incapaz de responder. Éramos distintos y al mismo tiempo iguales.

Componíamos un mismo puzle, pero éramos dos piezas separadas cada una con su forma.

Con las luces de la ciudad de fondo, y ya adentrándonos en Brooklyn de camino a Queens, pensé en lo distintos que eran mi padre y mi madre: ella, tan práctica y real; él, tan bromista y despistado. Quizá el secreto de la felicidad estaba en buscar la pieza con la que encajabas. Jim se dio cuenta de que lo observaba y la comisura de sus labios dibujó una tímida sonrisa. Él había formado parte de mi viaje desde mi primer año de carrera de periodismo, habíamos ido acercándonos poco a poco, al principio con su manera de comprender lo que necesitaba, convirtiéndose en el último bastión de mi entereza: estaba ahí cuando necesitaba hablar o cuando la noche acechaba y se ofrecía a llevarme a casa sin hacer una pregunta. Y poco a poco su cercanía se convirtió en respeto, luego en complicidad y más tarde en la confianza que nacía al descubrir que ambos caminábamos por la vida tratando de esquivar otro golpe. Apoyé la mano en la suya en cuanto vi que descansaba sobre la palanca de cambios, y tan solo el hecho de notar que ni siquiera hacía amago de moverla de allí hizo que sintiese aquel instante como un abrazo.

—Vamos a acabar haciéndonos daño, ¿verdad? —le dije sin ser capaz de alzar la voz más allá de un hilo fino a punto de romperse.

Miró mi mano y respondió, triste.

—Es lo que me pregunto cada vez que estoy contigo, Miren.

Apoyé la cabeza sobre su hombro y cerré los ojos un instante. Estaba agotada y necesitaba aquella paz momentánea. Cruzamos el puente de Brooklyn. Ninguno de los dos nos atrevimos a romper aquel silencio que decía tantas cosas y ninguna al mismo tiempo.

Era medianoche cuando Jim detuvo el coche en la puerta de mi casa y, por un momento, no supe cómo despedirme de él. Era la primera vez que me pasaba y me dio miedo. Notaba que él quería un poco más, y esa parte de mí, esa que surgía ante las muestras de cariño, me gritaba que lo alejase para siempre si no quería volver a sufrir. Mi vida era una constante lucha contra mí misma y había llegado el punto en que me agotaba aquella batalla que estaba destinada a perder.

—Buenas noches, Jim —me atreví a decirle.

—Te veo mañana, Miren —me respondió, dolido por la distancia que acababa de crear de nuevo.

Me bajé del coche y caminé durante unos metros en dirección a mi portal cuando, de pronto, esa otra parte que ocultaba en mi interior, la que quería pasar página y afrontar lo que Jim y yo teníamos, me susurró que le dijese que subiese. Me detuve en seco y dudé qué hacer. De repente, esa voz pasó de un susurro a un grito. Pero como siempre, la Miren asustada, la insegura y la llena de rabia por el dolor se impuso sin siquiera verbalizar sus temores. Tan solo le bastó con enseñarme en un flash las consecuencias de un amor que poco a poco nos destrozaría a ambos para que, al volver hacia el coche, tan solo le dijese:

—¿Me recoges mañana para hablar con la profesora Amber?

—Claro —me dijo a través de la ventanilla bajada. Vi en su mirada que no le afectó mi indecisión y me di cuenta de que solo Jim era capaz de aceptar aquella guerra en mi corazón.

Me dirigí hacia la puerta de casa y me maldije en silencio por no ser capaz de saber lo que quería. Jim esperó en el coche, paciente, a que entrase en mi portal, y solo cuando cerré la puerta puso en marcha el motor.

Había sido un día de demasiadas emociones y preguntas en el aire. Aún reverberaba en mi mente el cuerpo de Will Pfeiffer con los labios sellados, los ojos tristes de la madre de Carlos Rodríguez, el canto de la capilla frente a su casa… Subí las escaleras y, cuando llegué a mi puerta, el pulso se me descontroló al ver que estaba entreabierta.

La empujé en silencio tratando de comprender qué ocurría y, por un instante, quise creer que yo había salido con prisa y se me había olvidado cerrarla. Pero en el fondo sabía bien que era imposible un despiste de ese tipo en mí: mis miedos llenaban mi vida de precauciones.

Me adentré en el piso, pero me acordé al instante de que me había dejado el arma en la guantera del coche.

Recordé mi MacBook Pro y todo lo que contenía: la información sobre los artículos en los que estaba trabajando, el registro detallado de mis incursiones en las partes más oscuras de la web, un sinfín de borradores con ideas en las que todavía debía seguir indagando… Aquel portátil era algo que protegía con la misma determinación que mis heridas. No tenía mucho más. Los muebles eran de Ikea. En la despensa había comida precocinada. Recordé mis auriculares Sennheiser con cancelación de ruido, pero podría sustituirlos por cualquier otro, aunque su almohadilla ya había adoptado la forma de mis pequeñas orejas. Tenía también un puñado de carpetas bien ordenadas en una estantería Billy. A pesar de haber conseguido ahorrar por el éxito de los libros, nunca me había gustado llenar mi hogar de objetos que nada tuviesen que ver conmigo. Mi caos interior siempre había contrastado con la calma que me transmitía el tener pocas cosas que ordenar o de las que preocuparme.

Me acordé de que había sincronizado todo el contenido del ordenador a iCloud, una nueva función de mi Mac, y que, incluso si lo hubiese perdido, podría recuperar todo lo que tenía en él. Pensé en aquel artículo que había leído en el *Press* sobre el aumento de los robos y la criminalidad en la ciudad. Respiré hondo, entré y, al encender la luz, me di cuenta del desastre. Las puertas del mueble del recibidor estaban descolgadas y los manuales de instrucciones de los electrodomésticos que allí guardaba estaban tirados por el suelo. En el salón todo era peor. Todas mis carpetas estaban abiertas y los folios desparramados por el suelo como hojas en otoño. Las sillas y la mesa donde solía comer estaban volcadas, el sofá rajado de arriba abajo. Encontré mi portátil partido por la mitad con el cristal agrietado y comprendí que no había sido un robo, sino una amenaza.

Pero ¿de quién? ¿Quién quería que dejase de buscar? Caminé entre las ruinas de mi vida con pasos inseguros y, al llegar a mi dormitorio, encendí la luz y di un grito: el colchón estaba tirado a un lado, mi cómoda con todos los cajones abiertos, mi ropa tirada por todas partes y en la pared habían dibujado con espray un ojo abierto que parecía decirme: «Te estoy viendo». Tenía el corazón en la garganta y pensé en todas las posibilidades de aquel mensaje. De pronto, recordé la entrada de la casa de Baunstein, con todos aquellos pequeños cuadros de ojos. A alguien no le había gustado mi artículo o su suicidio. Analicé qué pasos debía dar. Pensé en no tocar nada por si aparecía alguna huella, pero seguramente no serviría de mucho. Nadie que fuese capaz de encontrar dónde vivía para enviarme un mensaje así sería tan estúpido como para dejarlo todo lleno de huellas. Pensé en llamar a Jim, a la policía, a mis padres, pero ¿acaso podrían ayudarme? El corazón me latía con fuerza en el pecho y traté de controlarlo interiorizando que en el fondo no había perdido nada que me importase de verdad. Lo que no sabía justo en ese momento era lo equivocada que estaba.

Volví al salón y me senté sobre un montón de folios llenos de notas con mi letra. Lloré. Tu carrera de periodismo podía ser larga y sin altibajos si te limitabas a agachar la cabeza y amplificar las notas de prensa que te enviaban, pero yo no podía vivir así. Me quemaban los secretos, me ardía aquel ímpetu por descubrir la verdad. Por algún motivo había cometido el error de infravalorar los riesgos de escribir sobre alguien como Baunstein, aunque estuviese muerto. En realidad, no había nada más arriesgado que iluminar las sombras porque no sabías lo que encontrarías en ellas.

Allí sentada de madrugada, mientras sollozaba y trataba de calmarme por aquel asalto a mi vida, me llamó la atención una carpeta marrón abierta sobre el sofá. Me acerqué y, al ver lo que contenía, me di cuenta de que mi mundo entero estaba a punto de saltar por los aires: era un contrato de alquiler en el que reconocí mi firma. Ahí estaba, en la primera página, el nombre del único lugar que no quería que invadieran como habían hecho con mi piso: Life Storage.

Capítulo 20
Nueva York
Madrugada del 14 de diciembre de 2011
El mismo día
Jim Schmoer

La verdad adopta muchas formas,
pero en el fondo solo tiene una.

Llegó a casa poco después de medianoche con un mal sabor de boca. Había notado a Miren más inquieta que nunca. Pensó varias veces en preguntarle si estaba bien, pero sabía que ella no iba a contarle la verdad de sus emociones, no porque no quisiese, sino porque quizá ni siquiera ella sabía lo que le ocurría. Jim sabía que estaba siendo testigo, de algún modo, del proceso lento e inexpugnable de reconstrucción de una persona. A pesar de los años, a pesar de los golpes recibidos, Jim quería creer en el fondo de sí mismo que podía ayudar a Miren a no destruir su vida.

Se tiró en el chéster de piel marrón en el salón de su casa y se apretó con los dedos el puente de la nariz para tratar de frenar sus pensamientos. Nada tenía sentido en su cabeza. No llegaba a vislumbrar por qué Will Pfeiffer había acabado muerto de aquel modo tan horrible. A pesar de sus años de experiencia, en su carrera como periodista estaba más bien especializado en buscar trampas contables o escándalos de grupos empresariales. Sabía encontrar mierda en casi cualquier compañía, porque todas tenían algún cuartito en el que los directivos trataban de ocultar los secretos. Si accedía al flujo contable y conocía cómo el negocio ganaba dinero, entonces sabría en qué puntos del camino podía desviarse. En los primeros años como periodista económico su profesión le resultó fácil. Todo tenía un orden, cada cargo en la cuenta tenía un destino, cada línea del balance, su contrapartida. Pero cuando Miren lo atrajo hacia la complejidad de las personas, de los secretos ocultos en las palabras y sepultados bajo una gigantesca capa de emociones que se diluía con el transcurso de los años, comprendió que la verdad podía adoptar muchas formas.

Se incorporó intranquilo, se acercó al ordenador y abrió el navegador Safari para buscar en internet. Entró en Google y tecleó: «Simon&Sons», pero no encontró gran cosa. En los resultados de búsqueda halló una empresa de Ginebra que estaba en quiebra, una editorial del Reino Unido y una carnicería en Ohio. Luego probó suerte con las palabras «caja de música» y, tras visitar varias páginas, entró en un foro de amantes de aquellos pequeños artilugios metálicos: www.musicboxback.com. Había decenas de hilos en los que Jim descubrió un submundo que ni siquiera sabía que existía. En ellos, amantes de las cajas de música se recomendaban melodías, intercambiaban artefactos con distintos mecanismos e incluso había tutoriales sobre cómo construirlas desde cero con la canción que se quisiera. Había un largo repositorio en formato WAV en el que se podían escuchar algunas de las canciones infantiles más populares. Clicó en una de ellas y el inconfundible ritmo de *Pop Goes the Weasel* salió por los altavoces. Jim viajó durante una fracción de segundo a su niñez y se topó con el rostro de su madre. Navegó por el resto de los hilos y encontró uno dedicado al coleccionismo. Era una conversación larga que se extendía decenas de páginas en las que los usuarios subían imágenes de un puñado de marcas que las habían fabricado a lo largo de los años: logos, características, mecanismo rotatorio, materiales, fecha de fin de actividad… La mayoría de las marcas habían pasado a mejor vida en las últimas décadas. Un usuario se quejaba de que su uso había quedado reducido a un limitado número de artilugios fabricados en China con melodías que muchas veces no estaban bien calibradas.

Y entonces en una respuesta de un usuario llamado Pf31ff3r, Jim leyó: «Por lo que veo nadie recuerda la perfección de las cajas de Simon&Sons. No se ha fabricado nunca nada igual». El usuario había acompañado el mensaje con una imagen adjunta y, al clicar en el enlace, Jim vio que era exactamente igual que la que tenía la madre de Carlos en su poder y que un hombre le había regalado a su hijo en el colegio.

Leyó el resto de la conversación con interés. Otros usuarios del foro le preguntaron por ella y algunos alabaron la calidad y lo especial de su mecanismo interior. Jim sintió un nudo en el pecho al darse cuenta de que el usuario Pf31ff3r comentaba que tenía una decena de ellas en su tienda de instrumentos, pero que no estaban a la venta. Por lo visto las había comprado tras encontrarlas en un mercadillo de segunda mano en 1975, poco después de que Simon&Sons dejasen de fabricarlas durante la crisis de la década de los setenta. La marca, que producía instrumentos de todo tipo en aquel entonces, se reorientó hacia la producción de juguetes para niños y cambió su nombre a S&S. Jim frunció el entrecejo como siempre hacía cuando no comprendía algo o cuando buscaba en su mente la conexión de dos ideas.

Le sonaba aquel nombre. Lo recordaba de su época de periodista económico. Abrió otra pestaña y buscó «S&S, grupo empresarial», cuando localizó el logo con las dos eses aplastadas formando una pirámide lo reconoció al instante. El S&S era un conglomerado de empresas con ramas en la industria química, el petróleo y el reciclado de residuos, con participaciones relevantes en medios de comunicación e inversiones inmobiliarias repartidas por medio mundo. Los principales accionistas del grupo eran Walter y Christoph Simons, los hijos del fundador, Alexander Simons. Este último fue un inmigrante europeo que había abandonado Austria y había montado una pequeña fábrica de instrumentos en Michigan, en pleno *boom* de la automoción y la producción en cadena. La fábrica, en un principio de trompetas e instrumentos de viento metálicos, vivió una edad dorada en plena Segunda Guerra Mundial, cuando adaptó la producción para la fabricación de casquillos de bala para el bando aliado. Aquello le dio un impulso financiero a la compañía para ampliar las líneas de producción de trompetas, saxofones y tubas y para introducirse en la fabricación de tocadiscos, cuyo uso crecía de manera exponencial en aquellos años, y también, casi de manera artesanal, en las cajas de música de cilindro o de discos metálicos, que eran admiradas en la década de los cincuenta como perfectas maravillas mecánicas. La inyección de dinero proveniente de la guerra también propició que la empresa se diversificase y adquiriese participaciones en la industria química en una Europa devastada por la guerra y creciese bajo una demanda inabarcable por los trabajos de reconstrucción. Aquel primer paso en la industria química hizo que Simon&Sons comprase una fábrica de látex sintético derivado del petróleo y se introdujese de lleno en el mercado de la fabricación de juguetes y preservativos, a partes iguales. La crisis del petróleo de los setenta puso a prueba la estabilidad del grupo, dependiente del crudo para producir, y fue entonces cuando se cerraron las plantas de Michigan y abandonaron para siempre el negocio de la venta de instrumentos y la fabricación de cajas de música.

Jim volvió al foro y leyó la fecha del mensaje de Will Pfeiffer. Comprobó que había sido escrito en enero de ese mismo año. Por entonces Will Pfeiffer debía estar vivo, a tenor del estado de su cuerpo. Y con ese nombre de usuario, no había duda de que era él.

—Te tengo —dijo en voz baja.

Jim jugó con aquella idea e hizo lo que siempre se le había dado bien: montar una historia con lo que sabía y dejar en el aire las preguntas que permanecían flotando sin respuesta. Se puso de pie y caminó de un lado a otro del salón mientras debatía consigo mismo.

—Will Pfeiffer se acercó al Clove Valley —dijo en voz alta— y usó como excusa aquella caja de música para entablar una conversación con el pequeño Carlos. Se la regaló. Su madre contó que un hombre se había aproximado a su hijo en varias ocasiones. Quizá se trataba de él, que estaba cortejando al pequeño. Esa misma tarde fue cuando desapareció. —Tomó aire para dibujar en su cabeza todo el enigma—. Will Pfeiffer era un perturbado. Siempre lo fue. Entabló una primera conversación con él. Quizá Carlos estaba algo triste por la situación en casa y lo vio vulnerable en el patio. Luego, cuando salió de clase… —divagó—, ¿lo siguió hasta su casa? Muy arriesgado —se corrigió al tiempo que negaba con la cabeza—. Debía de conocerlo, sí. Le había visto antes y sabía dónde vivía. Pero… ¿cómo?

La pregunta clave era: ¿cómo sabía Will Pfeiffer dónde encontrar al pequeño? Dudó que Guadalupe visitase su tienda y comprase algún instrumento. No había visto ninguno en su casa. De pronto, pensó en la capilla que había frente al hogar de Carlos y la música que emanaba de allí.

—Podría conocerlo de la iglesia —se dijo en un susurro.

Recordó las imágenes religiosas que tenía Guadalupe repartidas por la casa. De repente, le vinieron las palabras de la mujer: «Antes adoraba ir a la iglesia y me ayudaba a sentirme mejor oír la música y los cantos. Ahora todo suena peor en mi cabeza, como si los ángeles hubiesen dejado de tocar para mí».

—Lo vio allí —exclamó—. Will Pfeiffer era profesor de música —aceleró su razonamiento—, sabía tocar y participaba en la capilla. Se ocultaba un monstruo entre los fieles. La música no le sonaba peor a Guadalupe porque se sintiese desolada por lo que le había ocurrido, sino porque Will Pfeiffer estaba muerto. Debió morir poco después de llevarse a Carlos. Por eso sabía dónde vivía el niño. Quizá lo conoció allí y se obsesionó con él —se dijo—. Lo observaba en el colegio y aquel día que lo vio triste fue su oportunidad para intentar un acercamiento con la caja de música. —Jim estaba emocionado y sentía que aquella historia que estaba montando en su cabeza tenía todos los pilares para conectar la caja de música de Simon&Sons con Pfeiffer y con el rapto de Carlos—. Luego, por la tarde —se sumergió en aquella idea—, aparcó el coche junto a la capilla y lo observó desde fuera. Seguro que sabía que tarde o temprano saldría a jugar a la pelota, lo habría visto otras veces allí. Quizá incluso disfrutase escuchando dentro de la casa la melodía de la caja de música que le había regalado por la mañana.

Jim hizo una pausa antes de continuar armando la historia:

—Cuando lo vio fuera, se acercó a él y le ofreció otra caja de música o cualquier cosa. Se hizo pasar por alguien cercano. Lo convencería para que fuese al coche o lo agarraría por la fuerza —bajó la voz y asumió el golpe—: Y se lo llevó sin que su madre, al otro lado de la casa, se percatase de nada.

Pero entonces comenzó a llenar aquella hipótesis de nuevas preguntas:

—Pero… ¿adónde? ¿Dónde pudo esconder al pequeño? ¿Y quién le ejecutó? ¿Cómo se relaciona todo esto con Daniel en 1981? —se preguntó a sí mismo—.

Will Pfeiffer daba clase aquel día en la facultad y sus alumnos corroboraron su coartada. No pudo ser él. Él no pudo llevarse a Daniel. Tuvo que ser otra persona…

Dejó de hablar en voz alta: «¿Y si los casos no están relacionados como propone Miren? ¿Y si el hecho de que compartiesen colegio no es más que una simple casualidad?». Pero también pensó en que era difícil una casualidad de aquel tipo. El colegio era el factor común de ambos niños y los dos tenían edades aproximadas. Daniel, siete años, y Carlos, ocho. Jim no sabía cómo conectar todo aquello, pero sí tenía claro que debía visitar la capilla St. Nicholas para contrastar su teoría. Se fue a la cama y cogió el móvil. Estuvo a punto de llamar a Miren, pero creyó, de manera equivocada, que ella ya estaría dormida.

Capítulo 21
Nueva York
Madrugada del 14 de diciembre de 2011
El mismo día
Miren Triggs

El fuego, al igual que el amor,
nos fascina y aterra por cómo lo destruye todo,
a pesar de su belleza.

Bajé a la calle sin pensar en lo que hacía. La madrugada se había precipitado y la ciudad había bajado el ritmo, aunque Nueva York siempre ofrecía un poco más de lo que anhelabas sin importar la hora. Ese era el motivo por el que siempre creí que la ciudad estaba agotada por no dormir y por el que en cada rincón surgía su peor versión. Mi coche se había quedado aparcado cerca de la casa de Jim y necesitaba un taxi que me llevase hasta allí para recogerlo. Estaba cansada, pero el miedo me dio energía.

Al final de la calle un hombre dormía, probablemente con hambre y frío. Dos tipos con capuchas caminaban por la otra acera. Yo había aprendido que a aquellas horas cualquier movimiento es peligroso. A lo lejos una pareja se besaba bajo una farola, ignorante de las bestias que acechaban a aquellas horas. Los dos hombres se detuvieron a la altura de la pareja y les increparon. Me pareció haber vivido esa escena en primera persona. Uno de los tipos alargó la mano y le tocó el culo a la chica. El novio gritó y le devolvió un empujón. De pronto, de la sudadera de uno de los hombres salió un arma que le apuntó a la cara y ella pegó un grito con la voz, y yo lo hice con mi alma. No podía ayudarles. La joven corrió hacia mi dirección al tiempo que su pareja alzaba las manos y suplicaba. Me quedé inmóvil, llena de rabia. Uno de ellos le dio un puñetazo en el estómago al novio y el otro se reía a carcajadas. El eco de su risa reverberó en la calle al tiempo que se entremezclaba con los pasos de la joven, que llegó hasta mi altura y se detuvo asustada. La miré a los ojos y me vi en ellos. La mirada de no comprender nada, la inocencia rota, la semilla del miedo que ya germinaba.

—Ayuda —me suplicó en un jadeo.

—Escóndete aquí, en mi portal, hasta que todo acabe. —Empujé la puerta y entré con la chica, que estaba cada vez más asustada.

—No te va a pasar nada. —Traté de calmarla.

—Pero Peter está…

—Tu chico se llevará varios golpes y una lección —la corté—, pero a ti no te pondrán un dedo encima. No conmigo aquí. —Ojalá en aquel lejano 1997 hubiese tenido la suerte de haber encontrado un lugar donde refugiarme y una persona con la que esconderme.

—¿De qué vas, payaso? —Oí decir a una voz a lo lejos.

Me asomé y vi al del arma pateando a Peter. La chica hizo el amago de querer salir y yo agarré su mano. Le dieron otro par de puñetazos y, al caer al suelo, el del arma pateó en el costado al chico. Se rieron una vez más. Explotaron en carcajadas.

—¿Dónde está tu chica? —Pude oír que le decía. Su novia me miró en la penumbra del portal—. ¿Te ha abandonado aquí como a un perro? Esa puta ni siquiera se ha dignado a defenderte. —Rio de nuevo—. Búscate a otra a la que le importes, hermano. Levanta, perdedor. ¿Qué haces en el suelo? —Volvieron a reír. Aquella risa estúpida y amarga.

La chica me miró a los ojos y yo negué con la cabeza. «No vas a salir de aquí hasta que se hayan marchado», me comprendió sin yo tener que abrir los labios. Se hizo el silencio y me asomé de nuevo. Los tipos ya se estaban alejando y su chico gemía tirado en el suelo.

—Gracias —me susurró aún asustada.

—No hay de qué —respondí con tristeza porque el mundo no mejoraba—. No llames a la policía —añadí—. Cómprate un espray pimienta o algo para defenderte y llévalo siempre contigo.

Ese fue el consejo que me salió darle para sobrevivir a la noche en la ciudad. La única conclusión a la que había llegado desde que me arrebataron la inocencia en un parque. La chica se marchó corriendo a atender a su novio y yo caminé en la dirección opuesta buscando la luz verde de un taxi libre. Me subí en el primero que conseguí parar y le pedí que me llevase a la calle de Jim, donde yo había aparcado la noche anterior. No era un camino largo, pero justo lo suficiente para que el taxista me observase una y otra vez a través del espejo retrovisor.

—¿Nos conocemos de algo? —me dijo, de pronto, a mitad de camino.

—Lo dudo —respondí sin ganas de darle conversación.

En ese momento estaba más ocupada en pensar quién me había destrozado el piso o si era un aviso para que me mantuviese alejada y dejase de buscar respuestas. ¿Qué significaba aquel ojo pintado en la habitación?

—Sí, mujer. Estoy convencido de que sí —cambió el tono a uno jocoso.

Estaba a punto de explotar de la rabia.

—¿No frecuentas el Candy's?

Lo miré a través del espejo con los ojos llenos de ira. El Candy's era un conocido pub a los pies de un hostal en el Bronx que estaba lleno de chicas que habían renunciado a la esperanza de salir adelante y subían a las habitaciones con borrachos y desgraciados a cambio de un puñado de dólares que nunca eran suficientes.

—No —dije. Solo faltaban tres o cuatro calles para llegar.

—¿Segura? No se me olvida una cara bonita.

Me fijé en sus manos en el volante y en el anillo de boda que llevaba en uno de sus dedos.

—Segura.

No quería decir nada más, pues mi arma seguía en la guantera de mi coche.

—Es una pena, ¿sabes? No sé si te apetece ahorrarte la carrera.

—¿Cómo dice? —le pregunté incrédula.

—Ya sabes. Yo te hago un favor y tú me lo haces a mí —insinuó con un tono que indicaba que estaba acostumbrado a proponerlo—. No es la primera vez que una chica, así como tú, se sube aquí a estas horas y viaja gratis. —Se relamió y yo respiré hondo para contener mi ira.

Por fin reconocí la calle en la que había aparcado. Estaba oscura, no había nadie por ningún lado. Mejor así.

—Es ahí —señalé—. Tengo la cartera en ese coche. ¿Te importa que la coja para pagarte?

Frenó en seco y negó con una sonrisa asquerosa. Suspiré con fuerza antes de bajarme y sentí cómo sus ojos me desnudaban mientras abría el coche y rebuscaba en el asiento del copiloto.

—¿De verdad no quieres ahorrarte veinte pavos? —insistió desde la ventanilla.

Me entraron arcadas de tan solo escucharlo, pero en ese instante no pude contenerme. Abrí la guantera, empuñé mi Glock, me giré y le apunté a la cabeza:

—¿Y tú quieres que se lo cuente a tu mujer? —le respondí—. Irving Belford. Licencia: 844738201.

El miedo se coló en sus ojos.

—Zorra de mierda.

—Repítelo —bajé la voz—. Estoy cansada del mundo que los degenerados como tú habéis creado porque sois incapaces de mantener la bragueta cerrada.

Sentí que mi mano temblaba.

Disparé.

O eso hice en mi imaginación. Allí, en esa ficción creada, la sangre salpicaba el interior del coche e impregnaba toda la ventanilla. El cuerpo del taxista se mantenía un instante erguido hasta que caía a un lado.

—Estás pirada —me dijo, arrastrándome fuera de aquella fantasía placentera que en realidad era un grito en el cielo.

Levanté el arma y el taxi aceleró de golpe. El mundo no había cambiado. Todas las mujeres compartíamos la misma historia, pero con distinta forma. Un jefe que se insinúa, una caminata seguida de piropos a los que temes protestar, un idiota que se siente con el poder de creer que tu cuerpo le pertenece porque has sido simpática...

Miré arriba y vi las ventanas apagadas del piso de Jim. Podría haberle llamado y decirle que me acompañase al trastero, pero no sabía si estaba preparada para dar aquel paso. Aquel lugar era mi posesión más preciada y nunca le había mostrado a nadie la magnitud de mi obsesión. Estaba orgullosa de haber formado poco a poco aquel almacén de almas perdidas, porque de algún modo me servía a mí para creer que no estaba sola en el mundo. Al buscar durante un tiempo a cada una de las personas que descansaban en los archivos, al meterme de lleno en los casos de desaparición, podía acariciar la idea de encontrar algún día esa parte de mí que se había desvanecido.

Me monté en el coche y conduje en dirección al East River. Lo crucé por el puente Manhattan y cuando llegué a Brooklyn callejeé hasta volver a la zona cercana al río, donde estaban las instalaciones de Life Storage. Me alcanzó el olor a humo. Me bajé del coche, confusa, empujé la verja con prisa para acceder a los habitáculos y vi una silueta negra parada frente a mi trastero.

—¡Eh! ¡Eh! —grité de pronto, apuntándolo de lejos con mi arma—. ¿Qué quieres? —vociferé.

La silueta corrió con agilidad felina ante mi grito. Era joven, sin duda, se movía rápido, y yo hice el amago de seguirla durante unos metros, pero saltó la valla metálica casi sin esfuerzo. Se perdió en la oscuridad bordeando el río. Regresé al trastero, oí un débil crepitar al otro lado y vi que salía humo por los bordes.

—¡No! —aullé—. ¡No, no, no!

El candado estaba partido, mi alma se venía abajo. Al abrir el portón, el interior estaba en llamas. Di unos pasos hacia atrás al sentir el calor en la cara y me arrodillé entre lágrimas. Todo apestaba a gasolina.

—¡No!

Estaba acabada. Se me escapaba mi vida. Todo se consumía sin remedio y ni siquiera tuve fuerzas para tratar de salvar alguna de las carpetas. Mi búsqueda de aquellas chicas perdidas terminaba con todo en llamas, tal y como me encontraba en mi interior. Casi podía oír los chillidos de todas las historias que descansaban en mis archivos y, por encima de ellos, de manera nítida, los aullidos de mi corazón al perder aquel pilar que sanaba de algún modo mis heridas.

Capítulo 22
Staten Island
13 de diciembre de 2011
Un día antes
Ben Miller

Si prestásemos atención al silencio,
nos daríamos cuenta de todo
lo que nos tiene que enseñar.

Su mujer se puso los auriculares y escuchó también la melodía que sonaba en aquel silencio. Miró confusa a su marido, no entendía por qué a él le importaba tanto esa canción.

—Suena el camión de los helados —dijo ella sin darle importancia.

—No es eso —aseveró Ben, al tiempo que negaba una y otra vez con la cabeza, tratando de comprender qué significaba aquel sonido en la grabación de su hijo.

Rebobinó la cinta y volvió a escucharla con aten-ción. Tras las palabras de Daniel, esperó en silencio durante unos segundos hasta que sonó de nuevo esa música. La conocía, pero no conseguía identificarla. Du-raba apenas diez segundos antes de que el silencio vol-viese de nuevo, solo interrumpido por el ruido blanco que había invadido la cinta magnética. Luego una puer-ta se abría y se cerraba, como si Daniel hubiese entrado en casa, y, de pronto, un golpe seco. Ben supuso que era su hijo dejando la grabadora en algún sitio sin dar al botón de Pause. Tras aquel ruido, los pasos de Daniel se alejaban y, poco después, la cinta se quedaba en si-lencio de nuevo. Salvo el zumbido constante, nada lo rompía hasta que la cinta llegaba al final.

Ben trató de armar una idea con aquellos sonidos. Se quitó los auriculares y clavó la vista en el aparato unos segundos mientras pensaba en lo que acababa de escuchar.

—Me pareció la furgoneta de los helados. ¿No era esa melodía?

Con la mirada perdida en el walkman, Ben se aca-rició la barba de tres días de un incipiente gris que con-torneaba su mentón. Negó con la cabeza varias veces mientras Lisa lo observaba sin comprender qué ocurría.

—¿De qué fecha es la cinta? —preguntó Ben, di-rigiéndose a su mujer mientras deambulaba de un lado a otro tratando de poner orden en sus pensamientos—.

Daniel anotaba las fechas en las que comenzaba y terminaba cada grabación.

Lisa abrió el walkman y leyó la letra de Daniel: 14/04/1981-17/04/1981.

—Del catorce al diecisiete de abril —dijo Lisa, que cambió de tono al darse cuenta de lo cerca que estaba de aquel fatídico día—, una semana antes de... —no pudo terminar la frase, derrotada.

—La furgoneta de los helados solo pasaba por el barrio los sábados, ¿recuerdas? Solíamos salir a verla. Los niños del barrio aprovechaban aquella llamada para salir de casa y reunirse para jugar. Estoy seguro de que era los sábados. ¿El catorce de abril qué día de la semana fue?

—No sé —respondió vacilante, mientras observaba confusa la preocupación de su marido.

Ben Miller buscó en el teléfono el calendario del año 1981.

—El catorce era martes. Terminó de grabar la cinta el diecisiete, el viernes de esa misma semana. —Hizo una pausa y trató de darle forma a la melodía que aún resonaba en su cabeza—. El sonido no es del furgón de los helados que visitaba el barrio.

Negó con la cabeza y conectó aquella canción de la cinta con una idea que tenía en la mente:

—Es una caja de música —exhaló de golpe.

—¿Qué? —Su voz tembló por el desconcierto.

—Una de esas pequeñas cajitas metálicas con una manivela que cuando la giras suena una canción —aclaró.

En su mente, en ese instante, se formó la imagen de la caja de música que le había devuelto a Alice Amber.

—Que yo recuerde, Daniel no tenía ninguna —señaló Lisa—. ¿Tú le compraste algo así?

El exinspector negó con la cabeza.

—Alguien se la debió de regalar. —Ben estaba seguro de haber dado el primer paso en la historia de su hijo después de muchos años.

—¿Eso crees? ¿Que alguien le regalaba cosas a nuestro hijo sin que nosotros lo supiésemos? No puede ser eso, Ben. —A Lisa le costó aceptar aquella idea, porque implicaba que quizá no habían estado todo lo atentos que deberían—. Daniel tenía siete años. Era un chico listo. Le dijimos mil veces que no aceptase cosas de desconocidos.

—¿Y si lo hizo? —le interrogó Ben.

Ella siempre se sintió orgullosa de conocer a su hijo, de tener una relación cercana y sincera. Siempre había estado segura de que Daniel le había contado todo lo relacionado con el colegio. Incluso creía haber llegado a comprenderlo un poco más gracias a aquellas cintas que había grabado, porque descubrió matices de su personalidad que se amplificaban cuando ella no estaba delante.

Lisa Miller se quedó sin palabras durante un instante, porque no le cabía en la cabeza que alguien hubiese podido acercarse a Daniel sin que ella se diese cuenta o sin que su hijo se lo hubiese contado. Sintió por un segundo lo que muchos padres cuando descubren una personalidad distinta en sus hijos o una historia que se habían guardado para sí mismos por primera vez.

—¿Dónde guardaste las cosas de Daniel? —le preguntó Ben a su esposa. Estaba dispuesto a enfrentarse a los recuerdos de su hijo.

—La ropa está en el sótano. Todo lo demás, en su habitación, en los cajones y en los almacenadores debajo de su cama —respondió Lisa—. He pasado muchas horas en ese cuarto con sus cosas y he llorado con cada uno de sus juguetes. —Lisa miró a los ojos a su marido como si estuviese a punto de desmoronarse—. Conozco a Daniel. No tenía ninguna caja de música, Ben —aseveró, convencida.

Miller se detuvo delante de su esposa, sin querer contarle de dónde provenía aquella idea. No quería decirle que había estado en casa de la profesora Amber por la mañana y que incluso se había tomado un café con ella, como si nunca le hubiese guardado rencor o como si hubiera llegado de algún modo a perdonarla.

—Ayúdame a revisar una última vez sus cosas —le suplicó.

Lisa miró a su marido, tratando de comprender aquella repentina obsesión, y finalmente asintió.

—Está bien.

Subieron al dormitorio de Daniel y rebuscaron entre sus cosas con tristeza y determinación. Lisa sacó una enorme caja translúcida llena de juguetes y de juegos de mesa. Ben Miller inspeccionó los cajones del escritorio y volcó su contenido sobre la cama. A Lisa siempre le afectaba sumergirse de aquel modo en esos recuerdos, especialmente porque le traían a la memoria las tardes en las que los tres jugaban a *Hungry, Hungry Hippo* entre risas o construían con piezas de Lego alguna casa cuyo tejado nunca terminaban de completar. Ben sostuvo entre sus manos un muñeco Stretch Armstrong y recordó cuando Daniel le pedía que agarrase al muñeco por los brazos y él tiraba con fuerza de las piernas hasta el límite de la elasticidad del pobre juguete. Lisa recuperó la caja del juego de *Simon* y Ben le hizo una mueca cómplice al verlo. Los viernes por la noche solían jugar en familia, tratando de memorizar y repetir la secuencia de luces y colores, sorprendiéndose por la facilidad que tenía Daniel para ganarles.

—Odiaba esa cosa —dijo él—. Nunca se me dio bien.

—Yo lo daría todo por volver a una de esas noches —respondió ella con un suspiro.

Del contenido de esos cajones volcados sobre la cama, destacaba el cubo de Rubik, una decena de muñecos de Adventure People, con los que Daniel creaba una pequeña ciudad en el jardín, también había figuras de Playmobil, lápices de colores con la punta rota y piezas sueltas de Lego. Se dio cuenta de que no hallaba lo que buscaba y se puso nervioso. Lisa observó la desesperación de su marido y trató de animarlo enseñándole una caja en la que se podía leer en letras azules *Mouse Trap Game*, uno de los juguetes favoritos de Daniel.

—Es curioso, pero le encantaba perder a este —dijo ella—. Siempre quería que una trampa cayese sobre el ratón.

Mouse Trap Game era un popular juego lanzado a finales de los setenta y que seguía comercializándose actualmente, en el que los jugadores eran ratones que debían avanzar por el tablero evitando las trampas colocadas por sus contrincantes. El último ratón en ser atrapado por una de las trampas era el que ganaba la partida.

—Daniel siempre se cogía el ratón rojo —añadió ella con nostalgia—. Y se reía a carcajadas cuando una de las trampas que había colocado caía sobre él. ¿Recuerdas aquella noche que se enfadó por ganar? Quería caer en una trampa y no había manera. Tiraba los dados una y otra vez, y siempre las evitaba.

Ben Miller no se acordaba. Es lo que tienen los recuerdos cotidianos, que pocas veces se anclan en la memoria y se mezclan unos con otros en una amalgama en la que solo destacan los momentos importantes. Sin embargo, a su mente sí llegó alguna imagen de los tres arrodillados en la mesilla baja del centro del salón, pero sin perfilar tanto los detalles.

—Esa noche, al terminar de jugar, subí al cuarto y me tumbé con él —le contó Lisa, nostálgica—. Como estaba molesto por haber terminado la partida así, le canté una canción que se sabía mi madre y siempre me calmaba cuando me enfadaba. Recuerdo que fue la primera vez que lo hice. Ahí me di cuenta de que somos los fragmentos de quienes nos han amado y que estamos para ceder el testigo a otros de las partes que nos han dejado. Le guardo cariño a este juego solo por esa noche.

Sostuvo la caja delante de sí y la miró con ternura. Levantó la tapa de cartón del juego y encontró el pequeño ratoncito rojo atrapado debajo de una de las trampas. Lisa liberó al ratón, como si estuviese dejando libre a su hijo. No pudo evitar una lágrima pensando que no había podido ceder el testigo a Daniel de todas sus partes. De repente, tuvo el impulso de colocarlo en la casilla de salida, en una especie de homenaje a aquella partida que le recordó una lección vital. Levantó el tablero y se quedó de piedra al ver debajo una cajita dorada de la que sobresalía una pequeña manivela. En el lateral podía leerse: SIMON&SONS.

Ben reconoció aquella caja. Era muy parecida a la que él había sostenido entre sus dedos esa misma mañana. La que había entregado a Alice Amber. Lisa la cogió y la inspeccionó con cuidado, como si sintiese que entre sus dedos sostenía la memoria intacta de su hijo.

—Ben…

Sin decir nada, Lisa giró la manivela y sonó la misma melodía que habían oído en el casete. Allí, junto a su mujer, Ben comprendió al fin que Alice Amber y su hijo estaban más unidos de lo que nunca llegaron a saber.

Capítulo 23
Nueva York
14 de diciembre de 2011
El mismo día
Jim Schmoer

¿Qué son esas voces que oímos
y a las que nunca hacemos caso?

Jim se despertó temprano e hizo lo de siempre: ducharse rápido y bajar al *deli*, que estaba abierto a todas horas, a comprar los periódicos del día, un café y un pretzel. A esas alturas de la vida, para qué cambiar. Aprovechó que aún era temprano y leyó las noticias: en la portada del *Press* casi todo el espacio se lo llevaba un atentado en un mercado navideño en Viena que había conmocionado a Europa. La fotografía mostraba una furgoneta estampada contra una caseta de madera con objetos navideños desparramados por el suelo. Murieron asesinados siete adultos y dos niños. Pero también hubo una veintena de heridos que quedarían marcados para siempre. En el resto de los periódicos se hacían eco de la misma historia, con fotografías aéreas del mercadillo en el que se podía ver el camino que había hecho la furgoneta hasta detenerse. El *Wall Street Daily*, sin embargo, debatía en portada sobre el futuro del patrimonio de Baunstein, el magnate que se había suicidado y cuya exclusiva había cubierto Miren en el *Press*. La fortuna de Baunstein iba a entrar en un proceso largo para encontrar a algún familiar lejano que reclamase los activos, pues había fallecido sin herederos. Los políticos del estado ya estaban haciendo cuentas sobre en qué podrían gastarse el dinero una vez que se liquidasen todos los bienes del magnate en una subasta que se estimaba tentadora si no aparecía algún pariente que los reclamase.

No había quedado con Miren a ninguna hora concreta. El plan era visitar el colegio, localizar a la profesora Amber y tratar de contrastar las versiones sobre lo que sucedió aquel día, pero él también quería visitar la capilla St. Nicholas para comprobar si su hipótesis sobre Will Pfeiffer podía prosperar.

Marcó el teléfono de Miren para concretar cuándo se verían, pero tras varios tonos que se le hicieron eternos saltó el contestador y él colgó sin esperar el tono para dejarle un mensaje. Miró la hora y comprobó que solo eran las nueve de la mañana, y dedujo que Miren estaría dormida.

Repasó las declaraciones de la profesora que formaban parte del expediente y dedujo lo que ya sabía: que todo fue un error, un malentendido que terminó de la peor de las maneras posibles para la familia Miller. Leyó la entrevista de los Rochester, que confirmaron que, cuando se marcharon, creyeron que Daniel se quedaba con la profesora Amber, a quien vieron en el umbral de la puerta del colegio antes de irse, y señalaron que hicieron un gesto rápido de despedida con la mano, sin pararse a mirar si tuvo correspondencia o no. Según los hechos de aquel día, tanto la profesora Amber como los Rochester se marcharon casi al mismo tiempo en direcciones opuestas: ella al interior del colegio y ellos a casa con su hijo Mark. De manera que Daniel acabó en las escaleras de la entrada sin que nadie se percatase de que se quedaba solo.

Jim revisó las largas declaraciones que hizo Benjamin Miller al denunciar su desaparición y también su testimonio de lo ocurrido ante el FBI en otras tres ocasiones para asegurarse de que no se dejaba nada por contar. Todas las historias encajaban y todas contaban la misma realidad: una desgracia fruto de la casualidad. En el testimonio de Ben Miller, Jim repasó su relato de los hechos durante los primeros minutos. Cómo entró en el edificio, porque ni su hijo ni la bicicleta aparecían por ninguna parte, y se encontró con la profesora Amber que estaba recogiendo la clase. Luego visitaron la oficina del director y desde allí llamó a los Rochester. Después marcó el teléfono de casa y luego de nuevo a los Rochester, que al fin respondieron a la llamada y le contaron que Daniel no estaba con ellos. Entonces salió corriendo del colegio y dejó allí al director y a la profesora Amber. Recorrió rápido la calle del colegio, pasando por Howard Avenue y, en Campus Road, encontró la bicicleta de su hijo justo cuando su mujer corría en dirección a él. Ben pasó toda la tarde buscando por el barrio, pateándose la universidad y preguntando si habían visto a su hijo. No obtuvo resultados.

Según Lisa Miller, ella estuvo dando clase por la mañana y aquel día una de ellas coincidía con la hora a la que salía el pequeño del colegio. Le pidió a su marido que lo recogiese. Salió de la facultad a las 15:30 y llegó a casa a las 15:45. La llamada de Ben Miller desde el colegio a su domicilio constaba en el registro a las 15:54. Durante esos nueve minutos, Lisa dejó su maletín de pintura en el estudio, abrió el correo y limpió una taza de café que su marido había dejado en el fregadero esa mañana. A Jim le pareció horrible ser consciente de que, mientras ella realizaba esas tareas insignificantes, su vida estaba cambiando para siempre.

Reordenó los papeles sobre la mesa y llamó de nuevo a Miren, pero tampoco respondió. Colgó y le escribió un mensaje: «¿Te recojo a las once en tu casa?».

Tenía el presentimiento de que de momento no tendría respuesta.

Debatió consigo mismo sobre qué hacer al tiempo que se asomaba por la ventana y se fijó en el suave vaivén de los columpios del parque infantil, y automáticamente pensó en su hija Olivia, que ya era toda una mujer. Marcó su número, pero tampoco lo cogió. Apretó los labios, resignado, y se acercó a la caja de cartón en la que había una veintena de cintas de casete. Agarró una de ellas y leyó la etiqueta escrita a mano con rotulador azul: 13/02/1981-15/02/1981. CLOVE VALLEY. Jim miró la hora y decidió escucharla para hacer tiempo antes de volver a llamar a Miren. La colocó en el interior del walkman, se puso los cascos y, de repente, se sorprendió al distinguir perfectamente el sonido ambiente de un colegio, con las risas inequívocas de una época feliz:

«Este es el sonido del pasillo de mi clase y por allí vienen la profesora Amber y Alice. Le voy a enseñar a la profesora el walkman y grabaré a mis amigos. Si consigo que todos digan algo, podré escucharlos cuando esté en casa. Me da pena no poder grabar a Alice, pero seguro que se me ocurre algún modo de que también aparezca en esta cinta. No sé si os lo he dicho, pero no habla. Hay personas así, que no pueden hablar y lo hacen todo con las manos. Dicen que tal vez la lleven a otro colegio, porque aquí le es más complicado integrarse, pero a mí eso me pondría triste. Me cae bien. A veces jugamos juntos al pillapilla o al escondite y se ríe. Solo cuando ríe, puedes escuchar su voz. Cuando estamos en clase, la noto siempre un poco triste *(suena un timbre)*. Os tengo que dejar. Luego os presento a todos».

Pasaron varios segundos, hasta que empezaron a sonar distintas voces:

«Hola, soy Mark» *(rio una voz distinta)*. «Gabi, di algo. Es para mí» *(voz de Daniel)*. «Hola, caraculo» *(voz distinta justo antes de explotar en una risa contagiosa)*. «¿Qué hace eso?» *(otra voz distinta más que se entremezclaba con otras voces ininteligibles)*. «Es una grabadora. Di hola, te está grabando» *(voz de Daniel)*. «Eh, eh. Dáselo a Alice, a ver si dice algo» *(otra de las voces)*. «No, dejadla en paz» *(protesta de Daniel seguida de carcajadas)*. «Daniel, ¿qué es eso? Ya os he dicho que no traigáis cosas de casa. Aquí se viene a estudiar. Alice, cielo, ¿estás bien? *(silencio)*. ¿Se estaban riendo de ti, cariño? *(silencio)*. Daniel, que sea la última vez que os reís de Alice» *(voz de mujer, que iba oscilando de la dulzura a la dureza)*. «Nunca me reiría de ella» *(voz enfadada de Daniel seguida de unas risas nerviosas de fondo)*. «A Daniel le gusta Alice» *(grito de otra voz)*.

«A Daniel le gusta Alice» *(gritos de varias voces)*. «La señorita será tu mamá. Vivirás en la casa de la profe» *(otra voz)*. «¡Dejadme en paz!» *(voz de Daniel)*.

Después del grito del niño, la cinta se quedó en silencio. Jim agachó la cabeza y se preguntó por qué los niños bromearon así sobre Alice y Daniel. No comprendía aquella mofa sobre que se fuese a vivir con la profesora. Se acercó al archivo y localizó la ficha de la señorita Amber. Fue a la sección de sus datos personales y los leyó en voz alta:

—Patricia Amber, nacida en 1946, en Nueva Jersey. Casada con Thomas Amber en 1972 por el estado de Nueva York. Graduada en Educación Elemental en la universidad pública de Nueva Jersey. Domicilio actual en Signs Road, 150, Staten Island. Madre de... —Jim completó la frase con extrañeza al mismo tiempo que bajaba el tono— Alice Amber.

Pensó en aquel dato y en el hecho de que estuviese en la clase de Daniel. Luego se fue al ordenador, entró en Google Maps y escribió la dirección en el buscador. En la vista satélite comprobó que estaba ubicada en el límite norte de Freshkills, al borde de una zona boscosa de Staten Island, en una parcela que ocupaba un gran claro que se abría entre los árboles. Clicó en el pequeño muñeco amarillo y lo colocó frente a la casa. En un instante, la vista cambió y la pantalla mostró la imagen de una vieja vivienda amarillenta de dos plantas con una buhardilla en la tercera. El aspecto era desolador, como si hubiesen pasado muchos años desde la última vez que alguien la pintó, pero los ojos de Jim se clavaron en la ventana de la buhardilla, donde la silueta de una mujer vestida de blanco se podía ver tras el cristal. Amplió la imagen sobre la ventana y le inquietó ese aspecto fantasmal.

—¿Eres tú, Alice? —dijo él en voz alta.

Capítulo 24
Nueva York
14 de diciembre de 2011
El mismo día
Miren Triggs

Nos cuesta darnos cuenta
de que no somos más que ruinas
de las historias que nos destruyeron.

Me desperté en casa tirada sobre las sábanas. Todavía sentía el olor a humo y el sonido de las llamas. Eran las diez de la mañana y estaba derrotada. No por la falta de sueño, sino por mi estado de ánimo. Yo había encerrado todas mis aspiraciones en aquel trastero reducido a cenizas. No aspiraba a un Pulitzer ni tampoco al éxito. Tan solo deseaba avanzar en la imposible búsqueda de la verdad de chicas que, como yo, formaban parte del olvido. Iluminada por el fuego, recordé las historias de Kiera Templeton, Gina Pebbles, Amelia Marks,

Dakota Sheffield, Darcy Silverlake, Kendall Storms, Casey Duskwood y muchas otras chicas que siempre intenté que no cayesen en el olvido. Tal vez, algún día contaré qué fue de algunas de ellas y qué partes de mí perdí en distintas ciudades mientras las buscaba.

Me fui de Life Storage cuando oí de lejos el sonido de las sirenas de los bomberos. Para qué quedarme. No había nada que salvar. Ni siquiera a mí misma. Ya no me quedaban lágrimas. Llegué a casa de madrugada, coloqué un poco los muebles y me dormí sin quitarme la ropa bajo la atenta mirada de aquel ojo pintado sobre la pared. Escondí debajo de la almohada la mano que empuñaba la pistola, por si volvían y me encontraban allí. Cerré los ojos con la sensación de que tarde o temprano sería yo, o más bien mis miedos, los que acabarían con mi vida.

Al abrir los ojos miré el móvil. Jim me había llamado y había escrito un mensaje: «¿Te recojo a las once en tu casa?». Estuve a punto de devolverle la llamada cuando, de pronto, aporrearon a la puerta y me incorporé de un salto. Busqué la pistola que seguía debajo de la almohada y caminé con sigilo hacia la puerta. Esperé en silencio conteniendo la respiración. Notaba el movimiento de la persona al otro lado. No quería acercarme a la mirilla, por si me descubría.

—¿Señorita Triggs? —reconocí la voz del agente Kellet. Escondí rápido el arma entre los asientos del sofá. Una parte de mí temía que llegase aquella conversación—. Soy el agente Kellet, del FBI —dijo más alto.

Volví hacia la entrada y abrí solo un poco la puerta para no dejarle ver el interior destrozado.

—Agente Kellet —saludé.

Kellet tenía el rostro serio y triste, como si supiera que lo que iba a decirme me provocaría dolor.

—Señorita Triggs —dijo en tono apagado a juego con su mirada—. Disculpe que me presente así en su domicilio. La iba a llamar esta mañana, pero preferí venir en persona. ¿Le importa acompañarme a la oficina?

—¿Qué ocurre? —respondí al instante, confusa.

Teníamos demasiados asuntos en el aire y yo, de algún modo, habría deseado que esa visita nunca se produjese.

—Se lo cuento allí, ¿quiere? —esquivó la pregunta y apartó la mirada al tiempo que cogía aire con fuerza—. Le doy unos minutos para que se organice.

—¡¿Qué ocurre?! —repetí alzando la voz llena de impotencia—. ¿Tiene que ver con Baunstein? ¿Es eso?

Asintió e hizo una mueca de resignación. Me quedé inmóvil y respiré hondo. Luego dijo algo que no llegué siquiera a escuchar con claridad. Aquella fue la bomba de demolición que puso fin a todo. Añadió algún detalle que mi mente trató de borrar. Lo oía lejos, sus palabras sonaban ahogadas a kilómetros de distancia, pero podía leer sus labios: «Víctimas. Identificación. Es usted. No hay duda».

No recuerdo el camino a la oficina del FBI ni el lapso en el que me había duchado y cambiado de ropa para arrancar de mi piel el olor de las llamas. Fuimos en el vehículo de Kellet y no nos dijimos ni una sola palabra, o eso creo. Si él lo hizo, no presté atención.

Cuando llegamos y nos sumergimos en el aparcamiento en el bajo del edificio, seguí al agente por las entrañas del complejo mientras yo notaba cada uno de mis latidos como bombas que arrasaban con mi pecho y que explotaban al ritmo de mis pasos. Subimos a la cuarta planta en ascensor, aunque yo tan solo sentí que, en cada paso, descendía cada vez más a los infiernos. La oficina tenía todos los mimbres de una redacción de periódico: unas treinta personas trabajaban sin parar, cada una sentada en sus mesas delante del ordenador con montones de folios apilados junto a las pantallas. Todos los que estaban allí podrían escribir algún artículo con los secretos e historias dolorosas que manejaban.

Llegamos a una pequeña sala con paredes de cristal donde esperaba una mujer de pelo corto castaño sentada a una mesa con varias carpetas marrones apiladas. A su lado había un monitor plano colgado en la pared. Desde fuera, los demás agentes se fijaban en mí y Kellet estuvo rápido y bajó las cortinas de láminas.

La mujer me señaló una silla al otro lado de la mesa. En su actitud, dejó ver que no quería estar allí. No dije nada al sentarme.

—Señorita Triggs, lamento decirle esto, pero en el año 1997 grabaron su violación —dijo la mujer sin presentarse—. Entre el material que se ha incautado en las posesiones del señor Baunstein, aunque de baja calidad, se la puede identificar en una de las cintas que lleva su nombre.

Busqué los ojos de Kellet, que parecía estar atento por si necesitaba ayuda. No estaba segura de si iba a poder contener las lágrimas.

—En la grabación se puede ver el rostro de dos de los que la agredieron —añadió—. Uno de ellos fue señalado en las ruedas de reconocimiento, pero, como el otro testigo no confirmó su identidad, quedó en libertad. Se trata de Roy Jamison. —Abrió la carpeta y mostró su ficha policial—. Lo asesinaron hace unos años en un mal barrio. Un disparo en una reyerta o en un robo. —Su forma de exponer los hechos me indignaba—. El otro participante apareció en las investigaciones, Aron Wallace, pero nunca se confirmó su implicación directa en la agresión. El señor Wallace se quitó la vida hace unos meses en su casa de un disparo en la cabeza. Creo que conoce al agente Kellet, que llevó el caso entonces. —Lo señaló con la mano extendida y luego entrecruzó los dedos.

Escuché todo aquello como si fuese una historia de la que ya sabía el final. Conocía mejor que nadie a la víctima, había estado cerca de los agresores y los había mirado a los ojos. Hablar de todo aquello de esa manera tan fría me hizo sentir, por un instante, que el problema siempre había sido mío por haber dejado que una tragedia dirigiese mi vida. ¿Acaso era justo sentirme así? ¿Acaso la inspectora empatizaba con las muertes de esos hombres y no conmigo, que había pasado tantos años malherida?

Se puso a explicar los errores que cometieron y dónde falló el sistema, pero no me interesaba lo más mínimo oír aquella retahíla de justificaciones. La mujer acabó diciendo que habían hecho todo cuanto había estado en su mano para resolver el caso. Que el procedimiento había sido intachable y que ahora, catorce años después, se podía reconocer a los culpables.

—Había una tercera persona aquella noche.

—Sí. En el vídeo no se distingue su rostro en ningún momento —intervino el agente Kellet—. Exactamente, había una tercera persona y es la que grabó todo.

A mi cabeza vino la cara de James Anderson. Pero tenía otra inquietud en aquel instante. Giré el rostro hacia el agente Kellet y me sentí desnuda ante él.

—¿Usted ha visto el vídeo? —le interrogué en voz baja.

Asintió con resignación.

—Solo una parte, hasta reconocerla. No he visto nada de lo que viene después —aclaró, pero me sentí igual de ultrajada—. Es la inspectora Wiggins y su equipo quienes están trabajando en esto.

—La cinta de vídeo parece una copia —dijo la mujer—. Se nota por la degradación de la imagen. No sabemos cuántas cintas VHS suyas habrá circulando por ahí, pero es probable que no sea la única. Baunstein tenía más de cien grabaciones distintas como la suya. Agresiones, tocamientos, contenido sexual grabado sin el consentimiento de las víctimas… Estamos tratando de seguir el rastro de las imágenes, pero supongo que sabe la dificultad de rastrearlas. Los VHS no guardan información de dónde ni cuándo se grabaron. Si acaso el modelo del grabador que se empleó según el dibujo que deja en la banda magnética, pero poco más.

—Lo sé —dije con un hilo de voz.

Me sentía a punto de convertirme en un montón de escombros de lo que un día fui.

—Es todo un submundo horrible —siguió la inspectora—. Los vídeos se compran y venden por correo. Hay malnacidos que se ganan la vida vendiendo las imágenes que encuentran por ahí a perturbados, sin que muchas veces las víctimas lo sepan. En su caso, señorita Triggs, usted fue objeto de una agresión sexual. Este tipo de contenido se paga más caro que, por ejemplo, una cámara oculta en la casa de alguien con la que se mantiene una relación sexual de una noche. Es asqueroso.

—¿No es desolador? —susurré cabizbaja—. Vivir con este miedo a dejarse llevar. A confiar en alguien, o peor, a no ser consciente de los peligros que acechan. Y además acabar para siempre en una estantería para el disfrute de algún degenerado.

—Le prometo que haremos todo lo que podamos para localizar a cada una de las víctimas y descubrir a todos los agresores que participaban en las cintas. Es complicado. La mayoría no se deja ver. Saben que las grabaciones serían una prueba que los condenaría a la perpetua.

—¿Y qué piensan hacer? —le pregunté, buscando una esperanza en sus ojos—. ¿Qué harán distinto esta vez? Ahí fuera sigue pasando todo esto mientras hablamos. ¿Cómo piensa frenar esto?

Sabía que no podrían hacer mucho. Alguna detención o un pequeño grupo desarticulado. Pero en algún lugar, por ahí, en alguna pantalla se emitiría la imagen de la Miren de primero de carrera, el momento en que le destrozaron la vida. Me entraron arcadas.

—No lo sabemos aún —replicó mirándome a los ojos—. Ampliaremos la Unidad de Delitos Sexuales, que anda corta. Meteremos en la base de datos todos los tatuajes y signos distintivos para cotejarlos con fichas policiales. Y…, bueno, trataremos de acompañar a las víctimas si conseguimos identificar a alguna de ellas.

—¿Acompañar? —protesté—. ¿Qué diablos es eso? No vaya por ahí. Me dejaron sola. No hicieron nada —aseveré con dolor—. Nada —repetí llena de impotencia.

Las primeras lágrimas surgieron sin que pudiese evitarlo. No aguanté más. Tampoco quería hacerlo. El agente Kellet me miró y noté cierta empatía. ¿Tan difícil era? ¿Tenía que derrumbarme sintiéndome sucia, vapuleada y hecha un maldito trapo otra vez para que alguien del cuerpo mostrase que yo le importaba algo?

—Lo sentimos mucho, de verdad —dijo el agente Kellet.

—Contactaremos con usted si hay más avances —añadió la inspectora al tiempo que se ponía en pie y se dirigía seria a la puerta.

El agente Kellet me guio de vuelta por el edificio y, cuando nos quedamos solos en el ascensor para bajar al aparcamiento, tan solo añadió:

—Me alegro de que dos de sus agresores estén muertos. Usted no se merece esto. Ojalá hubiese podido conocer a la chica que era antes, sin todo lo que ha tenido que vivir.

No le respondí. No tenía nada que decirle. A veces a mí también me gustaba jugar con la idea de volver a ser aquella chica de piel intacta sin magulladuras, de risa despreocupada y mirada llena de ilusiones, pero siempre me chocaba con la realidad. Quizá aquella búsqueda de mi identidad robada me convirtió en la periodista que soy.

Me llevó en coche a casa y, una vez que subí y cerré la puerta, me derrumbé sola. Me prometí que sería la última vez, aunque ni yo sabía si esa promesa servía de algo. Sollocé con todas mis fuerzas y grité desbordada por la desesperación. Solo entonces comprendí que mi historia, esa que había intentado verbalizar una y otra vez, nunca tuvo que ver con el periodismo, sino que trataba sobre las inclemencias de ser mujer. Estaba llena de rabia. Entre sollozos saqué el teléfono y busqué el contacto de mi madre. Una vez más.

Pero no me atreví a llamarla de nuevo. Me la imaginé ordenando la casa o fuera en el jardín regando alguna planta, o quizá comprando con mi padre en el supermercado. Sus vidas tenían poco que ver con la mía y era algo que me destrozaba por dentro, porque en el fondo ellos eran tierra firme y yo viajaba a la deriva.

Me puse en pie y comencé en silencio a reordenar el desastre. Cuando entré al dormitorio, ahí seguía aquel ojo que habían pintado en la pared. Las líneas del iris convergían poco a poco hacia el interior, en una espiral que no llegaba hasta la pupila. Me parecía extraño ese aviso cuando podrían haber puesto un «ten cuidado con lo que escribes».

Y de pronto caí en la cuenta de que aquello no era solo una advertencia de que me observaban, sino una firma. Era demasiado perfecto. A alguien no le había gustado mi artículo de Baunstein y quería dejar bien claro que no debía volver a escribir sobre ello. Lo que no sabían es que yo ya lo había perdido casi todo, pero no iba a renunciar a hacer lo único que me quedaba: la libertad de hablar y gritar tan fuerte como pudiese desde el *Press*. Nadie iba a moldear las historias que cubría.

Le hice una fotografía a la pared con mi móvil y tuve la sensación de haberme adentrado, sin quererlo, en una batalla perdida. Pero en el fondo yo sabía que no importaba, porque no tenía nada que perder. La pantalla se iluminó con un mensaje de Jim, que había vuelto a escribirme: «Dime si te espero. Creo que tengo algo». Le contesté: «Perdona, adelanta lo que puedas sobre Daniel. Yo me uno esta tarde. Tengo cosas que hacer en la redacción».

Salí de casa, me subí en el coche y me dirigí hacia la redacción. Estaba llena de rabia. Podía contar mucho más sobre Baunstein y nadie me iba a callar. Podía ampliar la historia con lo que ya sabía e incluso dedicarle una serie completa de artículos para que comprendiesen que yo no me dejaba amedrentar: en el ordenador de la redacción tenía copia de los e-mails en los que el magnate pedía flores, la jerga que utilizaba, las fotografías de su casa… Pensé, incluso, en facilitar un e-mail para quienes quisiesen contar algo sobre él de manera anónima y pudiesen así añadir más información al escándalo. Podía, incluso, alzar la voz y hablar de las amenazas que yo acababa de recibir o localizar a sus silenciosos sirvientes y arrancarles lo que sabían. La única pregunta que quedaba en el aire era: ¿quién me mandaba aquella advertencia?

Entré en la oficina del *Press* sin saludar a nadie y me dirigí a mi mesa. Me senté con prisa y tecleé con rabia. Comencé el artículo con una idea general sobre el titular: «La sombra de Baunstein», pero ya tendría tiempo de pulirlo.

Me encontraba describiendo el *modus operandi* del magnate cuando noté una mano sobre el hombro. Al girarme, me topé con Bob Wexter con la mirada triste y negando con la cabeza.

—Miren, ven un segundo a mi despacho, por favor —dijo con la voz apagada.

Lo observé con preocupación, porque aquel tono era el de las malas noticias.

—¿Qué ocurre? —pregunté en cuanto entré y él cerró la puerta tras de mí.

Se dirigió cabizbajo a su asiento masticando lo que quería decirme.

—Suéltalo ya, Bob. ¿Qué pasa?

—Deja lo que estés haciendo, Miren.

—¿Qué? —No entendía nada. Bob nunca cambiaba mi rumbo si no había un buen motivo para hacerlo.

Una guerra, un atentado, un escándalo presidencial—.
¿Qué ha ocurrido?

Me miró con lástima e impotencia.

—Me sabe fatal decirte esto, Miren. —Hizo una pausa en la que noté su tristeza—. Sabes que te tengo mucho aprecio y admiro mucho lo que haces, pero...

—Pero ¿qué, Bob? —le pregunté, confusa.

No me gustaba nada aquel preámbulo.

Agachó la cabeza y lo soltó finalmente:

—Pero tengo que despedirte, Miren.

Capítulo 25
Nueva York
14 de diciembre de 2011
El mismo día
Jim Schmoer

Hay dos maneras de adentrarse en la oscuridad:
encendiendo una llama
o dejándote llevar.

Jim contempló durante unos momentos en la pantalla del ordenador la imagen de la mujer vestida de blanco captada por las cámaras de Street View y una idea que no terminaba de fraguarse no se iba de su cabeza. ¿Se trataba de Alice Amber? ¿Era ella? ¿Seguía viviendo allí la familia? Cogió el móvil y le escribió otro mensaje a Miren, sin muchas esperanzas de que respondiese: «Dime si te espero. Creo que tengo algo». Apagó la pantalla del ordenador y, un instante después, su teléfono sonó en la mesa: «Perdona, adelanta lo que puedas sobre Daniel.

Yo me uno esta tarde. Tengo cosas que hacer en la redacción».

Estuvo a punto de preguntarle si todo estaba bien. No entendía aquel cambio de repente, puesto que ella solía tener libertad para organizarse como quisiese, pero tampoco le dio mucha importancia. A veces había que enfrentarse a los malentendidos, y él sabía que Miren necesitaba que él estuviese cerca.

Jim cogió la mochila y metió en ella una libreta, un bolígrafo y el iPhone que usaba para las notas de voz. Él era de esa clase de periodistas de antaño que amaban su profesión tanto que se negaban a hacerlo todo con una tableta. Prefería realizar las preguntas pertinentes, tomar notas en papel o con la grabadora que ya tenía integrada en el teléfono.

Salió de casa y condujo durante cuarenta y cinco minutos por la ciudad. Había un tráfico horrible porque habían cortado la Quinta Avenida por un intento de robo en un banco y, cuando al fin atravesó Queens, Brooklyn y se aproximó a Staten Island desde el puente, sintió un ligero cosquilleo en el estómago.

Llegó a la capilla St. Nicholas y aparcó en el mismo lugar que cuando estuvo con Miren para entrevistar a la madre del pequeño Carlos. Sus pasos sonaron en la gravilla al bajarse del coche. La capilla tenía un tejado inclinado y una modesta cruz que no le trajo buenos recuerdos. Se aproximó a la entrada y la puerta estaba abierta. Una vez en el interior leyó el programa de misas: los martes por la tarde y los domingos, doble sesión. También contaba con horario de atención, que los miércoles terminaba a la una. Miró la hora. Eran las doce y media. No tenía tiempo que perder.

Se adentró en la pequeña parroquia y contó doce hileras de bancos y un modesto altar al fondo. En uno de los laterales había una zona para el coro, donde destacaba el órgano de madera de nogal con unos doscientos tubos de un dorado apagado que cubrían parte de la pared. Contaba con un único teclado y una pedalera compacta. Sobre el teclado había seis palancas para desviar el flujo de aire. Jim se acercó al instrumento y tocó una tecla con la ridícula esperanza de que el sonido avisase al párroco, pero no sirvió de nada. Parecía que allí no había nadie. El instrumento no emitió sonido alguno.

—Está apagado —dijo una voz a la espalda de Jim, que se giró y vio a un hombre de mediana edad de rostro amable. Vestía un jersey marrón de cuello redondo del que sobresalía una camisa abotonada hasta arriba—. Para que funcione hay que encender el suministro de aire.

—Disculpe —dijo Jim con media sonrisa—, no debí tocarlo sin permiso.

—Oh, no se preocupe. Hace tiempo que no lo usamos. Está un poco de decoración.

Jim le sonrió y vio en aquella frase el primer indicio de lo que buscaba.

—Es una pena. Es un instrumento precioso —añadió al tiempo que levantaba la vista hacia los tubos—. Siempre me han fascinado los órganos, con tantos tubos y ese sonido que lo invade todo. Hice un viaje por Inglaterra hace años y me encantaba verlos en las catedrales antiguas. Cuesta imaginar una iglesia sin el sonido de uno de estos órganos.

—No se crea —le corrigió el hombre—. Un buen canto hace mucho. Esta capilla no tendría tanta vida si no fuese por nuestro coro. La misa de los martes por la noche te toca el corazón de un modo que es difícil de comprender si no lo vives desde dentro. Es bonito, ¿sabe? Suele ser una ceremonia preciosa. Adoro los domingos, no me malinterprete, pero es en esa intimidad que se forma al caer la noche de los martes cuando uno siente que está acompañado de verdad. No hay nada que nos haga sentir más desamparados que una noche en soledad, ¿no cree? Especialmente cuando uno empieza a cumplir años…

Jim asintió, como si el hombre hablase de su propia vida.

—Perdone, me llamo Jim Schmoer —se presentó.

—Timothy Walker, el capellán de esta preciosa capilla de St. Nicholas, pero todo el mundo me llama Tim. —Hizo una pausa y miró a Jim con una calidez que le resultó ajena al ritmo de Nueva York—. Es la primera vez que lo veo por aquí. ¿Es nuevo por el barrio?

—Más o menos —respondió Jim al tiempo que buscaba algún gancho para retomar el tema del órgano—. Últimamente estoy más por Staten Island y ayer al anochecer pasé por la puerta y oí el coro. He venido para comprobar el horario.

—Será usted más que bienvenido. Desde fuera se oye bien, pero este sitio tiene buena acústica. Debería habernos acompañado hace un tiempo, cuando teníamos a un organista que sabía tocarlo. Un auténtico genio y muy generoso. Fue él quien consiguió este órgano y nos lo instaló aquí.

—Debía de saber mucho de música. Un cacharro de estos no es fácil de tocar.

—Ha dado en el clavo. —Rio el capellán—. Según me contó había sido profesor de música e incluso tenía una tienda de instrumentos.

Jim vio su oportunidad.

—¿Una tienda musical aquí en la isla? —incidió—. Tengo un piano en casa que necesito afinar.

—Sí. En St. George. El viejo Will. Se le echa en falta, sí, señor, pero no tengo nada que reprocharle.

Jim vio en su mente el cadáver de Will Pfeiffer con los labios sellados.

—Estaba algo mayor, pero siempre sonreía —divagó él solo mientras Jim lo observaba. Él sabía bien que no había que interrumpir a alguien con la guardia baja—. Tenía una de esas sonrisas perfectas de la vejez. Ya me entiende. Blanca, alineada y brillante como una buena vajilla. No me malinterprete. Tarde o temprano todos sucumbiremos al pegamento para las encías —bromeó—. No faltaba a ninguna plegaria y amenizaba la misa, la verdad. Un buen tipo. Se hacía querer.

—¿Por qué ya no viene? —indagó Jim manteniendo la postura.

—Pues la verdad es que no lo sé. Simplemente dejó de hacerlo. Mucha gente pasa épocas en las que tiene menos fe, ¿entiende? Hay otras congregaciones donde están encima de los fieles, los persiguen y tratan de traerlos de vuelta como sea para llenar la cesta de los domingos, pero yo creo que alguien que se aleja de la fe suele encontrar tarde o temprano el camino de vuelta. Incluso creo que el viejo Will se marchó de la ciudad —sentenció orgulloso de su deducción—. Durante un par de semanas no tuvimos noticias de él y los coros no tenían el acompañamiento del órgano, así que me pasé por la tienda. Estaba cerrada. Admito que me molestó un poco que se fuese sin decir nada.

—¿Eso fue antes o después de lo que pasó con Carlos Rodríguez? —intervino Jim de pronto sin poder contenerse.

El capellán cambió la expresión y se dio cuenta de que hablaba con alguien que ocultaba algo. El caso de ese niño les había estallado justo al lado. La madre, antes de desaparecer el pequeño, era asidua de la capilla, pero llegó a gritar a Dios delante de todos que por qué no hacía nada por su hijo. El capellán visitó a Guadalupe para ofrecerle consuelo, pero ella le cerró la puerta en la cara diciéndole que Dios los había abandonado.

—¿Quién es usted y qué quiere? —Se cerró en banda el capellán, con un tono más serio.

—Soy periodista —admitió Jim—. Estoy tratando de ayudar a un amigo a encontrar a su hijo desaparecido hace muchos años y estoy comprobando el caso de Carlos, que tiene algunas similitudes con el del hijo de mi amigo.

—¿Periodista? No voy a hacer declaraciones de ningún tipo.

—Esto no es para ningún reportaje, se lo aseguro. —Jim hizo una pausa y miró al capellán con expresión de súplica—. Por favor. Es una investigación larga y difícil y cualquier detalle, por muy insignificante que parezca, puede cambiarlo todo.

—Carlos está en México con su padre —indicó el hombre sin atisbo de duda—. Y la pobre Guadalupe está destrozada porque sabe que su hijo acabará en las garras de algún negocio turbio al otro lado de la frontera, vendiendo droga, armas o, peor aún, mujeres.

—¿Y si no? —le preguntó Jim—. ¿Y si no ha salido del país como todo el mundo cree? ¿Será usted capaz de cargar con el peso de pensar como todos los demás? ¿No se da cuenta de que un niño de tan solo ocho años tal vez necesite su ayuda? ¿Acaso no siente compasión por esa madre, que fue fiel a su capilla? Ella me dijo que la música de aquí ya no le sonaba igual, que no la llenaba como antes.

El hombre emitió un largo suspiro y aceptó:

—¿Qué quiere saber?

—Todo lo que pueda sobre ese tal Will.

—No sé mucho. Lo que le he contado. La tienda. Que era profesor. Era algo reservado con sus cosas. Llevaba cuatro o cinco años viniendo y desde el primer día se ganó el cariño de la comunidad. Regaló el órgano a la capilla y se ofreció a tocarlo. El coro surgió casi de manera natural y él parecía encantado de venir a los ensayos y tocar en la misa. No puedo decirle mucho más. Siempre me ha parecido un buen hombre. Algo particular, eso sí, pero buena persona.

—¿Cuándo dejó de venir?

El hombre exhaló por la nariz al tiempo que rebuscaba en su memoria.

—Creo que fue en abril, sí.

—¿Antes o después de la desaparición de Carlos?

—Después. Una semana más o menos. Lo sé porque oficiamos una misa para el pequeño a los dos o tres días, por si animaba a Guadalupe, y él tocó *Lascia ch'io pianga* de Händel, una de mis canciones favoritas. Fue

264

muy emotivo. Will estaba afectado, sin duda. Era una persona a quien le afectaban mucho las desgracias de los demás.

—¿Cree que lo conocía?

—¿A Carlos? Puede ser. Vivía ahí enfrente. No es que se pasease por aquí como si esto fuese su casa, pero puede que Will lo viese por el barrio, claro.

—Entiendo —dijo Jim tratando de unir todo lo que ya sabía de él con aquella nueva información más sombría de lo que aparentaba en la superficie—. ¿Lo notó raro esos días?

—No, como siempre. Encantador y dispuesto a ayudar. Bueno —se corrigió—, sí hubo algo, ahora que lo dice. Discutió con su pareja el día que dimos la misa por Carlos.

—¿Pareja? —se sorprendió Jim, confuso por aquel dato que no había siquiera considerado.

—A ver, no soy nadie para meterme en la vida de los demás, pero no es que Dios aprobase esa relación.

—¿Por qué no la iba a aprobar? ¿Era una mujer casada? No entiendo.

—Porque era otro hombre —desveló el capellán como si le costase mencionar algo así—. Will era homosexual, estoy seguro.

—¿Cómo dice? ¿Otro hombre?

—Yo no juzgo a nadie, señor Schmoer. El amor es amor. Dios nos dice que nos amemos los unos a los otros y Will era una buena persona. Sé que hay párrocos que no aceptan mi manera de verlo, pero estamos en el siglo XXI. No podemos seguir leyendo la Biblia con los ojos de hace dos mil años, ¿sabe? Will atrajo más fieles a la iglesia con su música y creó buen ambiente en la comunidad. Venía aquí, pasaba un rato con los del coro y se iba. No hacía daño a nadie.

—¿Sabe cómo se llamaba su pareja? —le preguntó Jim.

—No, nunca llegó a presentármelo. Era otro hombre de su edad. Venían a veces los dos juntos en el mismo coche. Él se sentaba en el órgano y su amigo —hizo un gesto de comillas con ambas manos— se quedaba en las filas de atrás. Creo que Will tenía reparos en hablar de su orientación sexual, al menos con nosotros, y nadie le sacaba el tema. Cada uno es libre de contar o no su vida privada. Dios ya nos conoce a todos en nuestra intimidad y por eso nos quiere a todos por igual.

—¿Sabría describirlo?

—Sí, más o menos. No lo vi muchas veces. Ya le digo que siempre se sentaba lejos. Tenía el pelo gris, con barba. Más o menos de su misma altura. Era un tipo tosco y tímido. Mirada seria. Dedos gruesos, esa clase de personas que trabajan con las manos. Solo venía con Will de vez en cuando para escucharle tocar y se marchaban los dos juntos. Vestía humilde. Se notaba que eran diferentes en ese aspecto. Will era un tipo con buena presencia, siempre arreglado y sonriente. El otro hombre era más rudimentario.

—¿Cómo sabe que eran pareja?

—¿Dos hombres adultos de edad avanzada, tan distintos, juntos viniendo a misa? Perdóneme, pero he visto sentimientos de culpabilidad mucho menos descarados que ese. Ya le digo, a mí no me importaba. Pero Will..., siempre me pareció que escondía un pequeño secreto. No podía ser tan... perfecto. Soy bueno leyendo a la gente, ¿sabe? Y cuando al fin vino con el otro hombre, no tuve duda de cuál era.

Jim pensó que para presumir tanto de tolerancia y apertura de mente, el capellán tenía serios problemas de coherencia en su discurso. Había soltado tan tranquilo que el motivo por el que Will no era perfecto era su secreto: la homosexualidad.

—El día de la misa de Carlos —añadió el capellán—, discutieron fuera, pero después se montaron en el vehículo y se marcharon juntos como si nada.

—¿Volvió Will después de ese incidente?

—Sí. Tres o cuatro veces más, pero a su pareja no la vi más después de aquello, eso sí es verdad.

Jim asintió con un extraño nudo en la garganta. Se dio cuenta de que había conseguido vincular a Carlos y a Will Pfeiffer en esa capilla, pero por el camino había surgido una nueva pregunta para la que tendría que encontrar una respuesta. ¿Quién era ese otro hombre?

Capítulo 26
Staten Island
14 de diciembre de 2011
El mismo día
Ben Miller

Para bien y para mal,
solo el paso del tiempo puede conseguir
que veamos las cosas
de un modo distinto a como sucedieron.

Ben no había pegado ojo en toda la noche, golpeado por todas las nuevas preguntas que se habían agolpado unas con otras en su mente tras encontrar la caja musical. En la cena había movido la comida de un lado a otro del plato sin probar bocado mientras esquivaba las preguntas de su mujer sobre la melodía para no hacerle daño.

No había querido contarle a Lisa qué le ocurría, tampoco su visita al domicilio de la señorita Amber, y se había replegado sobre sí mismo en un vacío que Lisa siempre odió. Para su mujer, aquel aparato era un pequeño juguete cuyo sonido había viajado por el tiempo en una de las cintas de Daniel, pero para Ben era el único hilo del que tirar. Pasó la mañana pensando en qué hacer, si avisar a Jim y contarle su avance, pero no hizo nada de eso. Necesitaba sentir por una vez que era él quien avanzaba en el caso de su hijo. Cuando no pudo más y justo oyó que Lisa colocaba los platos del almuerzo en la mesa, Ben se marchó de casa sin explicarle a su mujer el motivo de tanta prisa. Lisa se quedó sola y confusa, como tantas otras veces cuando su marido tenía que salir porque le surgía algún caso en plena madrugada o en mitad de una cena. Estaba acostumbrada a esa manera de actuar de Ben; aunque hubiese abandonado el FBI, en su interior sabía que nunca dejaría de marcharse sin decirle a dónde iba. No se rompió mucho más la cabeza. Uno se acostumbra hasta a las cosas que le hacen daño.

Unos meses antes, Lisa y Ben tuvieron una crisis que hizo tambalearse los pilares de su relación. Ambos habían asumido caminos distintos sobre cómo afrontar la desaparición de Daniel. Un matrimonio no funcionaba si no compartía un objetivo. El de ella era ver que su marido no perdía la esperanza de encontrarlo. El de él, evitar seguir sufriendo, anclado en aquella pesadilla de la que se sentía responsable. Cuando Ben se vio solo y sin su esposa, comprendió que lo único que alguna vez le había hecho feliz fue la complicidad y el cariño de su mujer.

Tras conducir unos minutos, Ben aparcó el coche detrás de una camioneta roja con los bajos embarrados, frente al 150 de Signs Road, la casa de la familia Amber. Agarró la caja de música que había dejado sobre el asiento del copiloto y suspiró con fuerza antes de salir. Al bajarse del coche, se dio cuenta de que en la ventana de la buhardilla la cortina se había movido. Aceleró el paso hacia el porche con decenas de interrogantes agolpándose en su cabeza. Cuando subió los dos peldaños de la entrada, tocó el timbre, pero este no emitió sonido alguno. Miller apartó la mosquitera y aporreó la puerta con determinación. No tenía un segundo que perder. Esperó unos instantes y lo volvió a hacer. Se oyeron unos pasos al otro lado y la voz de Patricia Amber sobresalió tras la puerta:

—¿Quién es? —preguntó molesta.

—Ábrame. —Alzó la voz Ben.

—¿Ben Miller? —Abrió la puerta—. ¿Qué quiere de nuevo?

La profesora Amber vio en los ojos de Miller que venía a por respuestas.

—¿Por qué mi hijo tenía esto? —le preguntó Ben, enseñándole la caja a la mujer—. Déjeme pasar. Tengo que hablar con Alice.

—No sé. Es un juguete como otro cualquiera, ¿no?

—No me trate como a un idiota, ¿quiere? —El exinspector estaba a punto de explotar.

—Eh, eh. Cálmese —replicó Patricia gesticulando con ambas manos. Luego bajó la voz y se señaló la oreja—. ¿Oye eso? —Miró hacia atrás como si estuviese tratando de captar algún sonido en la distancia.

El corazón de Ben no dejaba de repetirle que aquella melodía que se había colado en una de las cintas que su hijo grababa necesitaba una respuesta cuanto antes. Necesitaba comprender qué hacía aquella caja de música entre las cosas de su hijo y por qué Alice tenía una idéntica. Ben no podía esperar ni un segundo más, bastante había esperado ya durante treinta años.

De pronto escuchó las notas de un piano en la lejanía. Era la melodía *Gymnopédies*, de Erik Satie, y cada nota sonaba con la tristeza de quien echaba de menos otra vida.

—Alice está tocando el piano. No la pienso molestar ahora. Es su momento de paz.

—Me importa una mierda el momento de paz de su hija —soltó Ben.

Patricia Amber sonrió condescendiente al mismo tiempo que negaba con la cabeza.

—¿Por qué mi hijo tenía la misma caja de música que Alice? —insistió el exinspector, enfadado.

Ella lo contempló, de pronto, con compasión en su mirada.

—Viene a preguntarme cómo era su propio hijo. Vi esto mismo muchas veces en clase, ¿sabe? Padres que no tenían ni idea de los problemas de sus hijos y que se sorprendían cuando descubrían un moratón en la espalda o un mechón menos de pelo. Las horas de tutoría terminaron hace mucho tiempo para ambos —ironizó—. Ya le he dicho que a Alice no le gustan las visitas. No puedo dejarle entrar.

La profesora intentó cerrar la puerta, pero Ben la sujetó con fuerza.

—No juegue conmigo, señorita Amber. No tiene la menor idea de por lo que he pasado —le pidió Ben—. Solo quiero respuestas. Llevo demasiados años tratando de descubrir qué sucedió con mi hijo. Y si Alice puede ayudarme a conocer a Daniel mejor, a saber quién se pudo acercar a él y regalarle esta maldita caja de música, necesito saberlo.

Patricia Amber apretó la mandíbula desafiándole, pero finalmente claudicó. No había nada que detuviese a un padre con el instinto de protección ardiendo.

—Está bien —aceptó—. ¿Quiere pasar? Pero no molestaré a Alice ahora. No. —Inclinó la cabeza a un lado para indicarle que no lo iba a tolerar—. Si quiere la escucha y, cuando ella termine, le digo que usted necesita hablar con ella.

La señorita Amber soltó la puerta y Ben entró. Entonces escuchó la melodía del piano con mayor claridad. Conocía aquella canción, pero no sabía el nombre. La había oído otras veces en películas y anuncios de televisión, pero flotando en aquella casa las notas melancólicas le hicieron sentir que estaba avanzando poco a poco hacia donde lo esperaba Daniel.

—¿Qué canción es? —dijo mientras caminaba.

—*Gymnopédies,* de Erik Satie. La toca siempre cuando está terminando de practicar. Inunda de calma esta casa —dijo la mujer—. Su hijo jugaba bastante con Alice cuando eran niños, ¿lo sabía?

Ben la siguió por el recibidor y recorrió un largo pasillo, dejando atrás la puerta de la cocina donde había estado el día anterior, hasta que llegaron al salón. Patricia observó a su hija sin acercarse a ella. Ben se detuvo a su lado y esperó paciente con la música flotando en el aire como una caricia.

Alice estaba sentada con la espalda recta y los dedos bailaban sobre las teclas de un antiguo piano Everett Console de pared en color madera, ajena a la presencia de Ben. Tras ella, había dos sofás cubiertos con unas fundas horribles de flores naranjas, una mesa de centro de madera a juego con el piano y un mueble cenador con una vajilla de decoración. En aquella zona entraba la luz a través de un ventanal de tres metros que dejaba ver los árboles del límite norte del parque Freshkills, como si fuesen una valla natural que cortaba el acceso al nacimiento del Main Creek.

—Daniel y Alice se sentaban juntos —susurró la señorita Amber para no interrumpir la pieza—. Era el único que no se reía de ella porque fuese muda. Crio usted a un buen chico, señor Miller. Tiene que estar orgulloso de cómo lo hizo.

—Lo sé.

Ben trataba de recordar cuándo fue la última vez que escuchó aquella pieza. Hizo memoria y recordó una cena romántica con Lisa en el Café de París, a los pies del puente de Brooklyn, para celebrar el segundo aniversario de boda, antes de nacer Daniel. Retazos de Lisa subiéndose a un taxi con un vestido blanco de tirantes negros. Un coqueteo divertido mientras admiraban las luces de la ciudad y, dos semanas después, los dos esperando el resultado de una prueba de embarazo.

La pieza seguía sonando y Ben no podía apartar la mirada de las manos delicadas de Alice. Tenía la piel pálida y el pelo largo y negro hasta la cintura. La parte central de la melodía hizo que se apaciguase su rabia. De pronto, en un cambio de registro, transformó la canción en el *Claro de luna* de Debussy. La observó en silencio y tragó saliva por el dolor que le transmitía aquella pieza, pero de pronto la música pasó a otra melodía distinta, que hizo que Ben contuviese el aliento y no pudiese evitar interrumpirla.

—Es la canción de la caja de música —dijo en voz alta.

Alice lo miró, pero siguió tocando hasta que terminó la melodía. Él tragó saliva y ella volvió a mirarlo

tratando de comprender el motivo de su regreso. Gesticuló algo a su madre al tiempo que negaba con la cabeza. Movió las manos con rapidez, y a Ben no le dio tiempo ni tan siquiera a identificar los distintos gestos que
había hecho. Se notaba que Alice estaba incómoda con
él allí, pero parecía que aceptaba algo mejor su presencia.

Miller extendió la mano y le mostró la caja de música que había encontrado entre las pertenencias de su
hijo. A Alice le cambió la expresión al verla. Se mostró
entre confusa y preocupada. Buscó con la vista una explicación en los ojos de su madre. Luego, con prisa,
comprobó que su caja de música descansaba sobre el
piano y que aquella era otra distinta, idéntica a la suya.
Tragó saliva. Pareció comprender de dónde provenía.

—La tenía mi hijo entre sus cosas —dijo Ben visiblemente afectado.

Por algún motivo, Miller sentía la necesidad de
hablar con cuidado con ella: en tono bajo y sin movimientos bruscos. En el fondo estaba aterrorizado con
la idea de que se le cerrase aquella puerta que le había
abierto el destino. Patricia Amber observó la escena sin
entrometerse y, cuando vio que Alice permitía que Ben
se acercase a ella con la caja de música de su hijo, emitió
un largo suspiro que el exinspector interpretó como de
alivio.

Alice se acercó a la caja y la observó con curiosidad. Luego la cogió de la mano de Ben. La mujer la

inspeccionó con cariño, como si supiese que aquel objeto era parte de las ruinas de una vida. Acarició sus aristas con el dedo índice, se la acercó a los ojos y miró sus detalles de cerca. Le dio un par de vueltas a la manivela y la misma melodía que ella había tocado un momento antes emergió de aquel pequeño artilugio como si fuese el eco de las sombras del pasado. Le dio la vuelta a la cajita y esbozó una ligera sonrisa al ver el pequeño corazón grabado en la parte inferior. Ben se fijó en que una lágrima recorría la mejilla de Alice.

—¿Lo recuerdas? —le preguntó nervioso—. ¿Recuerdas a mi hijo? —Deseó con todas sus fuerzas que ella le gesticulase un sí con la cabeza, pero entonces Alice levantó la mirada y Ben supo que por primera vez en muchos años estaba cerca de algo—. Sé que han pasado muchos años, pero necesito respuestas —suplicó una vez más a punto de desmoronarse.

Los labios de Alice temblaron y su barbilla afilada vibró como la cuerda de un instrumento. De pronto abrió la boca:

—Da… Daniel.

Capítulo 27
Nueva York
14 de diciembre de 2011
El mismo día
Miren Triggs

Descendemos los primeros peldaños sin darnos cuenta,
seguimos avanzando sin mirar el camino y,
solo cuando tocamos fondo, comprendemos
que estamos al fondo del abismo.

—¿Despedirme?

Bob me miraba como si estuviese protegiendo el motivo real por el que tomaba aquella decisión. Empecé a trabajar en el *Manhattan Press* en 1998, llena de sueños e ignorancia. Yo era una cría entonces, estudiante de Periodismo de la Universidad de Columbia, alumna aventajada del gran Jim Schmoer, con quien sentía una especial conexión, y que cargaba una herida que solo sanaba con la obsesión. Quizá por ella me fue tan bien durante tantos años, porque era incapaz de dejar un tema incompleto, una pregunta sin respuesta, una balanza sin contrapeso...

—Lo siento mucho, Miren.

Bob Wexter estaba sentado a la mesa y parecía igual de afectado que yo.

—¿Ya está? —protesté echándome sobre su mesa—. ¿Así, sin más? Trece años en la redacción para acabar despedida por... ¿por qué?

No comprendía nada o quizá no estaba preparada para entenderlo. Estaba rota en mil pedazos en aquel momento y me sentía reducida a las ruinas de lo que una vez fui. Un fragmento de mí seguía en la sala del FBI asimilando lo poco que iban a hacer, otro de mis trozos miraba absorta las llamas del trastero y una esquirla de mi alma se había quedado pensando en el significado de aquel ojo dibujado con espray en mi dormitorio.

Por primera vez vi a Bob esconderse entre sus papeles. Se notaba la vergüenza en cada uno de sus gestos, y, como lo conocía muy bien, eso solo podía significar una cosa en su escala de valores.

—No es por dinero —deduje sorprendida—. No caen los lectores y llevamos un par de meses aumentando las tiradas. Estamos remontando con el digital. ¿Quién te lo ha pedido? ¿Quién tiene tanto poder para comprarte, Bob? —No comprendía que él, un periodista íntegro, hubiese cedido de aquel modo por alguna presión de… ¿de quién?

—Nadie me ha comprado, Miren —suspiró.

—Entonces ¿qué es? ¿Qué ha sido tan grave para que me echéis así después de tantos años? Este periódico es mi vida, Bob. Y creo que también la tuya. Lo que hacemos aquí es quizá lo único que puede cambiar la triste deriva del mundo. Hablar alto y claro, hacer que la gente abra los ojos.

—Es por lo de Baunstein, Miren —admitió al fin de manera súbita—. A la dirección no le ha gustado el artículo ni el tipo de noticia que es. No quieren convertir el periódico en algo que persiga asuntos tan turbios.

—Pero es la realidad de lo que ocurre en el mundo, Bob. Y Baunstein era alguien poderoso lleno de mierda, como tantas otras veces. ¿Qué ha cambiado ahora? ¿Que a la dirección no le gusta saber lo que sufrimos las personas como yo? ¿Es eso?

—No sé qué decirte, Miren. Al parecer afecta a las ventas. Ya sabes que yo nunca he mirado los números. Tan solo soy un periodista como tú, que ha acabado en este despacho de rebote. El *Press* es toda una institución y, ahora que está remontando, no quieren ningún traspié. Créeme que he peleado para que la decisión no fuese tan tajante. Ha pesado también el hecho de ser quien eres. Demasiado importante. Muchos ojos puestos sobre ti. La gente presta atención a lo que publicas.

Quiere leerte a ti. Y si tú centras el foco en algo que se sale de la línea del periódico, tiene más repercusión que si lo hace cualquier otro redactor de la oficina. Lo sabes. La importancia de la noticia no solo la da el medio, sino quien la escribe. Y la dirección quiere dejar claro que somos un periódico que persigue la verdad, pero no el dolor.

Me acerqué a él y bajé la voz:

—La verdad siempre duele, Bob. En este mundo son palabras sinónimas. A mí siempre me ha dolido. Y sé que a ti también.

—Lo siento mucho, Miren. —Me miró a los ojos, serio—. Créeme que he tratado de pararlo.

—¿Y fin? ¿Aquí acaba todo? —protesté.

—Bueno, hay una posibilidad, pero sé que no te va a gustar, Miren. Y te conozco lo bastante bien para saber la respuesta.

—¿Qué posibilidad?

—Que dejes lo de Baunstein y de cubrir cualquier otra de tus obsesiones oscuras, y te unas al equipo de sucesos. No pisarías tanta calle y redactarías los artículos con los teletipos que fuesen llegando de las agencias. Ya sabes cómo es.

No daba crédito a lo que me pedía. Me di la vuelta y miré a través del cristal a los redactores de sucesos, cada uno sentado frente a una pantalla que les absorbía la vida. La mayoría eran redactores veteranos que podían escribir un elaborado artículo de quinientas palabras con tan solo tres líneas de información y una fotografía. «Accidente de tráfico en el puente de Brooklyn» se convertía en un texto que hablaba de las deficiencias del tráfico en la ciudad, con estadísticas de siniestralidad en el puente en el último año e incluso alguna declaración de algún testigo que conseguían levantando el teléfono. Sabían a quién preguntar, porque se conocían a media ciudad. Pero aquello no era lo mío. Contaban el mundo tal cual les llegaba, mostraban la superficie de un país que parecía tener el rostro brillante con algunos accidentes inesperados, pero nunca levantaban la capa visible para desvelar que bajo el césped del mundo moderno vivía una plaga de poder, dolor y tristeza.

—Sabes que no cedería a algo así —le dije. Lo miré sin comprender dónde estaba el Bob Wexter combativo—. Y que lo propongas creo que habla de ti de un modo que nunca esperé, Bob. ¿Dónde ha quedado aquello que dijiste una vez?

—¿El qué? —preguntó sin comprender mis palabras.

—Eso de que un país dispuesto a dejar morir a la prensa libre era un país dispuesto a dejar morir su democracia.

—Esto no va de democracia, Miren. Esto es oscuridad. Te lo noto. Mírate, Miren. Estás hecha un desastre. Más delgada que nunca. ¿Por qué te importa tanto esto?

—Porque es mi historia, Bob. La mía y la de mucha otra gente. No sabes cuánta. Crees conocer este mundo, porque has sido reportero de guerra, porque has visto morir a inocentes bajo fuego cruzado, pero créeme que hay otro tipo de maldad ahí fuera, oculta entre las sombras, escondida bajo cálidas sonrisas… y que está atenta esperando a devorarnos.

Me miró con lástima.

—¿Y qué hay de ti? —le eché en cara—. Tú aprobaste el artículo. ¿Qué pasa contigo? Eres el responsable último de lo que se publica.

—A mí me han dado un ultimátum, Miren. Y he aceptado acatar la línea. Cada semana habrá revisión de los temas por parte de la directiva y me pasarán un listado sobre los que seguirán activos y los que se caen.

—No puedo creerlo, Bob. ¿Y lo aceptas sin más?

—Mi hija acaba de entrar en una buena universidad, Miren. No puedo perder el trabajo ahora. La vida está difícil en nuestra profesión. —Al fin admitió que incluso él tenía un precio—. Tengo amigos que llevan meses sin encontrar nada. La crisis sigue coleando en todas partes. No puedo permitírmelo. No ahora. Hay épocas de alzar la voz y otras de agachar la cabeza.

Lo observé con tristeza y apreté los labios al darme cuenta de que me quedaba poco a poco sola persiguiendo un ideal de lo que debía ser el periodismo. Había oído cientos de veces la expresión de que en una guerra la verdad era la primera víctima, pero nadie se atrevía a decir alto y claro que, cuando faltaba el dinero, la verdad tan solo era otra moneda de cambio.

—Ha estado bien aprender de ti, Bob —le dije con sinceridad y tristeza.

Él me miró a los ojos e hizo una mueca con los labios en la que comprendí que se avergonzaba de la situación, pero que estaba entre la espada y la pared.

—Miren...

—Gracias por estos años, Bob —dije, dejándole con la palabra en la boca.

Recogí mis cosas, las pocas que tenía sobre mi mesa y en la cajonera: algunas carpetas y varios USB con copias de mis artículos. No me hizo falta ni siquiera una caja. Fui al *office* y recuperé un pack de latas de Coca-Cola que estaban en mi balda. En el camino hacia la puerta de salida, nadie levantó la vista para decirme adiós. Aquello reflejaba lo desconectada que yo había estado de todo lo que ocurría en la redacción. Bajé al aparcamiento, metí las cosas en el maletero del coche y me senté dentro para tratar de inspeccionar si había algún modo más de destruirme. Había aprendido que el universo no compensa los golpes con cosas buenas sobre la marcha, alternando la balanza de un lado a otro, sino que hay épocas largas de palos en las ruedas e incluso vidas enteras de ochenta años que no conocen la buena fortuna. Yo había tenido rachas de ambos tipos, pero sobre mí siempre flotaba la espada de Damocles con la forma de los recuerdos esporádicos de aquella noche.

Respiré hondo y traté de buscar motivos para seguir adelante. Sentí el despido del *Press* como si me hubiesen arrancado las cuerdas vocales. No se podía cambiar el mundo si nadie te escuchaba. Si tus gritos de ira quedaban en silencio. El *Press* era mi altavoz y también lo único que me llenaba de vida. Necesitaba algo a lo que aferrarme. Un pequeño hilo del que tirar para sacarme de aquel pozo en el que me encontraba, y recordé a James Anderson y su invitación a que volviese por su taller. Me debatí un instante sobre si debía revisitar aquel dolor una vez más o dirigirme hacia Staten Island con Jim para sanar las heridas de la familia Miller. Comprobé la hora. Eran las doce del mediodía. Tenía tiempo para ambas cosas.

Arranqué y conduje decidida hasta Harlem. Paré el coche frente al taller y dentro estaba un chico latino de veintipocos años montando un parachoques en un gigantesco RAM negro con matrícula de California. Me bajé del vehículo aún con un nudo en la garganta y entré al garaje buscando a James con la mirada.

—¿En qué te puedo ayudar, guapa? —me preguntó el chico latino.

—Ahórrate el guapa. —No estaba para aguantar idiotas—. ¿Dónde está James?

El chico cambió la expresión al tiempo que tragaba saliva. A ese tipo de capullos se les callaba en un segundo con un poco de determinación y la mirada agresiva.

—¡James! ¡Preguntan por ti! —gritó en dirección al *office*.

De pronto, de allí dentro salió James Anderson, vestido con el mono de trabajo y los codos llenos de grasa. Su rostro reflejó preocupación.

—Me dijiste que viniese. Que podías ayudarme. —Alcé la voz.

Tras unos segundos, asintió, serio.

—Pasa a mi *office* —dijo con voz apagada—. Tengo algo para ti.

Capítulo 28
Staten Island
14 de diciembre de 2011
El mismo día
Jim Schmoer

El amor es el único fuego
que arde sin la intención de destruir.

Eran las tres y media de la tarde cuando Jim, que conducía en dirección a la casa de la familia Miller, vio desde el coche una riada de niños y padres. Se dio cuenta de que era la hora en la que salían del colegio. Cerca estaba el Clove Valley, y pensó que quizá era su oportunidad para entrar e indagar en aquella idea de Miren de que en realidad nadie había visto a Daniel salir de allí. Aparcó a pocos metros de la puerta y varias madres que charlaban en los alrededores mientras sus hijos jugaban unos minutos más lo miraron, curiosas. Los tiempos habían cambiado, los padres tenían móviles y los vehículos en los que subían sus hijos tenían sillas para niños, pero el ambiente era el mismo de hacía treinta años: nadie era consciente de que en un simple descuido su vida entera se derrumbaría sin remedio. Aprovechando el ajetreo de padres y niños, Jim pasó al patio interior con la intención de acceder al edificio, pero se encontró de bruces con una profesora de pelo castaño y ojos azules que lo miró sorprendida:

—¿Jim Schmoer? ¿Es usted? —le dijo con voz aguda—. ¡No me lo puedo creer! —Aceleró sus palabras por la emoción—. ¿Qué hace aquí? ¿De quién es padre usted en el Clove Valley?

—Eh, hola. —Le sonrió Jim algo ruborizado porque lo hubiese reconocido. No era algo que le pasase a menudo, puesto que solo le ocurría en los círculos literarios. Sin duda era una lectora de *El juego del alma*.

Jim no había encontrado todavía la respuesta conveniente a tantas preguntas cuando la profesora se lanzó de nuevo a hablar:

—Me encantó el libro. Fue... fue increíble —tartamudeó por la emoción—. ¿Qué le pasó a Miren al final? Hay rumores. Estoy en un club de lectura en el que lo debatimos mucho, y algunos dicen que murió y otros que sigue viva. No me lo diga. No quiero saberlo. Prefiero los finales abiertos, ¿sabe? Es que ese libro lo tiene todo. Es de mis favoritos. Traté de ir a una de sus firmas, pero nunca me entero a tiempo. Soy un poco desastre para enterarme de estas cosas. No sé ni dónde se consultan. No tendrá pensado hacer alguna por aquí en la isla, ¿verdad? Podríamos ir todos los del club de lectura.

Saltaba tan rápido de un tema a otro, de una pregunta a otra, que Jim no supo qué decirle y tan solo respondió sobre la firma.

—Creo que tengo programada una más, la última, en Strand en los próximos días. Tengo que mirar la agenda, pero me encantará verla allí y a su club de lectura, claro. —Jim fue amable como siempre.

—¿Le puedo pedir una foto? No llevo el mejor de los aspectos después de todo un día aquí en clase con estos demonios, pero mi club de lectura va a alucinar cuando se lo cuente: Jim Schmoer trae a sus hijos al Clove Valley —exclamó.

—Si no le importa no querría que se supiese —le pidió Jim con una idea que le golpeó de repente.

—Oh, la privacidad, claro —dijo ella al comprenderlo, ruborizada—. Para que la gente no sepa que tiene a su hijo aquí.

—Eso es.

—Le guardo el secreto, no se preocupe. —Cruzó los dedos en señal de promesa.

Jim le dedicó su mejor mirada y vio que aquella era su oportunidad para entrar y que no le hiciese ninguna pregunta más.

—¿Me deja pasar? Tengo que hablar con la profesora.

—¿A quién busca? ¿En qué curso está? —Ella le cortó el paso.

Jim se vio acorralado durante una fracción de segundo y dudó qué hacer. Tragó saliva, pero fue ella misma la que lo salvó de su encerrona:

—Oh, no me lo diga. Se me irá la lengua en el club. Estoy segura. No quiero saberlo. Pero pase, claro. No se quede ahí. Su hijo le estará esperando. ¿O era una hija? —dudó en voz alta para sí misma y Jim le dedicó una sonrisa de oreja a oreja mientras se colaba dentro sin responder.

Cuando puso un pie en el pasillo interior se encontró de bruces con un arco detector y, de pronto, la voz ronca de un hombre le habló desde su derecha.

—¿Qué tiene en la mochila? —Se giró y vio a un vigilante de seguridad de pelo claro y mofletes rojos enfundado en un chaleco antibalas—. ¿No llevará algún arma ahí? Déjeme ver.

—¿Qué?

Jim se sorprendió al ver aquel filtro para pasar a un colegio de Primaria. Era una corriente cada vez más extendida en algunos institutos para evitar la creciente e inasumible ola de tiroteos en los centros educativos que estaba aflorando por todo el país. Jim conocía aquellas nuevas medidas de seguridad y la que le parecía peor era los simulacros para escapar, algo que había indignado a los padres y a las asociaciones contra el derecho a portar armas. En ellos uno de los alumnos más veteranos del centro, o incluso algún profesor, entraba al instituto con una pistola de juguete y trataba de localizar dónde se escondían sus compañeros mientras estos tenían como objetivo huir del centro como fuese, pero sin romper ninguna ventana. Otra opción era esconderse en un lavabo en silencio o dentro de los armarios si se era lo suficientemente pequeño. En cualquier momento, en ese juego macabro, corrían la suerte de oír unos pasos que se acercasen a su lugar de escondite... y fin de la partida.

—¿Arma? ¡No! —Le mostró la mochila y lo miró a los ojos molesto.

—Precauciones, amigo. Esto es América. Tenemos que proteger a nuestros niños.

—Es triste, ¿no cree?

—¿El qué?

—Tener que recurrir a esto para poder seguir vendiendo armas. América, el país de la libertad y de los sueños, y cada vez más el del miedo a estudiar.

—¿Acaso quiere renunciar a su derecho a defenderse? ¿Eliminar la segunda enmienda? —le reprochó el hombre en un tono como si aquella idea fuese un auténtico disparate.

Jim dejó escapar un resoplido por la nariz y decidió que esa iba a ser su respuesta. Pasó bajo el arco y se alejó de él por el pasillo esquivando a los últimos alumnos que salían con unas mochilas enormes más grandes que sus espaldas. Vio la puerta entreabierta de una clase. En su interior, alguien arrastraba las mesas de un lado a otro. En la entrada, en letras coloridas formando un arco, se podía leer: BIENVENIDOS A PRIMER GRADO. Jim recordó que aquel era el curso de Daniel cuando desapareció y le dio un vuelco el corazón. Estar allí delante tras haber leído todo el archivo del pequeño y haberlo escuchado en las cintas de casete le puso triste. Fue en ese instante, en ese relámpago de desesperanza, cuando al fin comprendió por primera vez a Miren y lo que le afectaba indagar en los secretos de una desaparición. Dio un paso al frente y saludó desde la puerta a la mujer:

—¿Se puede?

La profesora emitió un resoplido de espaldas a él, pero luego se recompuso y se giró dibujando su mejor cara:

—¿Puedo ayudarle?

Jim se dio cuenta de que aquella mujer lo último que quería en esos momentos era la visita de un padre que se quejara de que su hijo tenía marcas de dientes, algún moratón o incluso una maldita puñalada en el costado. Jim supo en un instante que si en ese momento se hubiese quejado de esto último su respuesta hubiese sido: «Son críos, por el amor de Dios, los niños juegan a matarse de vez en cuando».

—Sí, verá —dijo Jim tratando de ganársela—. No soy padre de ningún chico de la clase, pero nos hemos mudado a la zona y si todo va bien entraría en las próximas semanas. ¿Le importa que eche un ojo rápido al aula?

—Para eso se organizan días de puertas abiertas y se realizan visitas a las distintas áreas del centro. —La mujer cruzó los brazos y lo miró fijamente—. Vienen un montón de padres, toman café y rollos de canela, todo es diversión y está perfectamente organizado. A última hora no va a encontrar esto de la mejor de las maneras. Le sorprendería lo que se ensucia y desordena una clase llena de niños pequeños en apenas cinco horas. ¿Ve eso de ahí? —Señaló una mancha marrón del suelo—. Vómito. Justo antes de salir. No falla.

—Lo sé. No se preocupe por mí. Solo que nos mudamos aquí de improviso y no pudimos asistir a la última. Nos dijeron que pasásemos al final del día cuando saliesen los niños para hacer una visita rápida. Y ver las clases y poco más.

La profesora suspiró con fuerza y luego respondió:

—Está bien, pase. Pero deme un minuto que quite ese vómito. No lo aguanto un segundo más.

Dio la espalda a Jim y abrió una puerta al fondo de la clase. De allí salió un momento después con una fregona y un cubo.

—Hoy había espaguetis en el comedor —adivinó ella sin tener que hacer muchas conjeturas.

Jim oteó la estancia al tiempo que caminó hacia el fondo de la clase entre las mesas, que percibió mucho más bajas de lo que recordaba de la etapa escolar de su hija Olivia. Se sentía como un gigante caminando entre ellas. Las paredes estaban decoradas con copos de nieve, árboles de Navidad y un Santa Claus con la barba hecha de algodón blanco que daba pena y ternura al mismo tiempo.

—¿Es un niño o una niña? —preguntó la profesora llamando su atención.

—Niña —respondió Jim—. Se llama Olivia —le dijo esbozando una sonrisa al recordar lo pequeña que era cuando estaba en primer grado.

—Bien, una guerrera más en clase. Nos vienen bien. Están los chicos muy alterados este año. No sé qué pasa. Creo que es por las tabletas esas que todo el mundo les está dando ahora. Les fríe el cerebro y cuando llegan aquí no saben ni cómo comportarse.

—Es muy antiguo el colegio, ¿verdad?

—Oh, sí. Creo que lo construyeron en los cincuenta. Más de medio siglo en pie. Lo van renovando por partes. Las taquillas nuevas y las paredes pintadas. A las clases no les hace falta mucho, la verdad, pero hay algunas que se caen a pedazos. El gimnasio es un desastre. Goteras y humedades, pero todavía no lo han arreglado. En invierno cuando llueve se forma un charco que da pena. La última vez que lo renovaron fue en los ochenta si no me equivoco.

—Hace treinta años —apuntilló Jim—. Ha llovido desde entonces.

—A ver si, cuando se jubile el director, el nuevo se pone las pilas y consigue fondos de la junta escolar para repararlo. Es lo único malo que tiene este colegio. Por lo demás, a Olivia le encantará —dijo al tiempo que terminaba de fregar la compota de espaguetis.

—¿Se jubila el director? —Optó por seguirle la corriente, pero algo llamó su atención.

En el marco de la puerta del cuartito de limpieza, en la parte inferior, vio una marca en la madera.

—Oh, lleva toda la vida aquí, creo que casi tanto como el gimnasio —bromeó bajando la voz.

Jim se agachó como si se fuese a atar los zapatos. Pudo leer lo que ponía en el marco: A+D.

Tragó saliva. Recordó la cinta que había escuchado unas horas antes. Los chillidos y las risas de los compañeros de Daniel que bromeaban con que se casaría con Alice.

Se puso en pie y le dedicó una sonrisa de escritor a la profesora.

—¿Sabe si se ha marchado el director? Me gustaría saludarlo y presentarme. Los trámites han sido por e-mail y ha sido un poco frío todo.

—Siempre se va el último —afirmó la mujer—. Adora este trabajo, ¿sabe? Ya le digo. Lleva toda la vida en el Clove Valley.

—Si me dice dónde lo puedo encontrar la dejo tranquila. Me ha encantado conocerla y ver lo bien que estará aquí Olivia, señorita... —esperó a que la profesora completase la frase.

—Baker —dijo—. La señorita Baker para los niños. Como la calle de Sherlock Holmes.

Una alarma se encendió dentro de Jim y quiso salir de allí cuanto antes, por si también, como la profesora de la puerta, de pronto, lo reconocía. Le sonrió y le extendió la mano para dársela sin decir su nombre, pero ella le hizo un gesto de que las tenía mojadas.

—Es la puerta al fondo del pasillo. No tiene pérdida —dijo ella a modo de despedida.

Jim aceleró el paso hacia la puerta y, cuando estaba a punto de salir, la profesora le gritó y él se detuvo en seco:

—Olivia lo pasará muy bien aquí, se lo aseguro.

—Es toda una mujercita.

Y salió de la clase con nostalgia, pero también con inquietud, aunque no sabía muy bien por qué.

Capítulo 29
Staten Island
14 de diciembre de 2011
El mismo día
Ben Miller

Pueden silenciarnos de mil maneras,
pero nadie puede callar nuestra voz interior.

—¡Alice! —exclamó Patricia Amber incrédula al oír a su hija—. ¡Has hablado!

La mujer se acercó a ella poco a poco, le sujetó la cara y la miró de cerca a los ojos como si llevase toda una vida esperando aquel momento. Alice estaba a punto de llorar.

—Sí, Daniel —intervino Ben derrumbándose delante de Alice, que sostenía la caja de música entre los dedos.

Miller pensaba que sería capaz de aguantar de manera estoica la búsqueda de la verdad, pero nadie es inmune a sus golpes. Escuchar el nombre de su hijo de aquella manera le transportó al instante en 1981 en que corría cuesta arriba por Howard Avenue, desolado, chillando lleno de pánico temiendo lo peor.

—Tu voz... —exhaló la madre emocionada—. Tu preciosa voz. Puedes hablar.

Alice cambió su gesto al oír a su madre y trató de recomponerse. Parecía como si se hubiese dado cuenta de que había cometido un error o como si aquella palabra se hubiese escapado de su boca sin ella poder evitarlo.

—Puedes hacerlo, hija —insistió su madre—. Inténtalo de nuevo.

De pronto, Alice negó con la cabeza con rapidez, como si hubiese cometido un grave error. Empujó a su madre a un lado y se alejó de ella, mientras hacía aspavientos con las manos.

—Cariño... —trató de calmarla—. Tranquila, no pasa nada. No te preocupes. Ha estado muy bien. No quería presionarte. Lo siento —se disculpó la señorita Amber, llena de impotencia—. Entiéndeme. Has hablado, Alice. Lo has hecho genial —exclamó entusiasmada.

Patricia creía haber acariciado durante un momento la idea de huir del silencio después de tanto tiempo y no pudo contener sus emociones al escuchar a su hija por primera vez desde hacía más de treinta años. Su voz de adulta, rota por la falta de uso de las cuerdas vocales, contrastó en su mente con el sonido agudo y limpio de aquellos primeros momentos de la niñez. Alice gesticuló algo en lengua de signos que Ben no comprendió y la señorita Amber desvió la mirada hacia él, confusa, y luego se dirigió otra vez a su hija.

—Pero…, cielo, has hablado…, tenemos que… —Patricia Amber se mostró contrariada ante el repentino cambio de actitud de su hija, que pisaba sus palabras con los gestos de las manos.

Ella respondió a su hija con varios signos más y, para alivio de Ben, a continuación habló.

—¿A solas? —preguntó la señora Amber en voz baja a su hija.

Alice le respondió con un ademán de su frente y su madre rechazó aquella idea negando con la cabeza. Ben no entendía bien qué estaba sucediendo exactamente. Entonces la profesora Amber se llevó el dedo índice a los labios y luego lo movió hacia delante apuntando durante una fracción de segundo a su hija. Repitió ese gesto varias veces, y a Ben le dio tiempo a darse cuenta de que se trataba de una pregunta por la manera en la que flotaba en el aire la necesidad de una respuesta. Su hija volvió a asentir, esa segunda vez con un aplomo que su madre no pudo rechazar.

—No me parece buena idea, Alice. ¿Qué vas a decirle? ¿Qué quieres contarle?

Ben intervino en ese momento.

—Por favor, señorita Amber —suplicó Ben con las fuerzas que le quedaban—. Solo busco ayuda. No quiero otra cosa. No busco nada más. No quiero quedarme con la sensación de que no conocía de verdad a mi hijo.

Se dirigió con un atisbo de esperanza a Alice y ella miró a su madre en un gesto de que debía dar aquel paso. La mujer se lo pensó un segundo y suspiró.

—Está bien —admitió finalmente Patricia—. Estaré fuera. Necesito tomar el aire.

Miró a Ben, seria, y antes de dejarlos solos en el salón le dijo en un tono que parecía más bien una advertencia:

—No sé qué pretende con todo esto, señor Miller, pero quiero que sepa que no dejaré que haga daño a mi hija. Ya hemos sufrido juntas bastante. ¿Lo entiende?

—Es lo último que querría, señorita Amber —respondió sin ser consciente de hacia dónde le llevaba el camino que estaba emprendiendo.

La madre abrió el cierre del ventanal y salió por allí a la parte trasera del jardín. Ben observó cómo se alejaba hacia los árboles del fondo. Alice se acercó al cenador y, de un cajón, sacó una libreta de hojas blancas y un rotulador fino. Se dirigió al sofá y se acomodó en él con determinación.

Ben se acercó con cuidado a ella y se sentó a su lado. No sabía ni cómo empezar aquella conversación. Agachó la cabeza y miró la caja de música de su hijo que sostenía Alice.

—¿Por qué Daniel tenía la misma caja de música que tú? —preguntó con voz temblorosa por la incertidumbre.

Alice suspiró para armarse de valor y responder. Pensó un instante y escribió en la primera hoja: «Yo se la regalé».

—¿Os llevabais bien? —Trató de que su interlocutora no notara en su tono de voz todas las emociones que estaba viviendo.

Alice pasó la hoja y escribió: «Era mi mejor amigo en Clove Valley».

—¿Sabes lo que le ocurrió?

La pregunta salió de su boca como un susurro.

Ella negó con la cabeza, seria. Ben sollozó. No sabía hacia dónde llevar la conversación. No tenía ni idea de lo que estaba buscando. Tan solo tenía la certeza de que cada palabra que Alice escribía sobre el papel era como una diminuta linterna que tenía el potencial de desvelar alguna pista que durante muchos años pasó por alto.

—¿Sabes por qué dejaste de hablar? —indagó Ben con la sensación de que en aquel silencio estaba la respuesta de todo cuanto anhelaba.

Alice escribió en el papel con celeridad y luego inclinó la libreta para que él pudiese leerla: «Siempre he sido así».

—Tu madre dice que dejaste de hablar con cinco años.

«No tengo recuerdos de haberlo hecho alguna vez». Su respuesta se plasmó en una línea fina que a Ben le costó leer e interpretó la fuerza con la que apretaba el bolígrafo en el papel como el volumen de su voz.

—Pero puedes hablar —afirmó Ben, tratando de comprender aquel abismo que había entre ambos mundos.

«Cuando estoy sola lo intento. Mi madre no sabe nada». Ben sintió cómo abría una ventana a la intimidad entre los dos.

—¿Quieres intentarlo ahora?

Alice negó rápido ladeando la cabeza.

—Está bien. —Suspiró. Ben decidió seguir investigando. Necesitaba sentir que no estaba dando vueltas y temió que en cualquier momento Alice decidiese que ya habían hablado suficiente—. ¿Por qué le regalaste la caja de música a Daniel?

«Se preocupaba por mí», escribió ella con una letra preciosa. Ben identificó en aquellas simples palabras la bondad de su hijo, siempre atento. Recordó un día que llegó tarde del trabajo y, cuando se bajó del coche y se acercó a la puerta de casa, allí estaba Daniel, en la puerta, buscándolo con la mirada, preocupado por si le había pasado algo. Ben extendió la mano, agarró la caja de música de Daniel y le dio la vuelta:

—¿Quién hizo este corazón? —preguntó al tiempo que acariciaba con la yema del índice la hendidura en el metal.

«Yo», escribió Alice.

—Vale. Bien —se dijo a sí mismo en voz alta—. ¿Recuerdas el día en que Daniel desapareció?

Alice respondió asintiendo lentamente.

—¿Viste a alguien extraño por el colegio aquel día? Alice negó.

—¿Y ocurrió algo distinto? ¿Algo que me pueda ayudar a saber qué le pasó?

Ella miró a Ben y se debatió consigo misma sobre qué decirle. De pronto, un instante después, se encorvó sobre el papel y escribió: «Me prometí que nunca lo contaría».

—¿Qué pasó? —intervino él, impaciente.

Alice suspiró con fuerza, como si se estuviese deshaciendo de una carga, pero sonrió un instante después, como si se hubiera encontrado de bruces con un recuerdo dulce. Pasó una hoja y, ocupando toda la página, escribió en ella: «Me besó».

Ben no supo cómo interpretar aquella simple frase. Su hijo nunca había presumido en casa de tener alguna amiga en el colegio que le gustase o con quien incluso jugase a ser novios, como sucede muchas veces a esa edad. Se acordó cuando él era pequeño y sus tíos no paraban de reír porque él presumía de tener tantas parejas como dedos de la mano y además pensaba casarse con todas ellas. No sabía que Daniel hubiese mencionado nada de aquella relación inocente con Alice.

—¿Qué crees que le pasó a Daniel? —Trató de buscar una idea que él no hubiese contemplado.

La mujer se fijó en los ojos tristes y desesperados de Ben e hizo una mueca de lástima. Luego escribió: «No lo sé». Ella se adelantó y lanzó la pregunta: «¿Lo echa de menos?».

—Cada segundo de mi vida —replicó Ben, desolado.

«Es usted un buen padre».

—Llegué tarde aquel día al colegio. —Ben confesó la culpa que sentía al tiempo que se derrumbaba. Veía que aquel camino no le llevaría a ningún sitio—. Se perdió por mi culpa —dijo finalmente y dejó escapar un sollozo—. No sé qué estoy haciendo aquí. No sé por qué he venido —lloró—. Esto es más difícil de lo que creí.

Alice extendió la mano derecha y giró la manivela de la cajita que sostenía Ben. Su melodía metálica salió del artilugio y, por algún motivo, aquella canción consiguió sacarlo de aquel dolor que le oprimía el pecho. Bufó por la nariz por lo irónico que resultaba que Alice lo animase con un objeto que treinta años antes ella le había regalado a su hijo.

—¿Te la quieres quedar? —le ofreció Ben—. Era tuya, ¿no?

Ella le hizo una mueca y negó con media sonrisa. Luego garabateó sobre el papel con la letra fina: «Tengo muchas». Pasó la página y añadió: «Ven arriba, te quiero enseñar algo».

Alice se levantó y se dirigió a la escalera. Ben la contempló confuso. Ella le hizo una señal desde arriba y él se puso en pie y la siguió. Mientras subía, Ben se fijó en algunas fotografías de una joven Alice junto a su madre. En ninguna sonreía. Cada paso que daba resonaba como el eco de todos sus miedos. Cuando llegó arriba, Alice desapareció por el hueco que dejaba una escalera de madera que colgaba del techo y que llevaba hasta la buhardilla. Al agarrar la escalerilla, Ben comprobó que podía soportar su peso. No sabía qué quería enseñarle, pero si tenía que ver con Daniel, sabía que merecería la pena. Al llegar arriba, vio la luz dorada que se colaba por una ventana cubierta por una capa de polvo. Estaba atardeciendo. La conversación se había alargado más de lo que esperaba. Se puso de pie como pudo tras subir el último peldaño y vio que aquello era el dormitorio de Alice. Una cama amplia ocupaba un lado de la estancia y del cabecero colgaban dos guirnaldas. De pronto, una melodía distinta a la de la caja de Daniel sonó a su lado y, al girar la cabeza, vio que Alice estaba moviendo la manivela de una cajita de madera vieja. Ben miró a su alrededor y se dio cuenta de que la buhardilla estaba llena de cajas como aquella. Había de todos los tamaños, materiales y formas imaginables: cajas de metal doradas, plateadas y en cobre, artilugios pequeños dentro de urnas de cristal, objetos sin protección de los que colgaba un diminuto rollo de papel perforado… Estaban dispuestas con la delicadeza de quien ama el orden y la perfección. A Ben le sobrecogió la visión de las estanterías, sillas y mesas con objetos como aquel repartidos por la estancia. Parecía un santuario que rendía homenaje a la música mecánica y en el que cada uno de los artilugios escondía una melodía secreta oculta en su engranaje.

—Esto es increíble —exclamó Ben, con los ojos abiertos—. Tienes muchas. ¿Cuántas hay aquí?

Ella dejó de girar la manivela y se encogió de hombros.

—¿Cómo has conseguido tantas? ¿Las compras en algún lugar? —preguntó él con curiosidad genuina.

Alice negó con la cabeza y Ben arqueó las cejas sin entender nada. Ella cogió una caja y se la entregó mostrando su parte inferior. En ella, Miller vio una fecha escrita con rotulador permanente: 07/04/1981, una semana antes de la desaparición de su hijo.

—¿Qué significa esta fecha?

Alice hizo un gesto como si cogiese algo del aire y se lo llevase al pecho.

—¿Cuando la conseguiste? —preguntó él, confuso—. ¿Es eso? —Lamentó no haber subido con la libreta.

Pero Alice asintió al instante, con un gesto de orgullo porque la había comprendido. La mujer se acercó a otra estantería, cogió otra caja y se la entregó mostrándole la parte de abajo. Ben comprobó que tenía una fecha distinta: 19/01/1980. Luego hizo lo mismo con una de las estanterías superiores: 30/12/1979.

—¿Quién te compró todas estas cajas? En esos años eras solo una niña —dedujo Ben, confuso.

De pronto, Alice abrió la boca y suspiró con fuerza. Se acercó con cuidado a Ben mientras este observaba sus gestos sin apenas moverse. La mujer acercó los labios al oído de Miller y le dijo en un susurro:

—Mi padre.

Capítulo 30
Nueva York
14 de diciembre de 2011
El mismo día
Miren Triggs

Avanzamos por la vida por un camino lleno
de baches y accidentes inesperados,
y a lo máximo a lo que podemos aspirar
es a llegar al final sin haber perdido
demasiados pedazos de nosotros mismos.

Entré en el pequeño habitáculo que hacía las veces de *office* del taller de James Anderson e inspeccioné sus movimientos con atención mientras él buscaba algo en una estantería de barras de metal al fondo. Yo estaba alerta, pero sabía que no se atrevería a hacer ninguna estupidez con el chico latino trabajando fuera y como posible testigo. Me quedé a un lado de una mesa desgastada y desde ahí oteé con rapidez la estancia: paredes adornadas con calendarios de mujeres desnudas, cafetera vieja sobre un mueble, dispensador de agua con la garrafa por la mitad. Sobre la mesa había un puñado de papeles arrugados llenos de manchas de grasa, un teclado negro de ordenador repleto de migas de pan entre las teclas, un monitor voluminoso que debía ser donde elaboraba las facturas y donde veía porno cuando cerraba.

Moví ligeramente los pies sobre las baldosas grises y noté bajo ellos la rugosidad de un polvo que a esas alturas ya podía llamarse arena. El lugar era un desastre y el único orden que se intuía entre sus cosas era en las baldas superiores de la estantería del fondo, donde los archivadores de los manuales mecánicos estaban dispuestos por orden alfabético salvo un error en la letra efe.

James encontró lo que buscaba y se dio la vuelta sosteniendo entre los dedos una pequeña llave metálica. Se sentó en la silla giratoria y se agachó hacia la cajonera. Aquel movimiento despertó todas mis alertas y di un paso atrás con la sensación de haber cometido un grave error por no llevar mi Glock encima.

—No hagas ninguna tontería —dije como si pudiese evitarla.

En realidad, aquella visita era una idiotez, una jugada desesperada por salvarme de mis propias garras. No había medido correctamente mis pasos. Eran dos. Uno podría bajar la persiana del taller y entre los dos podrían acabar con todo mi sufrimiento y rabia. Mi mente siempre funcionaba así, buscando continuamente cómo se podía torcer todo. ¿Estaba pasando página o renunciando a mí misma?

—Tranquila, no tengo ningún arma —me respondió serio.

Lo observé atenta conteniendo la respiración y oí el sonido de la cerradura al desbloquearse, seguido de un chirrido oxidado. James suspiró hondo y agarró algo de su interior, y yo, temerosa, contuve el aliento y acepté el disparo.

Entonces sacó un objeto negro plano de forma cuadrada que colocó delante de él al tiempo que me miraba con resignación. Al apartar su mano vi que se trataba de un antiguo disquete de ordenador. Hacía años que no veía uno. Desde las memorias USB, cada vez más y más baratas, y el *boom* de los CD para almacenar información a largo plazo, la utilidad de esos pequeños objetos cuadrados sin apenas espacio había quedado relegada al olvido. Los ordenadores, creo que desde hacía seis o siete años, no incluían ya lectores de 3,5 pulgadas y aquellos objetos se habían convertido en inservibles. Pensé en mi MacBook Pro roto y en que no podría leer con él aquel disquete.

—¿Qué es eso? —le pregunté, curiosa.

Me acerqué a la mesa, pero no me atreví a sentarme. No sabía qué esperaba de aquel encuentro, pero lo que no se me había pasado por la cabeza era que James me entregase una huella del pasado. Lo noté nervioso y preocupado por lo que estaba haciendo. Desvió la mirada dos veces hacia la puerta para asegurarse de que nadie nos veía. Su actitud se parecía mucho a la de los funcionarios públicos que conseguíamos convencer en el periódico para que nos filtrasen información de las mordidas o desfalcos de sus superiores. Había una cosa claramente distinta en los ojos de James con respecto al comportamiento de los funcionarios delatores: la sensación de inminente peligro.

—Es lo único que me queda de aquellos años en los que fui una persona horrible —me dijo arrepentido.

—¿Qué hay dentro?

Dejó escapar un largo suspiro.

—No quiero que grabes nada de esto. Solo deseo ayudarte y que pases página de una vez. Tengo una familia y una vida entera.

—No estoy grabando —le respondí con la verdad.

No sabía cómo él podía ayudarme ni tampoco lo que yo estaba dispuesta a hacer tras hablar con él.

—Bien —dijo—. Cierra la puerta, por favor, no quiero que Armando nos escuche.

Le hice caso y me pregunté qué diablos hacía allí con él, compartiendo un secreto con la única persona viva que quedaba de los cuatro que estábamos en el parque aquella noche: dos fallecidos, una muerta en vida y un único superviviente. Fuera sonaba el tráfico de la calle. Debatió consigo mismo un instante y lo soltó de golpe:

—¿Conoces Eye? —preguntó a media voz.

Negué con la cabeza en silencio, pero recordé el ojo en la pared de casa.

—Seguro que ya te han hecho una visita. He leído tu último artículo. —Señaló un montón de periódicos apilados y entre ellos reconocí la portada del *Press*—. Todos esos ojos en la puerta de Baunstein, observando a quien entra. Estaba dentro, estoy seguro.

—¿Qué es Eye? —le pregunté... y otra vez me trasladé a mi trastero en llamas.

Me di cuenta de que hizo una pausa larga para pensar bien cómo armar sus palabras. El malnacido sabía que iba a hacerme daño. Yo esperé atenta el impacto de su discurso como si fuese una montañista observando acercarse un alud de nieve para el que no existía escapatoria.

—Lo peor de nosotros mismos —dijo de repente con tristeza—. Nuestros más profundos deseos. —Negó con la cabeza y continuó—: Al menos ese era el eslogan en aquella época, cuando yo tenía acceso. Desde el 96, si no me equivoco, hasta el año 1998.

—¿Una organización? ¿Es eso?

—No lo llamaría así. —Se aseguró una vez más, mirando en todas las direcciones, de que no nos oía nadie—. No había jefes ni estructura. Tan solo un grupo de gente que cooperaba para descubrir hasta qué nivel estaban realmente podridos por dentro.

—No lo entiendo —repliqué llena de confusión.

—¿Qué otra palabra en inglés se pronuncia igual que «ojo»?

—*I*, o sea, yo —respondí.

—Esa era la idea. Mirar a los ojos a la oscuridad para descubrir tu yo interior. *Look at the darkness in the eyes to discover your inner I* —repitió como en una especie de cántico que se sabía de memoria.

—Por eso me grabaste. Para compartirlo en Eye.

Se frotó la cara y exhaló con fuerza. Le afectaba hablar de aquello, y yo sentía cada vez más rabia en mi interior.

—Fue hace muchos años. No sabía bien lo que hacía. Estaba en la universidad pública, tenía un modesto futuro por delante y en casa apenas me podían ayudar. No tenía pasta y me dijeron que podía conseguir varios miles por un vídeo de ese tipo. Aquel día llevaba la cámara porque Roy decía que había conocido a una chica y había quedado con ella en el parque Morningside. Estaba eufórico y dijo que pensaba acostarse con ella en uno de los bancos si hacía falta. Aron y yo nos mofamos de lo seguro que estaba. Si hacía algo, yo lo grabaría desde la distancia y ganaría algo de pasta. Esa fue mi idea. —Negó con la mirada perdida, y yo me di cuenta de que se aproximaba sin remedio a detonar los pilares de aquella memoria difusa—. La chica llegó al parque y flirtearon un poco. Aron y yo nos escondimos entre los árboles. De pronto ella se resistió y le dio un golpe a Roy. Y entonces él explotó y le dio un puñetazo antes de que yo comenzase a grabar. Se puso colérico y la chica forcejeó con él como pudo. Le rompió la blusa y la volvió a golpear.

—No sigas, por favor —supliqué al notar que sus palabras me estaban asfixiando.

Pero no me hizo caso.

—No sé cómo lo hizo, pero la chica se zafó de él —continuó—, le dio un rodillazo y corrió por el parque. Roy la persiguió poco después y Aron y yo los seguimos. Pero cuando llegamos a la altura de Roy, la chica había conseguido una considerable distancia. Roy era rápido. El más atlético de los tres. Si hubiese corrido, le habría dado alcance. Aún me pregunto cómo se precipitó todo —se lamentó—. De pronto, a un lado, apareciste tú con un chico. Se te notaba demasiado vulnerable, una presa fácil.

—¡No! —Le pedí que parara. Apreté la mandíbula y noté un picor en los ojos imposible de controlar. Qué difícil era cumplir mis propias promesas—. Para…

—Y entonces…, en un instante y creo que sin saber por qué, Roy dejó escapar a la chica y se acercó a vosotros. Tú ni siquiera te levantaste. Golpeó al tipo con el que estabas y lo tiró al suelo. Luego Aron también se metió y le dio una patada. Y un segundo después, Roy se bajó la bragueta. Y... yo lo grabé todo —admitió al tiempo que apartó la mirada—. Yo no hice nada, te lo aseguro. Solo lo grabé.

Me perdí en mis propias imágenes de aquella noche. Coloqué en mi mente aquel fragmento previo del que nunca había sabido nada. De pronto, vi los pasos acelerados de una chica morena corriendo por el parque cruzándose delante de mí, mientras luchaba contra los dedos largos de Robert. Luego vino la discusión con ellos para más tarde nublarse todo, invadida por el dolor.

—Era una chica del barrio —dijo James interrumpiendo mi pensamiento—. La que consiguió huir, digo. Sigue viviendo por aquí en Harlem, me la he encontrado varias veces en todos estos años. Ha formado una familia con tres hijos.

Aquella última frase me hizo pensar en toda mi vida. En lo cruel que había sido el destino conmigo y la oportunidad que le había brindado a aquella chica. A ella y a mí solo nos separaba un instante. Únicamente nos conectaba aquella fracción de segundo en la que compartimos parque. Sin embargo, fue en ese preciso momento en el que nos intercambiamos las vidas. Mi mente me golpeó con imágenes de un mundo alternativo: si la hubiese atrapado a ella, si aquella noche no hubiese ido yo; si no hubiese peleado ella, si no hubiese bebido yo; si no existiese gente como ellos o si nosotras gritásemos de una vez que se acabó...

—Escribí en el foro lo que tenía y me ofrecieron cinco mil. Llevé la cinta al buzón de correo que me dijeron y bajo el que me encontré pegada una llave. Lo abrí, metí la cinta y dejé la llave escondida en el mismo lugar. Al día siguiente regresé y allí dentro estaba el dinero. No hice ninguna copia. Me daba mal rollo tener algo así conmigo. No me sentía bien. Uno nunca se da cuenta de las líneas que va cruzando, ¿sabes? Al principio era divertido, un puñado de fotos que nos pasábamos, luego algún que otro clip digital de mala calidad. Pero había secciones de Eye que te removían por dentro y, poco a poco, se quedaban pegadas en la retina. A mí me resultaba imposible quitármelas de la cabeza.

No quise imaginarme a qué se refería ni me atreví a preguntárselo.

—Recuerdo que en una de las secciones de Eye se ponían en contacto con simples listas de correos postales a las que enviaban un pequeño papel con descripciones crípticas que parecían meros catálogos de cosas corrientes: flores, zapatos o herramientas. En la web había un glosario para comprender a qué perversión se refería cada cosa. Si por error alguien se encontraba alguno de esos catálogos en el buzón, nadie pensaría en todo lo que se escondía detrás. Eye está oculto y, al mismo tiempo, a simple vista de quien presta atención —sentenció.

—¿Cómo lo conociste tú? —le pregunté buscando tiempo para recomponerme.

—De manera trivial, en clase. Uno de mis compañeros en la universidad lo mencionó entre bromas y me escribió la dirección y la contraseña en la parte superior de los apuntes.

—¿Estaba en la Dark Web? —le interrogué.

—No. A plena vista. Era una página convencional con un foro privado. Se accedía con una contraseña que cambiaban cada cierto tiempo. Nada sofisticado. En aquella época internet era el salvaje oeste. Supongo que luego lo cerraron, pero dudo que lo que había allí no surgiese de nuevo, en la Dark Web o de mil maneras distintas. No precisaba de la página para nada. Era un submundo dañino del que formaba parte todo tipo de gente. Y eso era lo peor de todo.

—¿A qué te refieres?

—Había una sección de presentaciones. Todo el que entraba nuevo a Eye decía el usuario de quien lo había invitado y contaba su profesión, su edad y qué buscaba allí.

Hizo una pausa larga en la que conseguí recobrar el aliento.

—Ahí dentro estaba toda la sociedad.

—¿Qué?

—Camioneros, médicos, jueces, curas, camareros, abogados, banqueros, conserjes de colegio, músicos, profesores, políticos, policías y bomberos. Piensa en una profesión…, pues seguro que había alguien en Eye que se dedicaba a ella. De todas las edades y niveles sociales. ¿Cómo se para algo así? —inquirió—. ¿Cómo se frena algo que está tan dentro de tanta gente?

—Podrían haber mentido —dije, pero algo me decía que no tenían por qué hacerlo.

—Decían la verdad —me confirmó—. La persona que te invitaba validaba tu respuesta. Eran invitaciones que se hacían en persona, de modo que había una larga cadena que retrocedía de uno en uno hasta el mismo origen de Eye. Nadie se la jugaba mintiendo, porque alguien que ya estaba dentro los conocía.

—¿Y qué hay ahí? —Señalé el disquete al tiempo que trataba de encontrar la manera en que todo aquello me iba a ayudar de algún modo.

—En este disquete guardé una copia en texto de ese hilo de presentaciones de Eye. Es lo único que conservo de ese mundo. Lo guardé para protegerme, supongo. Llévatela. No la quiero. Quiero dejar atrás todo aquello. Quizá a ti te sirva para algo.

—¿Sigue funcionando? —le pregunté.

Los disquetes de 3,5 pulgadas eran famosos por sus fallos y por perder secciones de datos al fallar la carga magnética, lo que hacía el disco inservible.

—No lo sé. No quiero ni siquiera meterlo en mi ordenador. Quiero dejar atrás aquello. Tengo mi vida ahora y aquel error me la destrozó. Yo estaba en segundo de carrera y no quise continuar la cadena. No invité a nadie detrás de mí. Y aquello no gustó. Me expulsaron de allí y me hicieron la vida imposible para que no dijese nada. Amenazas, asaltos en casa, gente que me vigilaba desde la distancia. Vivía con miedo. Me llevaron al límite. Suspendía exámenes que creía haber hecho perfectos y en la revisión me encontraba mi hoja en blanco. De la presión e impotencia dejé la carrera y acabé aquí. Es el taller de mi padre. Se incendió dos veces en aquellos años. Mi padre no aguantó más y me lo dejó a mí. Ahora lo llevo yo y voy tirando. No quiero líos.

—¿Y pararon las amenazas?

Asintió, serio.

—Te ha pasado algo parecido, ¿verdad? —me preguntó—. Tu artículo no habrá gustado a mucha gente.

Moví la cabeza afirmativamente.

—No trates de luchar contra algo invisible, porque es un monstruo que no se puede derrotar. Si le cortas un brazo le salen cien más. El mundo está construido así, con zonas llenas de luz y otras oscuras que es mejor no visitar. Y hay gente que siempre se sentirá tentada a adentrarse en esa negrura y a creer que cuando salga fuera será la misma persona, pero nunca se vuelve a ser el mismo.

—¿Qué estudiabas? No hablas como un mecánico.

Me estaba sorprendiendo encontrar detrás de un hombre de aspecto tan sucio a alguien lúcido y con ideas claras.

—Filosofía. Supongo que hubiese acabado aquí igualmente. —Sonrió, y yo me sentí sucia por haber propiciado esa complicidad.

—¿Cómo conseguiste que parase? —insistí en saber cómo había logrado huir de Eye.

Por primera vez yo había sentido el peligro real de mi voz como periodista. Vinieron a mi cabeza todas esas noticias en las que compañeros de profesión morían en zonas de guerra o silenciados en cárceles de dictaduras, o aquellos que habían fallecido por problemas cardiacos mientras desarrollaban una serie de artículos contra el poder. Yo nunca había sentido aquel temor en mis venas, porque siempre actuaba mediante golpes esporádicos e inesperados, pero me di cuenta de que con mi artículo había abierto una puerta a un demonio que tenía la capacidad de devorarme como el busto tallado que lideraba la puerta de Baunstein.

—¿Sabes? —me respondió James—. No hay nada más peligroso que alguien que no tiene nada que perder. Uno solo está dispuesto a guardar silencio cuando si no lo hace pone en riesgo algo que de verdad le importa. Y esto cuesta aceptarlo, pero lo único por lo que renunciamos a hablar es para proteger a los nuestros.

Hizo una pausa larga en la que traté de comprender sus palabras.

—Tuve un hijo —sentenció—, les enseñé que tenía algo que perder.

Capítulo 31
Staten Island
14 de diciembre de 2011
El mismo día
Jim Schmoer

Nos pasamos toda la vida buscando respuestas
a preguntas que nunca nos debimos hacer.

El interior del colegio se había quedado desierto. Ya no había niños que saliesen tarde recorriendo los pasillos. Jim caminó hasta el despacho del director acompañado del eco de sus pasos. La puerta estaba abierta y cuando se asomó al interior, se encontró con un hombre mayor de pelo gris, con gafas de pasta marrón y aspecto amigable que firmaba una montaña de reportes académicos, que enviaría a los padres antes de Navidad. El director, al percatarse de la presencia de Jim, levantó la cabeza y lo miró confuso:

—¿Puedo ayudarle? —preguntó con un tono formal.

Jim optó por ser sincero esa vez.

—Hola, soy Jim Schmoer. —Se acercó y le extendió la mano al presentarse.

El director lo miró algo confuso y se la estrechó.

—Encantado. Soy Bill Adams, el director del centro. Schmoer, Schmoer… —repitió en voz alta al tiempo que buscaba en su mente—. ¿De quién es usted padre? Me conozco a todos los alumnos del colegio, y es la primera vez que lo veo. No me suena ningún Schmoer este año. Si no me equivoco tuvimos uno hace como diez o quince años, pero supongo que no será usted. Y si lo es, ha envejecido realmente mal —bromeó.

—No soy ese Schmoer, no. —Le sonrió. No sabía bien cómo afrontar aquel paso—. Soy periodista y me gustaría hablar con usted si tiene unos minutos —dijo Jim sin titubeos.

Decidió ir de frente.

—¿Periodista?

El director se quitó las gafas y las dejó sobre la mesa.

—Sí. Estoy ayudando a un amigo.

El director no comprendía nada y reclinó la espalda en la silla, como si buscase una postura cómoda para analizar la situación.

—¿A qué amigo? ¿Alguien que conozca? —le preguntó.

—A Benjamin Miller —dijo Jim en tono serio—. Supongo que sabe quién es.

El director Adams contuvo el aliento y agachó la cabeza un segundo, como si escuchar aquel nombre le trasportase a un lugar oscuro de su memoria.

—¿Está escribiendo sobre Daniel Miller? —le preguntó—. ¿Es eso?

Jim asintió sin añadir nada más.

—Estoy repasando todo lo que sucedió aquel día. Me pareció apropiado venir aquí, donde empezó todo.

El director emitió un largo suspiro mientras valoraba sus opciones.

—Nos costó mucho deshacernos de aquella fama —le dijo—. Sucedió hace mucho tiempo. Han pasado… ¿cuántos?, ¿treinta años? ¿Por qué quiere remover todo aquello de nuevo?

—Porque es una gran pregunta sin respuesta —adujo Jim—. Y porque me importa Ben. Es una buena persona. Muchos hubiesen perdido el norte con todo aquello, y él, en cambio, dedicó su vida a ayudar a los demás. Quizá es hora de que el mundo le devuelva un poco de todo lo que le quitó.

El director hizo un ademán con la cabeza y se puso en pie.

—No siempre a la buena gente le pasan cosas buenas. Siendo periodista debería saberlo.

—Cierto. Pero cuando sucede algo malo, los buenos tenemos que unirnos. Si no, la balanza siempre caerá del otro lado.

El director abrazó aquella idea con una media sonrisa.

—Le ayudaré en lo que pueda. También para mí lo que pasó con Daniel es una cuenta pendiente. Acompáñeme. Necesito estirar las piernas y de paso le enseñaré el colegio.

—Claro —aceptó Jim.

Salieron del despacho y caminaron unos minutos en silencio por los pasillos hasta que llegaron a la cantina, donde había una veintena de mesas. Sobre una escalera, un hombre de mediana edad vestido con ropa de trabajo cambiaba un tubo fluorescente.

—Ten cuidado, Matt —le gritó el director al verlo tambalearse. Luego se giró hacia Jim y comenzó a hablar—: Este sitio es como mi casa, ¿sabe? Los críos son como mis hijos. Daría la vida por ellos. Y lo digo de verdad. —Se puso serio—. Cuando ocurrió lo de Daniel, yo apenas llevaba un año como director. Recuerdo que estábamos con las obras del gimnasio por aquella época. Había conseguido fondos para mejorarlo y modernizarlo y pensaba que, cuando se terminasen los trabajos de remodelación, tendría a los padres contentos y a los niños felices por contar con una pista interior de baloncesto con suelo de parquet. Íbamos a ser el único colegio de la zona con algo así, y no es por presumir, pero teníamos a los mejores profesores. El Clove Valley era el punto central de la vida familiar en esta zona de la isla.

—Hizo una pausa en la que cambió el tono de la nostalgia a la tristeza—. Pero entonces ocurrió lo de Daniel. Aún recuerdo los gritos de Benjamin Miller por el pasillo. Nunca he visto una desesperación igual. Un despiste, un malentendido y un montón de vidas se precipitan por el desagüe.

—¿Por qué lo dice? —trató de comprender Jim.

—Tuvimos al FBI interrogando a los profesores, a los padres e incluso a algunos alumnos. La prensa se plantó en la puerta del colegio e hizo conexiones en directo para contar la tragedia. No se imagina lo que supuso para la reputación del centro. Los padres de más de cincuenta alumnos amenazaron con retirar a sus hijos del colegio si no se tomaban medidas contundentes. Despedimos a la profesora de Daniel, que fue quien tuvo el descuido de dejarlo solo.

—La profesora Amber.

—Eso es. Era una buena persona que lo estaba pasando mal a nivel personal y de repente se encontró con aquella otra ola que no pudo evitar. Por eso le digo que aquello destrozó muchas vidas. Su marido también trabajaba en el Clove Valley como conserje, pero pasado un tiempo lo dejó. Supongo que no podía seguir aquí sabiendo que le habíamos dado la espalda a su mujer cuando más lo necesitaba.

Salieron de la cantina y se dirigieron por el pasillo escoltados por murales por la paz y en homenaje al 11-S.

—¿Qué le ocurría a la profesora Amber? —le preguntó Jim en cuanto llegaron a una doble puerta que el director empujó.

Cuando se abrió, entraron al gimnasio. El parquet del suelo estaba abombado en algunas zonas y el techado tenía partes visiblemente oxidadas. Había una pequeña grada a un lado donde supuso que las distintas clases harían su foto anual.

—Su hija estaba teniendo problemas de desarrollo del habla y lo estaba pasando realmente mal —dijo dirigiéndose al centro de la pista—. En la guardería era una niña normal, pero dejó de hablar de manera paulatina y, cuando llegó a primer grado, su mudez era casi completa. No teníamos tantos recursos como ahora para complementar su educación con un profesor de apoyo. Su historia me resultó siempre muy triste. Los niños a veces se reían de ella por lo que le pasaba. Cuando tuvimos que despedir a la profesora Amber, no tenía sentido que su hija siguiese escolarizada aquí. No podíamos ayudarla de ningún modo ni su madre podía asegurarse de que estuviese bien. Le recomendamos buscar un colegio especializado. No sé qué fue de ella después.

—¿Le puedo preguntar algo? —dijo Jim mirándolo a los ojos en busca de una respuesta sincera en las palabras del director.

—Por supuesto —respondió el director Adams.

—¿Qué cree usted que le pasó a Daniel? —dijo Jim al tiempo que miraba la hora.

El reloj marcaba las 15:54. Justo en aquel minuto, según el expediente policial, en 1981 Benjamin Miller estaba con el director en su despacho llamando a casa desesperado por encontrar a su hijo.

—Siempre me lo he preguntado. —El director giró sobre sí mismo y contempló algo triste el estado de la cancha. El tiempo se notaba que había pasado por aquel lugar por todas partes—. Y transcurridos tantos años, a veces he llegado a pensar que quizá sería mejor no saber la verdad.

—¿Por qué lo dice?

—¿Para qué? ¿Qué va a cambiar saber lo que ocurrió? ¿Va a mejorar la vida de alguien? ¿Sus padres van a encontrar consuelo si descubren que un perturbado lo mató o incluso algo peor?

Jim suspiró y pensó un segundo la respuesta.

—Precisamente el hecho de no saber lo que sucedió hace que todas esas opciones que están en el aire la incertidumbre las convierta en verdaderas. Para los Miller, no saber la verdad implica que hay días en los que viven la tragedia de que un perturbado se lo llevó, otros en los que sienten que se perdió por el camino y otros en los que un coche lo arrolló y tiró el cadáver en algún lugar inhóspito. La verdad destruye todas las mentiras. Y por muy dolorosa que sea, solo tienes que luchar por superar una de las versiones y no todas ellas al mismo tiempo. No se puede vivir cargando tantas tragedias simultáneas sobre la espalda.

El director lo escuchó con atención.

—Me gusta cómo piensa —le respondió—. Debería escribir algo, seguro que lo leería. Me jubilo el año que viene y tendré tiempo de leer. Me costará despedirme de este sitio, pero quizá es momento de dejar atrás no solo las risas de los chicos jugando, sino también los fantasmas de aquellos que ya no están.

—¿Como Carlos Rodríguez?

El director agachó la cabeza, avergonzado.

—Sí, también. Era un buen chico. Espero que su padre lo traiga algún día de vuelta con su madre.

—¿Qué hay de ese hombre que deambulaba por los alrededores del colegio?

—Los niños tienen mucha imaginación. La madre de Carlos protestó por aquello, y desde el colegio hablamos con el resto de los niños para poder tomar aquella historia en serio, pero ningún otro niño dijo haber visto a un hombre acercándose al colegio a regalar cosas. Esa mujer, y discúlpeme que sea duro, no quiere admitir que se casó con una mala persona. A todos nos cuesta aceptar nuestros errores. Especialmente cuando tienen consecuencias tan tristes. Ya le digo, ojalá el padre vuelva con Carlos. Nadie se merece pasar por algo así.

Jim suspiró sin saber qué responder a aquello y le dio la mano en señal de despedida.

—Que le vaya bien, director Adams. Gracias por la visita —le dijo, dejándolo en el centro de la pista.

El director le hizo un ademán con la cabeza y luego miró hacia arriba, como si estuviera diciéndole adiós a toda la vida en aquel lugar.

—¿Oye eso? —dijo el director.

Jim se detuvo en la puerta y miró atrás una última vez.

—¿El que? No oigo nada.

—A eso me refiero. Este silencio. Siempre me gustó venir aquí cuando los chicos volvían a casa. Durante un tiempo me molestaban tantos gritos por los pasillos. Y ahora sé, llegada esta etapa de mi vida, que será todo ese ruido el que echaré de menos.

Jim lo observó desde lejos y prestó atención al silencio tan abrumador que sobrevolaba entre los dos.

—Le irá bien, director —dijo Jim—. Mi padre decía que el truco para saber si habías tenido una vida provechosa era mirar atrás y echarla de menos.

—¿Sigue vivo su padre?

Jim negó.

—Era profesor. Le dio un infarto dando clase. Falleció de manera fulminante. No pude despedirme de él.

—¿Y qué etapa echa de menos de él?

—Le recuerdo cuando yo era niño. Y caminar por estos pasillos me ha llevado a aquellos momentos con él.

El director apretó los labios y alzó una mano en señal de despedida, pero Jim formuló una última cuestión.

—¿Sabe si alguien más pudo ver algo aquel día? —le preguntó, por tratar de cerrar aquel hilo de una vez—. ¿Alguien a quien la policía no interrogó entonces?

—Ya ha visto lo rápido que se vacía el centro en cuanto suena la alarma —le respondió—. Apenas quedaba nadie que hubiese visto lo ocurrido. La profesora Amber, otros padres en la puerta y yo. Siento no poder ayudarle mucho más.

—¿Y el conserje? —incidió Jim al recordar al que reparaba la luz de la cantina—. Me ha dicho antes que entonces era el marido de la profesora Amber.

—Thomas Amber, sí.

—¿Trabajaba ese día?

El director miró confuso a Jim en la distancia y trató de hacer memoria.

—Supongo que sí, claro. Prestó declaración como todos los profesores del colegio —respondió con calma—. Sé que cuesta admitirlo, señor Schmoer, y nos duele aceptar que algo así pueda suceder, pero creo que el caso de Daniel será para siempre todas las tragedias posibles al mismo tiempo —aseveró con tristeza.

—Me ha ayudado mucho, director Adams —le dijo Jim—. Ojalá le pasen cosas buenas.

Capítulo 32
Staten Island
14 de diciembre de 2011
El mismo día
Ben Miller

Tenemos miedo de hacernos daño y,
sin embargo, seguimos adelante.

Ben se apartó de Alice y la miró a los ojos lleno de confusión. La mención de su padre lo había dejado aturdido y, al mismo tiempo, había abierto una puerta en su mente de la que emergieron tantas preguntas de golpe que no sabía ni por cuál empezar.

—¿Tu padre? —inquirió Ben, confuso.

Alice asintió, seria.

—¿Te las compraba él?

Confirmó de nuevo. Sus ojos dejaron entrever que se estaba enfrentando a algún demonio interior que tenía encadenado a su corazón.

—¿Las coleccionabas con tu padre? —Trató de adivinar Ben con la sensación de estar adentrándose en una historia de dolor y desesperanza.

Alice negó con la cabeza y sus ojos se llenaron de lágrimas.

—¿Lo echas de menos? ¿Es eso?

Sacudió la cabeza de lado a lado en señal de negación, sin apartar la mirada de Ben. El exinspector se fijó en que las manos de Alice, minutos antes gráciles mientras se deslizaban sobre el piano con delicadeza, ahora le temblaban al luchar contra las fauces de su memoria.

—Te las regalaba.

Alice lo confirmó con un movimiento de cabeza.

—Y las guardas con cariño.

Ella volvió a negar. Luego agachó la cabeza y movió los labios, como si hablase para sí misma, pero sin emitir sonido alguno. Lo miró de nuevo y le hizo un gesto en el que parecía ponerse un collar. Ben analizó aquel movimiento y trató de buscarle significado.

—¿Eran un premio?

Alice asintió con la boca cerrada y sus ojos tristes parecían gritarle a Ben que había entrado en el camino correcto de su mayor secreto.

—¿Es eso lo que me quieres contar? ¿Que le regalaste a mi hijo uno de los premios que te daba tu padre?

Ella volvió a asentir y dejó escapar un largo sollozo al tiempo que apartaba la mirada. Ben observó a Alice con la sensación de que allí dentro estaba encerrada una persona que siempre soñó con ser distinta, con haber vivido otra vida o con haber sido capaz de alzar la voz. Todo en la vida siempre tiene su porqué, pero solo se conoce cuando miras atrás. Alice miraba a una de las cajas, en uno de los rincones de la buhardilla, y Ben se acercó a ella y la inspeccionó. Era pequeña y plateada, y de su única apertura sobresalía la manivela. Le dio la vuelta y leyó la fecha: 4/12/1978.

—Tenías cuatro años cuando tu padre te regaló esta caja —dedujo él, al tiempo que se acercaba a Alice con ella.

Ben agarró la manivela con la intención de hacerla girar, pero ella le puso la mano encima y se lo impidió al mismo tiempo que emitía un largo sollozo.

—Dímelo, Alice —le pidió Ben, notando la oscuridad y el dolor en lo que estaba intentando revelarle—. ¿Por qué ganabas todos estos premios?

Alice giró la cabeza hacia él y dejó a Ben ver su rostro cubierto de lágrimas. Y fue entonces cuando ella se llevó el dedo índice a la boca y consiguió armar fuerzas para decir con su voz ajada por el tiempo:

—Por guardar silencio.

Ben se quedó pensativo un instante mientras recomponía en su mente todo el puzle. Pensó en los regalos del padre, en el dolor de Alice, en las fechas en las que se los daba, siendo ella una niña, y en su obsesión con el silencio, y fue entonces cuando sintió un escalofrío. Abrió la mano y la cajita de música plateada se precipitó contra el suelo. Así fue como comprendió lo que le había pasado.

—Por eso dejaste de hablar —exhaló Ben—. Eras una niña…, por el amor de Dios.

Alice explotó en un mar de lágrimas y Ben casi no podía respirar de la impotencia, lleno de incomprensión. Oteó a su alrededor y se sintió abrumado por la enorme cantidad de artilugios que había allí dentro. Alice se acercó a la ventana trasera de la buhardilla y, en silencio, apretó la mandíbula al ver a su madre fuera a través del cristal. Ben se puso a su lado y la miró desde allí arriba, en la distancia. La profesora Amber se encontraba de espaldas a la casa, mirando con calma hacia los árboles del fondo. Parecía esperar algo y quizá sabía que aquel momento tarde o temprano llegaría.

—Tu madre lo sabía —dijo Ben en un suspiro—. Tu madre sabía lo que te hacía tu padre.

Alice agachó la cabeza y, por un instante, la apoyó sobre el hombro de Ben, que sintió aquella muestra de vulnerabilidad como un impacto de bala. Fue como si, por un instante, esa mujer hubiese anhelado una figura como la de Ben, y él, de pronto, hubiese recordado lo que era proteger a alguien vulnerable.

—¿Dónde está él? —preguntó sin apartarla de su lado—. ¿Dónde está tu padre? —repitió alimentando su rabia.

Casi sin esperarlo, Alice se separó de él y volvió a asomarse por la ventana para mirar a su madre. Ben recogió la cajita plateada del suelo y dejó en la buhardilla a Alice. Bajó por las escaleras con el paso acelerado mientras trataba de contener la cólera que sentía. Nunca hubiese esperado que, buscando a su hijo, se toparía con un horror como aquel en alguien tan cercano a su pequeño.

Rápido, salió de la casa y se dirigió a la profesora Amber. Notó el césped embarrado. El día estaba distinto. Un frío gélido le golpeó en la cara y las nubes negras iban cubriendo el cielo.

—Usted lo sabía —le gritó colérico en cuanto se acercó a ella—. ¡Usted sabía lo que su marido hacía con su hija! —chilló.

Patricia ni se inmutó. Dejó su vista fija en el bosque y respiró hondo. Ben se encaró con ella, y la mujer agachó la cabeza y soportó sus gritos con estoicismo.

—¿Cómo podía permitirlo? —chilló lleno de impotencia—. ¡Cómo! —vociferó con todas sus fuerzas.

—Supongo que Alice le ha contado lo de Thomas, ¿no es así? —respondió con la voz cansada.

—¡Respóndame! —Ben la cogió del cuello de la rebeca que llevaba puesta y la zarandeó, pero la profesora Amber ni siquiera opuso resistencia.

Ben no podía soportar el dolor que Alice Amber tuvo que sufrir cada vez que su padre le ofrecía uno de aquellos pequeños artilugios. La soltó de un empujón, ella se tambaleó sobre el césped y luego se reincorporó.

—Me he preguntado tantas y tantas veces qué era lo correcto… que hubo un momento en que dejé de hacerlo, ¿sabe? Nunca fui capaz de responderme a mí misma, señor Miller —dijo mirándolo a los ojos, cabizbaja—. Y no he vivido mal. He aprendido a convivir con esa pregunta constantemente. Le sorprenderá esto que le digo, pero una se acostumbra a todo, ¿sabe? —Levantó la vista al cielo, cerró los ojos y emitió un largo suspiro—. Hemos sido creados para sufrir —sentenció.

—¿Cómo dice? —inquirió Ben entre jadeos.

—No tiene que contarme cómo ha sido su vida, señor Miller. Todos estamos igual. De un modo u otro, las tragedias nos golpean tarde o temprano. Luchamos y peleamos a contracorriente todo el tiempo, pero, en cuanto nos descuidamos, todo se pudre y se pervierte. No queremos aceptar que la gran mayoría de las cosas que dejamos entrar en nuestra vida la contaminarán. Y vamos sobreviviendo de la manera que podemos en un mundo podrido creado por un Dios que nos quiere destruir. Por mucho que intentemos esquivarlo o evitarlo, siempre encuentra la manera de alcanzarnos y derribar todo cuanto somos e incluso lo que creíamos ser.

—Esto no tiene nada que ver con Dios, Patricia. Su marido nunca debió de… —Ben no terminó la frase. No podía.

Calculó mentalmente las edades de Alice en cada una de las cajas que le había enseñado. La primera en 1978, cuando ella tenía tan solo cuatro años.

—Dios fue quien puso en mi vida a Thomas —sentenció ella de golpe—. Cuando lo conocí era perfecto. Atento, cariñoso, divertido… —La señorita Amber se perdió en algún lugar de sus recuerdos y Ben la observó sin saber qué esperar de aquello—. Nos conocimos en el Clove Valley, ¿sabe? —emitió un bufido que más bien parecía un lamento—. Él era un simple conserje y yo acababa de empezar como profesora. —Miró a los árboles y dejó que su vista se elevase hacia sus copas—. Había llegado nueva al colegio y él era encantador. Me hacía reír. Se pasaba cada día por la clase para ver si necesitaba algo. Cambió tres veces las bombillas del aula en un mismo día para pasar tiempo conmigo. Y me enamoré de él y de sus bromas —se lamentó.

Ben la observó entre jadeos sin saber qué decirle.

—Nos casamos poco después —continuó— y me quedé embarazada no mucho más tarde. Debería de haber visto a Alice cuando nació. Era el bebé más bello del mundo, con la piel blanca y esos ojos profundos que usted ya conoce. Fue entonces cuando me di cuenta de que a Thomas yo había dejado de resultarle atractiva. —Cambió el tono y habló desde la rabia y la impotencia—. Poco a poco, comenzó a ignorarme. Pasaba por mi lado en casa y apenas me rozaba.

De pronto, una gota de lluvia cayó sobre el rostro de Patricia Amber y ella esbozó una pequeña sonrisa como si la hubiese esperado toda la vida.

—Dejamos de acostarnos y... me sentí culpable. Tras el parto mi cuerpo ya no era el de antes y creí durante un tiempo que me esquivaba porque yo no me esforzaba lo suficiente. Ese era el nivel de manipulación al que poco a poco me arrastró. Siempre fue un controlador, pero nunca me di cuenta. Me decía a mí misma que al menos tenía a Alice, ¿sabe? Me alegraba, y a pesar de que la relación con Thomas cada vez iba a peor, ella era risueña y resuelta, y el motivo de mis alegrías.

Giró la cabeza hacia Ben y lo miró a los ojos. La lluvia, en un principio fina y débil, les mojó el pelo. Ella ya no pudo contener las lágrimas.

—Y fue entonces cuando Alice empezó a guardar silencio, señor Miller. Aquello me destrozó. No comprendía qué le ocurría a mi niña. Le hice todas las pruebas que existían y me pasaba las noches llorando de impotencia. Usted sabe de lo que hablo. Seguro que ha tenido momentos de ese tipo. No es fácil ser padre. Te hace vulnerable. Te duelen partes que no son de tu cuerpo. Y te das cuenta de que harías lo que fuese por proteger a los tuyos. Renunciarías a todo, incluso a lo que creías que eras.

—¿Dónde está su marido? —le preguntó Ben, con desesperación. De pronto, cayó en la cuenta de lo que le había contado y conectó el horror de Alice con la desaparición de Daniel—. ¿Qué le hizo a Daniel? —dijo temblándole la voz.

—Todos tenemos secretos, inspector Miller.

—Lo sabe… —Ben tomó una bocanada profunda de aire, en un intento de apagar el incendio que aquellas palabras habían provocado en su interior, pero fue un error mayor, porque las llamas se extendieron hasta el fondo de su corazón y asolaron todo.

—Quizá es hora de que le muestre los míos, señor Miller —le dijo justo antes de comenzar a andar en dirección a los árboles, hacia la oscuridad.

Capítulo 33
Nueva York
14 de diciembre de 2011
El mismo día
Miren Triggs

Nuestra vida presente puede remontarse
a una única y simple decisión que tomamos
sin apenas ser conscientes de su importancia.

Salí del taller de James Anderson con la sensación de haberme quedado vacía por dentro. Me subí al coche, dejé el disquete en el asiento del copiloto y conduje en dirección sur hasta que reconocí los árboles que emergían como gigantes del parque Morningside. De pronto, noté un movimiento rápido en uno de mis lados, como si alguien fuese a tirarse encima del vehículo, y pegué un frenazo. Me encontré con que era yo misma corriendo malherida tras huir de aquella pesadilla. Me miré a los ojos, llevaba el maquillaje corrido por las lágrimas.

Iba descalza con el vestido roto. Quise bajarme del coche a ayudarme a mí misma, pero entonces el sonido de las bocinas de los otros vehículos que venían detrás de mí me golpeó los tímpanos y desaparecí de mi propia vista.

No podía más. No podía tocar más fondo. Sonaron de nuevo los cláxones por haber detenido el tráfico y tragué saliva antes de reanudar la marcha sintiendo lástima de la versión de mí misma en que yo había dejado que me convirtieran los que me hicieron daño. Me di cuenta en ese momento de que había cambiado la rabia por la tristeza, lo cual era un gran paso. Quizá saber que había sido víctima de la casualidad cambiaba el significado de lo que me había ocurrido. Tal vez saber que mi caída había salvado la de otra mujer le daba sentido a mi dolor.

De repente sonó el móvil y en la pantalla se dibujó el rostro de Jim. Me aparté a un lado del tráfico y los cláxones volvieron a sonar, pero esa vez no les hice caso. Nueva York era una ciudad que no dormía, pero que tampoco esperaba. Me aclaré la voz antes de hablar con él, no quería preocuparlo más.

—¿Jim? —dije al responder la llamada—. Voy de camino. ¿Dónde estás?

—Miren. —Sentí alivio al oír su voz. Jim se había convertido en un refugio para mí—. ¿Qué te ha pasado? ¿Está todo bien en la redacción?

—Más o menos —respondí. No quise contarle mi despido del *Manhattan Press* ni todo el tormento en el que me encontraba desde que me había dejado la noche anterior en casa. No vi una forma simple de contarle todo lo ocurrido, incluido el asalto a mi piso y el incendio del trastero. No podía preocuparlo, porque sabía que él pararía el mundo y dejaría todo lo que estuviese haciendo para estar conmigo. Lo había hecho otras veces. Sabía cómo escucharme y nunca preguntaba de más. No trataba de ser protector, sino de acompañarme. No podía permitir que mi dolor se interpusiese en la investigación sobre la desaparición de Daniel—. Es una larga historia. ¿Dónde estás? —desvié el tema.

—En el coche. Llegando a la casa de la profesora Amber —me respondió—. La hija de esa mujer estaba en la clase de Daniel —añadió desvelando una pieza del puzle que yo no conocía—. Se llevaban muy bien. No sé por qué, pero hay algo en todo esto que no me encaja. También el marido de la señorita Amber era conserje del colegio —desveló—. Creo que estamos pasando por alto algo que no consigo ver aún. Quiero hablar con la profesora y, si puede ser, con su marido. He seguido el hilo que comentaste y ahora me parece el más prometedor: creo que Daniel no llegó a salir del colegio. Antes pensaba que esta historia era imposible y cuanto más pienso en ella más tengo claro que la verdad ha estado siempre a la vista de todos. He conseguido hablar con el director del Clove Valley, Bill Adams. Era el director entonces y está a punto de jubilarse.

—¿Crees que él tuvo algo que ver?

—No. Bueno, no lo creo —se corrigió a sí mismo—. Lo noté realmente afectado por aquello. No creo que mintiese. Su historia concuerda con lo que declaró entonces.

Jim era bueno leyendo a las personas y tenía un talento innato para detectar el mínimo atisbo de mentira en alguien. Aprendí a entrevistar observándolo a él. Se enfrentaba a una conversación sin esperar nada, casi como si se sumergiese a pulmón en una cueva oceánica, y, solo guiado por su instinto, era capaz de recorrerla, conocer sus giros y recovecos y llegar a una cavidad interior en la que poder respirar y descubrir sus secretos.

—¿Y lo de Carlos Rodríguez? ¿Cómo encaja en todo esto? ¿Qué hay de esa caja de música que el hombre le dio en el colegio?

—Will Pfeiffer frecuentaba la capilla St. Nicholas —me respondió—. Puede que se fijase en él al verlo allí. Tocaba el órgano para la comunidad, a poca distancia de la casa de Carlos Rodríguez.

—Hijo de puta —exhalé al teléfono.

—Hay otra persona —dijo de golpe al otro lado del auricular—. Un hombre.

—¿Cómo dices? ¿De qué estás hablando?

—Will Pfeiffer acudía a veces a la capilla con otro hombre. El capellán de St. Nicholas dice que podría tratarse de su pareja. Si lo encontramos, quizá nos acerquemos a descubrir quién lo mató y si está detrás de la desaparición de Carlos Rodríguez.

Jim estaba acariciando una idea, conocía esa sensación. Todos los que somos buscadores de la verdad reconocemos el valor de esos instantes previos en los que sabes que tienes todas las piezas del puzle salvo una y que tan solo necesitas encontrar la última para comprender la imagen que tienes delante. Estábamos intentando localizar esa pieza, y Jim estaba ya cerca.

—Hay algo que no me encaja en la salida de Daniel del colegio —continuó Jim al teléfono—. Estoy llegando a casa de los Amber —añadió de pronto.

—¿Qué es lo que no te cuadra?

—No lo sé. Durante la hora de salida, el colegio se vacía muy rápido. Alguien tuvo que verlo. He estado por allí a esa hora, y es verdad que hay muchos niños por todas partes, pero… no sé, me parece increíble que uno de ellos pueda salir de allí montado en una bicicleta y que nadie viese nada.

—¿Qué declaró la hija de la profesora Amber? Dices que se llevaba bien con él.

—No declaró, o al menos no lo he visto en el expediente. Tampoco lo he revisado todo al detalle. Puede que se me haya colado. Pero Alice era muda. Puede que incluso sus padres no quisieran que lo hiciese. Leí alguna declaración de sus compañeros Mark y Luca, pero nada más —aseveró e hizo una pausa—. Acabo de llegar a la casa de los Amber.

—¿Muda?

—Sí. Me lo ha contado el director y también Daniel lo mencionaba en una de las cintas. Puede que tuviese algo que ver con el hecho de que no declarase, o simplemente se trate de que no todos los padres se prestarían a que sus hijos pasaran por un interrogatorio.

Me quedé en silencio, asimilando toda la información.

—¿Vienes conmigo? —me preguntó Jim. Esas palabras las sentí como si me estuviese extendiendo su mano—. Puedo esperarte y hablamos juntos con ella.

—No, no te preocupes —le dije sin saber aún la trascendencia de aquellas simples palabras—. Me paso por tu casa antes y busco en el expediente si la hija de la profesora llegó a declarar o no de algún modo. Pudieron usar intérprete. También echaré un ojo a las declaraciones del padre. ¿Dices que era el conserje?

—Sí —me confirmó—. A la profesora la despidieron por el escándalo y él se marchó un tiempo después.

—De acuerdo. Luego me uno a ti. ¿Vale?

—Está bien. —Yo no era consciente aún, pero de nuevo el destino hizo de las suyas. Jim cambió el tono—. ¿De verdad te encuentras bien, Miren?

Qué difícil era comprenderme. ¿Qué podría haber respondido yo en ese instante? Tal vez la verdad. Aquella que siempre busqué fuera, pero a la que siempre temí enfrentarme en mi interior: «No, Jim, estoy mal. Peor que nunca. Me grabaron aquella noche y vendieron las imágenes. Y no solo eso, sino que he perdido mi trabajo y ha ardido también lo que me mantenía con vida. Pero al menos me quedas tú. Eres lo único que tengo. Tú y mis padres. Y me da miedo decírtelo, porque no quiero perderte. Porque has sido la única constante de mi vida, lo único que me mantenía con la cabeza fría. Y ahora te he contagiado mis demonios, buscas a alguien que lleva treinta años desaparecido porque te inoculé parte de mi sangre, y te he dejado solo enfrentándote a ellos». Eso hubiese estado bien y tal vez nuestro camino hubiese sido otro.

Pero solo tuve fuerzas para decirle:

—Estoy bien, Jim. No te preocupes —mentí e hice una pausa larga en la que me arranqué las entrañas—. Te llamo luego, ¿vale?

—¿Segura? —me preguntó de nuevo y supe que se había percatado de lo que se escondía en las grietas de mi silencio.

Él era la única persona capaz de reconocerlas, el único que a lo largo de mi vida había acariciado con sus dedos cada una de ellas y había aprendido sus formas y giros. Dicen que se conoce de verdad a alguien cuando eres capaz de interpretar lo que no dice, y yo sabía que Jim había leído perfectamente todo lo que me había callado. Sin embargo, siempre respetó los términos de nuestra relación: me daba tiempo y espacio, no me presionaba para que sacase mis emociones a la luz. En el fondo, él sabía que estaban manchadas de sangre y cubiertas por mi dolor.

—Segura —respondí con un nudo en la garganta.

—Vale, Miren. —Aceptó el juego—. Te veo más tarde. ¿Cenamos por aquí en Staten Island?

—Vale. Me parece buen plan.

—Bien. Te cuento luego qué descubro.

—Jim… —le interrumpí antes de que colgara.

Algo me decía que me lanzase, que me abriese de una vez.

—Dime, Miren —me respondió serio.

Hubiese sido tan fácil pararlo todo con la verdad. Ojalá hubiese sido capaz de expresar lo que sentía y lo que me había ocurrido…, pero no me atreví. No tuve el valor de hacerlo.

—Nada —exhalé derrotada—. Te veo luego, Jim.

—Está bien, Miren. Nos vemos luego —me respondió en voz baja y me colgó.

Me quedé en silencio dentro del coche, inquieta, y sin que se callaran los gritos que retumbaban en mi interior.

Capítulo 34
Staten Island
14 de diciembre de 2011
El mismo día
Jim Schmoer

Es imposible dar marcha atrás
cuando estamos cerca de lo que perseguimos,
aunque por el camino descubramos
que el último paso nos hará daño.

Jim terminó la llamada con Miren y se bajó del coche para contemplar la casa de la familia Amber. Era más grande, más vieja y siniestra de lo que le había anticipado Google Street View. Miró arriba, a la ventana superior, y buscó la silueta de la mujer que había visto en las imágenes del ordenador, pero la cortina estaba echada. En la calle, unos metros más allá de donde se encontraba, cerca de la esquina, vio que había aparcada una camioneta Ford roja con los bajos embarrados. Justo detrás de ella había un vehículo gris, pero no se fijó en el modelo.

El cielo se había cubierto de densas nubes oscuras que lo vistieron del color de los peores presagios y la primera gota de lluvia cayó sobre su rostro. Se dirigió hacia la casa. El día estaba dejando paso a la noche e incluso las nubes parecían mandarle el mismo mensaje: «No sigas, te harás daño». Eran más de las cuatro y media de la tarde, y en esa época el sol se ponía justo a esa hora en Staten Island.

El número 150 junto a la puerta de entrada estaba oxidado. No había verja, solo un puñado de piedras blancas cada pocos metros parecían delimitar el lugar. Las paredes amarillentas tenían la pintura desconchada por todas partes, las baldosas del camino estaban partidas en formas irregulares, la madera de los peldaños del porche parecía que ya no soportaba un paso más. Tocó el timbre, pero no sonó. Apartó la mosquitera y llamó con tres firmes golpes.

Al otro lado unos pasos se aproximaron a la puerta. Después, el silencio. Jim sintió un escalofrío. Era como si la persona al otro lado de la puerta se debatiese sobre qué hacer. Jim esperó unos segundos, pero llamó de nuevo un poco más bajo. La puerta se abrió y frente a él había una mujer de la edad de Miren, delgada y con su mismo tono de piel. Tenía el pelo bastante más largo que ella, los pómulos algo más redondeados, pero en sus ojos reconoció la tristeza. Era, sin duda, la mujer que había en la ventana de Street View.

—¿Es este el hogar de la familia Amber? —dijo Jim a modo de saludo.

Alice lo contempló un momento en silencio. Estaba pensando qué contestar a ese desconocido. Afirmó con un movimiento lento de cabeza. Alice mostraba en su rostro la emoción latente que había sentido tras la conversación con Benjamin Miller. Ella le había seguido cuando este bajó las escaleras y había observado cómo su madre y el exagente conversaban en el jardín hasta que se adentraron entre los árboles.

—¿Alice Amber?

Jim había calculado mentalmente la edad que debía tener la hija de los Amber y dedujo que tenía que ser ella. Alice volvió a asentir, esa vez con más dudas y con expresión de no comprender qué hacía allí aquel hombre.

—Hola, Alice. Soy Jim Schmoer —titubeó mientras planeaba su estrategia. Una cosa era creer que una visita iba a ser fácil y otra encontrarte con aquella mirada triste—, soy periodista y estoy haciendo un reportaje sobre el colegio Clove Valley. Estoy visitando a antiguos alumnos que asistieron al centro en los años ochenta y noventa para hacer un homenaje al director Bill Adams. No sé si lo recuerdas. Se jubila dentro de poco, y estoy tratando de reunir declaraciones de los mejores y peores momentos del colegio.

Ella contuvo el aliento y pensó que era imposible que ambas visitas fuesen casualidad. En aquel instante, más allá de los árboles que limitaban la parcela de la vivienda con el parque Freshkills, su madre caminaba seguida de Ben Miller.

—¿Te importa que te haga algunas preguntas sobre tu etapa en el Clove Valley?

Alice le respondió con un gesto en lengua de signos y Jim se disculpó.

—Oh, lo siento —dijo él simulando descubrir su mudez por primera vez.

Alice gesticuló un «No pasa nada» y Jim cerró los ojos y emitió un bufido imperceptible al sentir que su oportunidad se le escapaba.

—¿Hay alguna manera de que podamos hablar? —preguntó Jim lentamente. Pensó que tal vez Alice también necesitaba leerle los labios, pero no estaba seguro. No sabía cómo abrir de nuevo aquella puerta que poco a poco se le cerraba. Solo sabía decir «gracias» y «hasta luego» en lengua de signos, pero era lo máximo que había necesitado hasta ese mismo momento—. ¿Vives aquí con tus padres? Sé que tu madre era profesora del Clove Valley y que tu padre fue conserje durante un tiempo. Sería precioso contar con alguna declaración de su etapa allí. ¿Están aquí contigo?

Alice lo observó seria durante un largo instante que a Jim se le hizo eterno y que no supo cómo interpretar.

Luego ella miró atrás, como si estuviese pensando en las consecuencias de dar aquel paso, de abrirle la puerta a un extraño mientras en la lejanía Ben Miller descubría las partes más oscuras de su vida. Entonces Alice expresó que no estaba interesada en participar en el reportaje cerrando la puerta de golpe y Jim entendió aquel gesto al instante al tratarse de un lenguaje universal.

—Alice, por favor —vociferó Jim desde el otro lado, lleno de desesperación—. Está bien. Te diré la verdad —dijo en voz alta. Se pegó a la puerta y continuó—: Busco respuestas sobre lo que pasó con Daniel Miller. Seguro que lo recuerdas. Desapareció el 24 de abril de 1981. Hace más de treinta años. Era tu amigo, estaba en tu clase. Sé que os conocíais —añadió—. ¿Lo recuerdas? Él te tenía mucho cariño. Hablaba muy bien de ti.

Jim esperó un instante, pero solo obtuvo silencio como respuesta.

—Por favor, Alice —gritó de nuevo y sintió que aquella estrategia no le había funcionado—. Hace unos meses desapareció otro niño, también estudiante en el Clove Valley: Carlos Rodríguez, de ocho años. Quizá ambas desgracias estén relacionadas. Solo quiero saber qué ocurrió en 1981 con Daniel. Si recuerdas algo, por favor —suplicó con la verdad por delante.

Pero Alice tampoco le respondió y Jim supo que la visita había sido en vano. Se dio media vuelta y, cuando bajó del porche y pisó el césped en dirección a su coche, reconoció a lo lejos el Pontiac gris de Miller y se detuvo en seco al descubrir que el exinspector había hecho el mismo recorrido que él.

Sin tener tiempo para pensar en lo que implicaba aquello, oyó cómo la puerta de la casa se abría de nuevo detrás de él. Al darse la vuelta, allí estaba Alice Amber, que lo miraba fijamente. La mujer dejó la puerta abierta y se perdió en el interior de la vivienda. El periodista dudó de si aquello era una especie de invitación para que entrase. Jim trató de pensar rápido qué decisión tomar, pero encontrar la verdad era demasiado tentador. La sentía muy cerca y quiso atraparla.

—¿Alice?

Jim volvió sobre sus pasos, subió al porche y se adentró en aquella casa.

Capítulo 35
Staten Island
14 de diciembre de 2011
El mismo día
Ben Miller

Solo los que se atreven a navegar en el silencio
llegan al puerto de la verdad.

Ben siguió los pasos de Patricia Amber entre los árboles en dirección sur. La mujer caminaba con decisión por un sendero estrecho que iba serpenteando entre la vegetación. Una vez que desapareció entre la maleza, la profesora zigzagueó de un lado a otro entre los árboles. Conforme avanzaban por el bosque el silencio era más evidente, solo interrumpido por el crujido de alguna rama o por el sonido de los pasos firmes sobre las hojas húmedas. Se notaba que apenas había animales en aquella zona de Freshkills. Estaba demasiado cerca de la civilización, además era demasiado reciente su transformación de uno de los mayores vertederos del mundo a parque natural. Si acaso uno se podía cruzar con algún zorro rojo que deambulaba por las zonas más alejadas del tránsito de visitantes o con las musarañas que se escondían entre la maleza y apenas emitían ruido alguno. Lejos de allí también quedaban pequeñas manadas de ciervos de cola blanca que se habían reinstalado en los grandes claros alrededor de Main Creek, el gran arroyo del parque.

—¿Adónde me lleva?

Ben no tenía muy claro si quería estar ahí. Seguía de cerca a Patricia, pero sentía un nudo en el pecho y le costaba respirar.

—Quiere conocer lo que sucedió con Daniel, ¿verdad? Se lo diré cuando lleguemos —respondió ella al tiempo que aceleraba el paso y se alejaba poco a poco de Ben.

Se notaba que Patricia Amber estaba acostumbrada a caminar por aquellos recovecos y montículos del bosque, extendía la mano de manera instintiva para apartar las zarzas y los espinos. Ben Miller la seguía, pero no tenía nada de experiencia en aquel camino hacia lo desconocido. Probablemente la mujer había transitado aquel sendero secreto infinidad de veces a lo largo de los años, pero a Ben le costaba saber dónde pisar o qué rama apartar, y se quejó varias veces por las que le arañaban la cara.

Olía a tierra húmeda, sonaba el crepitar de la lluvia sobre las copas de los árboles, pero allí abajo apenas si se colaba alguna gota esporádica, y las que lo hacían, las que se abrían paso entre las hojas hasta caer sobre Ben Miller, tenían aspecto de lágrimas.

De repente, Patricia se detuvo en seco. Cuando Ben la alcanzó, se dio cuenta de que la vegetación había dado paso a un pequeño claro entre los árboles. Allí había una pequeña construcción antigua de paredes rojizas. Ben la contempló y desvió la mirada hacia la mujer con expresión de estar a punto de derrumbarse, pero necesitando una respuesta.

La construcción estaba invadida por la naturaleza, que la había envuelto con sus ramas y raíces. Se notaba que en otra época las paredes habían estado pintadas de un rojo intenso, pero el tiempo, la lluvia y el abandono lo habían conseguido apagar, igual que la desaparición de Daniel había hecho con la vida del exinspector. Las puertas y ventanas estaban corroídas por el óxido, y, a un lado, observó algunas herramientas de trabajo llenas de tierra. Había una pala embarrada apoyada junto a la puerta y también una carretilla volcada a merced de las malas hierbas.

—¿Qué es este lugar?

El corazón de Ben danzaba en su pecho y no tenía claro que estuviera preparado para las respuestas.

—¿Está seguro de que quiere saberlo? Aún está a tiempo de seguir adelante con su vida y tratar de olvidarlo todo —le dijo la mujer—. Yo no tengo opción. Estoy atrapada aquí. Pero a usted aún le quedan muchos años por delante.

—Llevo muchos años muerto por dentro, señorita Amber —le respondió.

Ella agachó la cabeza y suspiró antes de asentir.

—Acompáñeme, le enseñaré la verdad. Quizá ya es hora de dejar que la luz entre en este lugar.

Patricia Amber avanzó hacia la entrada oxidada y Ben apretó la mandíbula y la siguió. Habían sido tantos años de búsqueda que no se veía capaz de renunciar a aquel último paso. Había llegado hasta allí tan solo movido por el ansia de encontrar una respuesta y porque a su esposa y a él se les acababa el tiempo. El descubrimiento de la cajita de música de Simon&Sons y su vinculación con Alice Amber había propiciado aquella conversación con ella y la apertura de una puerta tras la que siempre se escondieron demasiadas heridas. La verdad había estado oculta en el silencio que guardó la pobre Alice.

La profesora Amber la empujó con suavidad y las bisagras chirriaron como si fuese un intento de advertir a Ben de que no siguiese adelante, pero él ignoró la advertencia. Pensó en Lisa y en su promesa de encontrar a su hijo, y la sola idea de resolverlo, de descubrir la verdad tantos años después, era tan tentadora que no midió los riesgos de adentrarse allí. La mujer se adentró en el interior oscuro de aquella construcción y Ben la perdió de vista durante un instante. Se acercó a la puerta y entró mientras oía los pasos de Patricia alejarse hacia la absoluta oscuridad. El aire se volvió más denso y la humedad empapó el rostro de Ben con los peores presagios.

—¿Patricia? ¿Qué es este sitio? —la interrogó desesperado.

—¿Sabe? —Sonó la voz de la mujer a pocos metros de él—. Es difícil armarse de valor para acabar con lo que a una le hace daño. Y por eso le entiendo y no le juzgo por venir a buscar explicaciones y respuestas. Supongo que es cosa de la edad. Una aprende a empatizar con el dolor de los demás. Durante años me pregunté si algún día me atrevería a acabar con todo, pero nunca lo hacía por miedo a perder a mi hija. No se imagina cuánto quiero a Alice ni lo que he llegado a hacer por ese amor.

Él encendió la linterna de su móvil con prisa para vislumbrar los movimientos de Patricia y se encontró con que el interior estaba amueblado como una vivienda abandonada a su suerte. En una de las paredes, había una zona que hacía las veces de cocina, con una cafetera, un hornillo de gas y una nevera cubierta de suciedad. Frente a ella, en una esquina, vio una especie de camastro con estructura de metal. En un lateral, Ben se fijó en un armario y en que delante de él estaba Patricia Amber con una escopeta de caza apuntándole a la cara.

—No se mueva, señor Miller —ordenó ella con tono decidido.

Capítulo 36
Nueva York
14 de diciembre de 2011
El mismo día
Miren Triggs

De vez en cuando surge una chispa
que nos hace recordar que viajamos
por la vida con los ojos cerrados.

Conseguí aparcar en la calle trasera de la casa de Jim. Una vez en su apartamento, me acerqué a la mesa donde había desparramado el contenido del expediente de Daniel Miller. Me fui directa a la zona en la que estaban las declaraciones de los testigos y busqué la ficha de la profesora Amber. En la parte superior se indicaban los datos personales de quien declaraba y leí los suyos con rapidez.

De nombre Patricia Amber, nacida en 1946, en Nueva Jersey. Casada con Thomas Amber en 1972 por el estado de Nueva York. Se había graduado en Educación Elemental en la universidad pública de Nueva Jersey. Su domicilio en 1981 era el 150 de Signs Road, en Staten Island. Era madre de una niña llamada Alice Amber, pero en aquella hoja no había más información sobre ella.

Presté atención a lo que contó la profesora en su primera declaración y esa historia la sostuvo en las siguientes entrevistas que le fueron haciendo durante los sucesivos días. Había dejado a Daniel fuera, esperando con su bicicleta, porque creía, erróneamente, que se quedaba con los Rochester. Según su declaración, cuando llegó Benjamin Miller ella estaba dentro de la clase recogiendo sus cosas y, al ver que buscaba a Daniel, lo acompañó al despacho del director Adams. Allí fue testigo de las llamadas que también aparecían en la declaración de Bill Adams y de Benjamin y Lisa Miller. Cuando Ben se marchó del colegio sin dejar de gritar el nombre de su hijo, ella lo buscó por el centro sin éxito. Tal y como estaban narrados los hechos en la declaración de la profesora, era fácil imaginar la desesperación del pobre Ben.

Leí la denuncia que interpuso Ben Miller en aquel momento y me entristeció recordar que todo se había precipitado por llegar tarde y por un cúmulo de casualidades. Aunque su mujer estaba a poca distancia de allí, justo una clase le coincidía con la hora en que su hijo salía del colegio, y aquello precipitó todo. Una vez leí en un buen libro que el destino nos pone a prueba para que sepamos que existe y, sin duda, había desplegado todas sus cartas para hacer que Daniel aquel día no llegase a casa.

Busqué entre los papeles las declaraciones de los alumnos. No había muchas. Se notaba que los padres no habían querido someter a sus hijos a tener que hablar con la Unidad de Personas Desaparecidas del FBI siendo tan pequeños y pocos dieron el consentimiento. Algunos padres declararon en nombre de sus hijos, porque a la hora de la salida habían estado con ellos en todo momento. También hubo padres que se volcaron en la búsqueda, pero tan solo pudieron decir a la policía que el día de los hechos ellos no habían visto nada. Alice Amber, la hija de la profesora, en cambio, ni siquiera aparecía entre los alumnos que habían colaborado.

Luego llegué al expediente con las declaraciones de Thomas Amber, el conserje del instituto y pareja de la profesora Amber. Las leí con un extraño sabor de boca: según contó, aquel día trabajó hasta las cinco de la tarde, hasta una hora y media después de que Daniel Miller desapareciese. Según él, había estado limpiando el desastre que los obreros habían causado aquel día por la mañana en el gimnasio. Contó que estaban arreglando el pabellón deportivo y que habían picado una tubería por accidente por la mañana, y que el agua y la tierra habían convertido el lugar en un barrizal. El asunto se arregló a media mañana, pero él decidió pasarse la tarde fregando y secando la superficie del pabellón inundado. Volví entonces a las declaraciones del director Bill Adams y leí cómo confirmaba la versión de Thomas Amber, porque se lo encontró en los pasillos con los bajos de los pantalones embarrados.

Algo no encajaba del todo, pero no sabía qué. Me pasaba lo mismo que a Jim. Esa sensación de estar cerca y lejos al mismo tiempo. Dentro y fuera del misterio. Mi corazón me decía que estábamos llegando al final, pero mi mente, que faltaba una pieza para conectarlo todo.

Me fui al ordenador de Jim y, al encender la pantalla e introducir como contraseña la fecha de nacimiento de Olivia, me encontré de bruces con una imagen de Street View ampliada sobre una ventana tras la que se reconocía la silueta de una mujer vestida de blanco con el pelo largo.

—¿Qué has estado buscando aquí, Jim? —susurré en voz alta con el reflejo de aquella mujer proyectado sobre mis ojos.

Alejé la imagen y observé la casa amarilla y la explanada verde sobre la que estaba. En la esquina de la pantalla leí Signs Road, 150. Se trataba de la casa de los Amber. Pero ¿quién era la mujer de la ventana? ¿Se trataba de Alice? Busqué en la esquina inferior la fecha de aquella imagen de las cámaras de Google, y era de 2010.

La mujer aparentaba mi edad aproximadamente, de modo que podía tratarse de ella. Busqué en el navegador el nombre de Thomas Amber, pero no apareció ningún resultado que me dijese qué era de él o a qué se dedicaba en estos momentos. En Facebook había más de mil personas que se llamaban así, pero ninguna encajaba por la ubicación o la edad con el Thomas Amber que estaba intentando localizar. Me levanté y busqué en la nevera algo de beber, y descubrí que Jim había llenado las baldas superiores de Coca-Colas y la bandeja inferior de manzanas para compensar. Aquella tontería me hizo sonreír, porque significaba que Jim me conocía más de lo que yo estaba dispuesta a admitir. Agarré una de las manzanas, le di un bocado y lo escupí al instante con asco, porque un sabor amargo me invadió la boca.

Al comprobar qué había sido, me encontré los restos de un gusano y no supe cómo interpretar aquel mensaje. Me levanté para tirar la manzana a la basura y descubrí que el pedazo que había escupido había manchado algunos folios del expediente y traté de limpiarlos rápido. Fue entonces cuando me fijé en que uno de ellos era el listado de asistentes a clase aquel día de 1981. En primer grado, en la clase de Daniel, tan solo había faltado una niña que se llamaba Elena; al lado de su nombre estaba seleccionada la casilla de «Enfermo». El resto estaban todos. Conté rápido veintidós niños en la clase y repasé el listado y leí entre ellos el nombre de Daniel y también el de Alice. Entonces surgió la pregunta que lo iba a cambiar todo y que dio sentido a los acontecimientos que se precipitaron poco después: si la profesora Amber se había quedado con Ben Miller y Thomas Amber estaba en el gimnasio, ¿dónde se encontraba Alice Amber? ¿Con quién se había quedado?

Capítulo 37
Staten Island
14 de diciembre de 2011
El mismo día
Jim Schmoer

No existe animal más peligroso
que aquel que siente que no puede escapar.

Jim se adentró en la casa de la familia Amber y sus pasos sonaban firmes sobre la madera. Se topó con Alice, que estaba en la cocina, dándole la espalda. Se fijó en el aspecto del lugar y se dio cuenta de que la familia Amber no era muy dada a ordenar. Alice, con su vestido claro, parecía flotar sobre el suelo entre el desorden de la cocina. Parecía concentrada en buscar algo de beber y su figura se movía con una delicadeza que chocaba con el aspecto del lugar. Irradiaba una calma que viajaba a caballo entre la paz interior y el abandono. Se giró sobre sí misma y le enseñó a Jim una taza blanca, extendiéndola hacia él.

—Oh, no, gracias. No me apetece nada —le dijo Jim—. Muy amable por tu parte.

Ella repitió el gesto y luego señaló una caja de cartón de bolsitas de té y también una cafetera de filtro llena de café que parecía frío. Jim cedió finalmente al ofrecimiento.

—Bueno, el café está bien. Gracias. No hace falta que lo calientes. Me gusta frío. ¿Puede ser con un poco de leche?

Ella hizo un gesto con los hombros y un ademán con la cabeza, y Jim comprendió que no tenía.

—Solo está perfecto, no te preocupes.

Una vez que estuvo todo preparado, Alice le señaló el camino hacia el salón y le invitó a ponerse cómodo. Parecía que quería tratar bien a su invitado, y Jim aceptó el protocolo sin protestar, aunque en el fondo no entendía muy bien qué estaba ocurriendo. El vehículo de Ben Miller estaba aparcado fuera, y él estaba allí, algo desconcertado, intentando comunicarse con Alice. Quería ganarse su confianza y no podía desaprovechar esa oportunidad que le había dado y que de un momento a otro podía evaporarse.

Al llegar al salón, se fijó en el piano de pared. Recorrió las paredes con la mirada y analizó las fotografías que colgaban de ellas. Todas las imágenes eran de Alice de joven o de niña, o bien sola, o bien con una mujer mayor, que Jim intuyó que se trataba de su madre, la profesora Amber. También había fotos de Alice tocando el piano sin apenas llegar a los pedales y otras donde una Alice, ya hecha toda una mujer, estaba en una zona rodeada de árboles. Jim sabía que se podía aprender mucho de alguien con los momentos que se atrevía a exponer de cara a las visitas, aunque por algún motivo en el fondo de su corazón sintió que hacía tiempo que nadie extraño visitaba aquella casa. En una de las fotografías, Alice apenas tenía cinco o seis años y miraba seria a la cámara delante de una casita roja. Sobre una de las estanterías había una caja de galletas metálica que a Jim le recordó a su infancia y a su lado descansaban un diapasón y un metrónomo pendular que seguro Alice usaba con su piano. Jim deambuló por el salón tratando de recopilar toda la información que pudo. Entonces sonaron unos pasos detrás de él. Y al girarse vio a Alice junto al piano. La mujer sujetaba un par de tazas de café.

—Oh, gracias —le dijo Jim y se acercó con prisa para ayudarla—. De verdad. Muy amable por tu parte —añadió suave.

Ya era de noche y la casa estaba iluminada por algunas lámparas cubiertas de polvo. Jim asintió en silencio cuando Alice le señaló el sofá para que se sentase. Pensó que algo no encajaba en todo aquello y se preguntó dónde estaría Benjamin Miller. Alice colocó ambos cafés sobre la mesilla de centro y recogió del mueble una libreta en la que pasó la primera página, tapando lo último que había escrito: «Ven arriba, te quiero enseñar algo».

Cuando se sentó a su lado y colocó la libreta sobre su regazo, Jim comprendió la dinámica que tendría aquel intercambio de silencios.

—¿Has vivido aquí siempre con tu madre? —se atrevió a preguntar con sutileza sin saber adónde quería llegar.

Alice afirmó con un movimiento de cabeza al tiempo que mostraba un gesto de expectación.

—¿Dónde está?

Agachó la cabeza y escribió: «Ha salido».

—¿Ha venido alguien más preguntando por Daniel?

Alice contuvo el aliento durante un instante, pero luego asintió. Jim comprendió que se trataba de Ben y que su madre debía de estar con él. Pero... ¿dónde?

—¿Y tu padre? ¿Está en casa? Sé que era el conserje del Clove Valley.

«No lo sé. Se marchó», garabateó Alice en el papel.

—Lo... lo siento —lamentó Jim bajando la voz al descubrir aquel drama.

Alice le dio un trago largo a su café y Jim la imitó. Necesitaba tiempo para pensar rápido. En ese instante, sonó su móvil en el pantalón y pensó que aquella llamada era inoportuna. Al sacarlo, leyó el nombre de Miren y su corazón se aceleró en un segundo. Tenía la sensación de que estaba cerca de algo, pero no llegaba a vislumbrar el qué. Alice no dejaba de mirar un reloj, como si estuviese calculando el tiempo no sabía para qué... No podía responder a Miren en ese instante.

—¿Murió? —le preguntó Jim.

Ella se encogió de hombros, pero Jim identificó un atisbo de duda en su respuesta. Luego ella tragó saliva y agachó la cabeza hacia el papel.

—Sé que esto no tiene que ser fácil, Alice. Que es extraño que se presente un desconocido en tu casa y te pregunte por una etapa de tu vida que seguro que has dejado atrás, pero me gustaría que entendieras que un buen amigo lleva toda la vida buscando respuestas a lo que le pasó a su hijo. Ahora, con la desaparición de otro niño que estudia en el Clove Valley, puede que se haya abierto un pequeño rayo de esperanza en todo esto, que algo conecte a las dos desapariciones, y la única forma de avanzar es volviendo atrás.

Ella asintió con la vista clavada en él y respiró hondo. Alcanzó su taza y le volvió a dar un trago. Jim buscó un tema que ayudase a calmarla.

—¿Tocas el piano?

Ella suspiró con fuerza y asintió.

—Siempre he querido tocarlo, ¿sabes? Pero nunca llegué a dar el paso. De mayor no es igual. Cuando me he encontrado con uno en el restaurante de algún hotel o en casa de alguien, he tocado las teclas, pero mis dedos nunca me han hecho caso. No me ocurre igual delante de las de ordenador —bromeó—. ¿Aprendiste de niña?

Alice afirmó con un suave movimiento de cabeza, pero notó que había inquietud y preocupación en su mirada.

—¿Tuviste un profesor o asistías a alguna academia? —le interrogó Jim.

La pregunta le dolió y trató de que no se le notase, pero Jim se dio cuenta de que había llegado a una parte oscura de su vida.

«Profesor», escribió.

Jim intentó reconstruir todo lo que sabía del caso para ir encajando todas las respuestas. Fue entonces cuando vio la diminuta punta de aquel hilo del que tirar.

—¿Venía a casa?

Alice asintió visiblemente afectada y se puso en pie para reunir fuerzas con las que afrontar una etapa de su vida que quería olvidar. Volvió a mirar el reloj de pared y luego desvió la vista fuera de la casa, como si buscase algo en la lejanía del bosque que se extendía al sur.

—No tienes que hablar de lo que no quieras recordar.

Ella se detuvo en seco y lo miró preocupada. Jim comprendió entonces que Alice era una persona llena de heridas y cicatrices, repleta de zonas oscuras. Recordó la voz de Daniel en la cinta y en lo que dijo de ella: que antes sí hablaba, pero que dejó de hacerlo poco a poco. Se preguntó cuál sería el origen de aquel silencio.

—¿Recuerdas a Daniel? —le preguntó Jim, buscando un tema que los conectase de nuevo.

Alice agachó la vista y se acarició los dedos de la mano. Después se acercó otra vez al sofá, agarró el rotulador y escribió en la libreta: «Era bueno conmigo». Le mostró a Jim lo que había escrito y después continuó justo debajo: «Pienso mucho en él y en lo que pasó».

—¿Qué crees que le pasó?

Se reclinó a un lado y trató de transmitirle a Alice que él no suponía ninguna amenaza. Luego cogió la taza y bebió, no porque le apeteciese, sino como una señal de que no pretendía hacer más preguntas difíciles.

«Se acercó a la persona equivocada en el momento equivocado», escribió Alice con letra fina.

Jim leyó la frase en un susurro y trató de comprender qué quería decir con aquello. La miró a los ojos y le lanzó las preguntas claves.

—¿A quién se acercó, Alice? ¿Quién crees que le hizo daño?

—A mí —dijo de pronto ella en voz alta en un suave susurro rasgado.

Jim la contempló confuso.

—Puedes hablar.

Jim se sorprendió con su respuesta. Luego reparó enseguida en lo que había dicho Alice.

—Se acercó a mí —dijo ella con más seguridad y con los ojos llenos de pánico.

—¿Qué quieres decir? ¿Tu padre le hizo algo? ¿Es eso?

Ella negó con la cabeza y se puso en pie, alejándose de Jim dando pasos hacia atrás. Extendió las manos delante, como si él la estuviese amenazando. Jim se levantó rápido para intentar calmarla.

—Eh, eh. Tranquila, Alice. No pasa nada. ¿A qué te refieres con que se acercó a ti? ¿Qué quieres decir?

Se la notaba nerviosa, como si estuviese cometiendo un grave error, pero para el que no tenía escapatoria. Alice jadeó con fuerza al darse cuenta de que estaba traspasando una línea más y no podía con la presión. Se le escapó una lágrima que Jim no supo cómo interpretar.

—¿Qué ocurre, Alice? ¿Qué te pasa?

De pronto, se oyó el chasquido lejano de un disparo que procedía del bosque y Jim se acercó aturdido al ventanal del salón para mirar a través del cristal. Se acordó de nuevo del vehículo de Benjamin Miller fuera y miró a Alice con la sensación de haberse equivocado. Miró su taza de café sobre la mesa de centro y comprendió al instante que el repentino mareo que sentía no era fruto de la emoción, sino de algo que habían echado en aquel líquido.

—¿Por qué…? —exhaló Jim con sus últimas fuerzas.

Entonces dio un par de pasos torpes hacia ella, tambaleándose de un lado a otro mientras sentía que el suelo se inclinaba con rapidez. De pronto, perdió el equilibrio y, un segundo después, sintió un dolor intenso en el mentón al estamparse contra el piano. Por el golpe, unas notas atropelladas sonaron con estruendo. Sin poder moverse y con los ojos aún abiertos, Jim percibió el zumbido del móvil en el bolsillo. Los pies de Alice aparecieron delante de su cara. Ella suspiró, le registró los bolsillos y le sustrajo el teléfono. Jim sentía con impotencia cómo cada vez iba sumiéndose más en un profundo sueño.

Pero todavía, antes de caer en la inconsciencia, comprobó que Alice miraba el rostro que salía en la pantalla. Él sabía que era Miren. Y que ella se identificaba con la tristeza de esos otros ojos. Descolgó la llamada y puso el altavoz.

—Jim, voy de camino a Staten Island —dijo alterada—. Creo que Alice Amber tuvo algo que ver con lo que le pasó a Daniel Miller —añadió—. Ten cuidado, por favor... —dijo justo antes de darse cuenta de que nadie le respondía—. ¿Jim? —La voz de Miren sonaba cada vez más inquieta al otro lado del auricular—. ¿Estás ahí? —Bajó la voz.

Jim no podía mantener ya apenas los ojos abiertos, pero pudo oír cómo Alice con un movimiento rápido reventaba el teléfono contra el suelo al tiempo que gritaba con todas sus fuerzas.

Capítulo 38
Staten Island
14 de diciembre de 2011
El mismo día
Ben Miller

Todos preferimos la verdad,
pero en ocasiones el silencio es más liberador.

—¡Eh, eh, no dispare! —gritó Ben al tiempo que extendía las manos hacia Patricia Amber, como si aquello fuese a contener la tragedia.

Su móvil cayó al suelo.

La linterna marcó las sombras de los rostros de ambos.

—No pudo dejarlo estar, ¿verdad? —se lamentó ella—. Tendría que haber pasado página y olvidarlo, señor Miller. Han pasado muchos años. ¿En serio creía que después de treinta años no le iba a hacer daño lo que encontrase?

Ben no comprendía aquel cambio repentino de actitud de Patricia, pero tampoco supo bien por qué la había seguido sin tomar precauciones. Quizá había anhelado con tanta fuerza descubrir la verdad que había pasado por alto que el tiempo, en el fondo, siempre conseguía arraigar en el corazón los errores del pasado.

Por algún motivo Ben pensó que el misterio se escondía en Thomas y no en ella, una mujer mayor que no parecía suponer ninguna amenaza, y por eso la siguió hasta esa casa roja, donde creía que solo encontraría respuestas. Ella caminó hasta el centro de la sala lentamente y tiró de una cadenita que encendió una simple bombilla. La estancia se iluminó y desveló la decadencia de aquel lugar.

—¿Por qué? —exhaló Ben sobrepasado por la amenaza.

—Porque quiero a mi hija, inspector. Y haría lo que fuese por protegerla. —Hizo una pausa y agitó el arma como advertencia—. ¡No se mueva! —chilló.

De pronto el sonido atronador de un disparo reventó con fuerza en los oídos de ambos y sorprendió tanto a Ben como a Patricia Amber. Ella miró el arma asustada y Ben se palpó el cuerpo buscando una herida abierta. El tiro había impactado contra la pared justo detrás de él. Ben sintió un ligero ardor creciente en su hombro y, al tocarse, se dio cuenta de que algunos de los perdigones del cartucho le habían perforado el deltoides.

—Ah... —se quejó al tiempo que se tapaba la herida con la mano—. Usted... ¿qué le hizo a mi hijo? —inquirió Ben, tratando de sonsacarle el secreto que tantos años había pasado por alto.

—Alice era una niña feliz, ¿sabe? —dijo en la penumbra—. Y mi marido la convirtió en un juguete roto. —Su tono se llenó de rabia al tiempo que elevó la escopeta para intimidarlo—. Le arrancó el alma, la sonrisa, y le destrozó la vida. A mí me condenó para siempre. Y lo hizo sin que yo me diese cuenta. Sin que yo supiese lo que estaba haciendo. Thomas trajo un amigo a casa, un profesor de piano para que enseñase a Alice. No nos cobraba nada. Se pasaban la tarde en casa practicando. Yo la mayoría de las veces no estaba porque siempre tenía cosas que hacer y que adelantar en el colegio, pero Thomas sí estaba con ellos durante las clases. Se llamaba Will. No sé cómo se habían conocido, pero siempre me pareció una persona encantadora. Le regalaba esas cajas de música a Alice y parecía muy interesado en que ella progresase. Decía que tenía talento. Me obnubiló con lo lejos que iba a llegar. Y conforme Alice fue ampliando la colección de cajitas fue perdiendo el habla, como si cada una de ellas le arrebatase para siempre sus palabras. Poco a poco mi niña se volvió inestable y silenciosa. Por las noches le costaba dormirse si no estaba a mi lado y lloraba con fuerza cuando la dejaba en casa con Thomas para visitar a mis padres en Nueva Jersey.

Creía que era porque me echaba de menos, pero en el fondo solo me estaba pidiendo auxilio. Deberíamos prestar más atención al silencio de nuestros hijos, porque a los padres nos cuesta aceptar que hablan a través de ellos.

Ben contempló a Patricia Amber con tristeza e impotencia al oír aquella historia de dolor. Temía que tarde o temprano llegase el momento en que hablase de Daniel y no sabía si estaba preparado para ello.

—Aquel día de abril de 1981, Alice había pasado una noche horrible. Apenas había dormido por una larga pesadilla y, cuando llegamos al colegio, aún estaba temblando. Yo no entendía nada y estuvimos a punto de faltar a clase ese día, pero ya me había ausentado en varias ocasiones las semanas anteriores por el mismo motivo y temía perder el puesto. El Clove Valley era el único lugar en el que en esos momentos podía atender a Alice, que me necesitaba, y al mismo tiempo ganar algo de dinero para sufragar las pruebas médicas que le estábamos haciendo. Este país se pudre, señor Miller. Y si no tienes seguro médico te abandona a tu suerte. No podía permitirme perder ese empleo. Es cierto que Thomas llevaba un tiempo que traía más dinero a casa, bastante más del que ganaba con su sueldo en el Clove Valley. Me mintió diciéndome que provenía de trabajos esporádicos que realizaba. Cuando, un tiempo después, descubrí la verdad, el motivo real de esas clases, el sentimiento de culpa se apoderó de mí. Vendía a nuestra hija a ese degenerado. No sé si entiende la barbaridad que supone esto. —Patricia cambió el tono y se volvió más iracunda—. Recordará que nos cruzamos con usted y su familia y que nos saludamos antes de entrar. No me detuve ni un segundo porque llegábamos muy justas de tiempo.

Ben contuvo el aliento y esperó en silencio sabiendo que estaba a punto de descubrir el fragmento final que daba forma al rompecabezas de toda una vida.

—Nunca se me olvidará ese día. Sucedió todo demasiado rápido, señor Miller —se lamentó.

La luz de la bombilla iluminó una sola lágrima que se deslizó por las arrugas de Patricia.

—¿Qué ocurrió con mi hijo? —quiso saber Ben lleno de desesperación.

—Al terminar el día me quedé en la puerta y me despedí de todos los alumnos y padres. Dentro de clase estaba Alice. Se había quedado allí esperando a que yo terminase para volver juntas a casa. Yo estaba deseando hacerlo, pero usted no llegaba. Me despedí de los Rochester y esperé unos minutos allí con Daniel. Mentí en la declaración al decir que se había quedado con ellos. Al ver que pasaba el tiempo, le dije a Daniel que si quería podía esperar dentro con Alice mientras yo terminaba de recoger mis cosas. Se llevaban los dos muy bien. Su hijo era el único que no se mofaba de ella ni se reía de su silencio. Y admito que cometí un error cuando Daniel me pidió las tijeras para hacerle un regalo a Alice. Su hijo sabía que ella lo estaba pasando mal. Era un buen chico… —Bajó el tono de voz.

—¿Cómo dice? —inquirió Ben confuso.

—Daniel recortó un corazón en una cartulina y se lo entregó a Alice. Ella sonrió y bajé la guardia. Miré la hora y salí por si le veía. No habrían pasado más de diez minutos de la hora de salida. Cuando volví dentro, su hijo estaba agachado junto a Alice, dándole un beso.

—¿Un beso?

—Yo los observé en silencio, sorprendida. Me quedé sin saber cómo reaccionar al ver a Daniel en esa actitud con mi hija. Y de pronto todo se precipitó en un instante: Alice agarró las tijeras que estaban a su lado y… se las clavó en el cuello. Recuerdo su expresión de sorpresa y cómo me buscó con la mirada para pedirme ayuda. Sabía que se había equivocado. Que había actuado por impulso.

Ben agachó la cabeza y se derrumbó entre lágrimas y sollozos al oírla.

—No… —exhaló.

—Corrí a socorrerlo, se lo aseguro, pero antes de llegar al fondo de la clase, Daniel exhaló su último aliento sobre un charco de sangre. Alice me miró con los ojos llenos de pánico y las manos cubiertas de sangre. «Mamá», me susurró. «Mamá», dijo una última vez. —La voz de

Patricia cambió el tono como si estuviese reviviendo aquel mismo instante—. Fue la última palabra que le escuché hasta hoy. Thomas oyó mi grito y apareció al instante por la puerta. Al verme junto a Alice cubierta de sangre y con Daniel en el suelo, tuvimos que actuar rápido.

—Nos destrozasteis la vida —intervino Ben sin fuerzas—. Nuestro niño... —lloró.

—No teníamos tiempo —continuó ella sin hacerle caso—. Temía que usted llegase de un momento a otro. Escondimos a Daniel y a Alice en el cuarto de la limpieza, al fondo de la clase, y le dije a mi marido que tenía que llevarse la bicicleta lejos para que no lo buscasen en el colegio. Yo solo quería proteger a Alice y ella se protegió como pudo de sus propias cicatrices, de esas de las que yo entonces aún no sabía nada.

—No... —sollozó Ben, destrozado.

—Cuando usted entró en clase unos minutos después, Daniel seguía allí, señor Miller —admitió Patricia—. Y si hubiese llegado unos segundos antes me hubiese pillado limpiando los restos de sangre. Me cambié de bata rápido al ver las manchas en la tela. Alice se había ocultado con él en aquel cuarto al fondo de la clase, en silencio, mientras esperaba a que yo volviese a por ella. Entretanto, Thomas se deshacía de la bicicleta y yo le acompañaba a usted al despacho del director. Hubo un momento en que pensé que usted intuiría el pánico en mis ojos y que me descubriría. Pero estaba cegado por el miedo de no encontrar a Daniel.

—Siempre lo supo… —exhaló Miller—. Nos vio emprender la búsqueda de nuestro hijo, nos vio suplicar a los medios si alguien sabía algo, y, sin embargo, decidió ocultarlo. Prefirió vernos sufrir durante toda la vida.

—¿Qué hubiese hecho si no? —replicó ella en una frase rápida que sonó como una protesta—. No podía permitir que Alice se enfrentase a una acusación de ese tipo, y además no sabe cómo sufría al ver que la perdía cada día un poco más presa del silencio. Thomas, mi marido, salió por la puerta de atrás del colegio, metió la bicicleta en la camioneta y condujo hacia su casa. En un punto del recorrido, la tiró. Aquella noche me contó que lo había visto corriendo por la calle gritando el nombre de su hijo y que usted casi lo descubre.

—¿Qué hicieron con él? —preguntó Ben lleno de rabia—. ¿Qué hicieron con Daniel? —chilló sin aguantar más la impotencia.

Necesitaba saber dónde estaba el cuerpo de su hijo. Patricia Amber respiró hondo y colocó el dedo en el gatillo como si estuviese dispuesta a terminar con aquella confesión que llevaba toda la vida dentro de ella.

—El gimnasio estaba en obras durante aquellas semanas —dijo en voz baja—. Cuando la búsqueda comenzó esa misma tarde por las inmediaciones, Thomas aprovechó para enterrarlo entre los escombros dentro del pabellón deportivo. Su hijo siempre ha estado en Clove Valley, señor Miller, bajo la cancha de baloncesto —confesó finalmente—. Sus huesos descansan allí junto con su mochila.

Fue entonces cuando Ben sintió tal golpe en el corazón que creyó que había dejado de latir. Recordó aquel instante en que entró en la clase y le preguntó a la profesora dónde estaba su hijo, sin intuir que Daniel ya estaba muerto a pocos metros de él. Miller deseó volver a ese momento y llorar a los pies de su cadáver, pedirle perdón por llegar tarde. Estar allí para acariciarle las manos, besar su piel fría y decirle una y otra vez que lo sentía.

—Daniel…

No pudo evitar imaginar el cuerpo de su hijo siendo cubierto por paladas de arena y escombros en el lugar donde encestó por primera vez la pelota en una canasta.

—¿No quería la verdad? Ahí la tiene. Yo tampoco pude soportar conocer la mía, señor Miller. Lo que sufría mi hija. Usted y yo tenemos más en común de lo que cree. La paternidad es la prueba más difícil de la vida, porque nos pone a prueba una y otra vez y saca a relucir lo peor y lo mejor de lo que somos.

Dejó que Ben llorase, sin ofrecerle consuelo.

—Al poco tiempo de la muerte de Daniel —continuó Patricia—, descubrí todo por lo que estaba pasando mi hija. Trataba de entender por qué Alice había reaccionado así y, cuando supe la maldad de Thomas, comprendí que quizá explotó de aquella manera contra su hijo por la rabia contenida de sentir que no era dueña de su cuerpo.

—Dios mío —susurró Ben sin fuerzas para debatir—. Le dio un simple beso... Nos veía en casa haciéndolo. Siempre le enseñamos que besarse era un modo de demostrar amor.

—¡Para mi hija... no! —chilló Patricia Amber con un alarido lleno de rabia—. ¡Para ella fue un ataque más! ¡Uno de tantos que sufrió! —La justificó al tiempo que apuntaba a Miller a la cabeza—. La comprendí, ¿sabe? —continuó—. Mi marido acostumbraba a venir aquí. Este sitio era antes un refugio y el lugar de descanso para los trabajadores del vertedero, pero por entonces ya estaba abandonado. Era aquí donde Thomas traía a Alice. Me decía que salían a pasear. El malnacido destruyó lo único que habíamos creado. Un día los seguí porque me inquietó una mirada triste que me lanzó Alice antes de salir a uno de esos paseos. Al llegar aquí, Alice lloraba en ese camastro de ahí. Quise denunciarlo, pero él me amenazó con que si lo hacía contaría que Alice había asesinado a Daniel y entonces mi vida entera se desmoronaría. Los dos acabaríamos en la cárcel, y ella, interna en una institución de la que nunca saldría. Era una niña, por el amor de Dios. Yo solo quería protegerla...

Ben se reincorporó como pudo y observó a Patricia con frialdad. Tenía que quitarle el arma.

—Entonces Thomas y yo hicimos un pacto —dijo ella llena de rencor—: él se marcharía de nuestras vidas y nunca más se acercaría a Alice, pero jamás confesaría lo que ocurrió. Era un trato horrible, lo sé. No encontré otra manera de proteger a Alice y frenar la maldad de mi marido.

—¿Cómo pudisteis…? —exhaló Ben sin fuerzas—. Mató a mi hijo…

—¡Alice era una víctima más! —vociferó la señora Amber, enfadada—. Tal vez no murió como su hijo, pero muchas veces me pregunto si no hubiese sido todo más fácil con un destino como el que tuvo Daniel. Más simple, más rápido, con menos sufrimiento.

Ben no supo qué responder.

—La desaparición de Daniel hace tantos años nos arrebató la vida y también nos congeló para siempre en aquella pregunta sobre qué le pasó —soltó Ben con la voz grave.

—Supongo que sabe que no le puedo dejar marchar, ahora que conoce todo esto, ¿verdad? —añadió Patricia Amber tratando de que no se le notase el miedo a apretar el gatillo.

—No tiene por qué disparar —le suplicó—. Han pasado muchos años de aquello. Alice era solo una niña. Esto no tiene por qué terminar así.

Y de pronto la mujer soltó aquella bomba que dinamitaría las esperanzas de Ben:

—Thomas nos llenó la vida de una carga aún mayor, señor Miller.

—¿A qué se refiere?

Ella se quedó en silencio y fue entonces cuando Ben oyó un ligero siseo que provenía de algún lugar de la construcción. El exinspector buscó con la mirada y se fijó en que a un lado había una puerta cerrada con un candado.

—¿Qué es ese ruido? —preguntó Ben sin comprender de qué se trataba aquello al tiempo que miraba a Patricia confuso.

Ben le dio la espalda a la señorita Amber y se acercó a la puerta, sujetándose el hombro herido. Sabía que una escopeta le estaba apuntando a la cabeza, pero Miller se atrevió a pegar la oreja en la madera. Y solo entonces escuchó lo que decía aquel susurro casi imperceptible.

—Dios te salve, María. Dios te cuide, vida mía. Dios me conceda la fortuna de seguir con vida.

Ben separó el oído de la puerta y miró a Patricia Amber con expresión de pánico al darse cuenta de que no tenía escapatoria.

—Pero ¿qué ha hecho? —susurró.

Capítulo 39
Nueva York
14 de diciembre de 2011
El mismo día
Miren Triggs

Aprendemos tarde en la vida
que la felicidad la podemos colocar
en un cascarón nuevo
libre de todas las heridas.

Conduje en dirección a Staten Island con mal sabor de boca. Tras descubrir que tanto la profesora Amber como el conserje tenían coartadas casi perfectas, la pregunta que quedaba en el aire era Alice, su hija de siete años. Algo no encajaba en las historias ni en cómo una versión parecía haberse impuesto sobre las demás sin tan siquiera volver a repensarlo todo de cero. Alice acudió a clase ese día según el reporte de asistencia, y aquella simple pista lo cambiaba todo. O bien estaba con su padre en ese momento en el gimnasio, luego Thomas Amber había mentido al alegar que estaba solo. O bien Alice estaba en otro lugar, tal vez con Daniel Miller. Y aquella posibilidad me heló la sangre.

Antes de salir de casa, llamé a Jim, pero no me respondió. Si mi teoría se confirmaba y Alice Amber tenía algo que ver, Jim podría estar enfrentándose a aquel secreto él solo. Aquella posibilidad me estaba devorando por dentro. Crucé Queens y, cuando atravesé Brooklyn y vi a lo lejos el puente Verrazano-Narrows en dirección a la isla, sentí que me faltaba el aire. Comenzó a llover y tuve la impresión de que las gotas que se precipitaban sobre la luna delantera de mi coche hablaban sobre mí. Me di cuenta de que me aterrorizaba que a Jim le ocurriese algo. Lo volví a llamar por teléfono, esperando oír su voz. Suspiré aliviada y cuando descolgó no le di tiempo a decir nada:

—Jim, voy de camino a Staten Island —le dije algo acelerada—. Creo que Alice Amber tuvo algo que ver con lo que le pasó a Daniel Miller.

Oí su respiración al otro lado y esperé expectante.

—Ten cuidado, por favor —le pedí con el corazón en la mano.

Pero algo no encajaba. Jim no respondía, y cuando subí el volumen al máximo en mi manos libres, aquella respiración, a caballo entre un jadeo y un susurro imperceptible, invadió el interior de mi vehículo.

—¿Jim? —dije confusa—. ¿Estás ahí? —Y entonces los altavoces estallaron con un fuerte estruendo y la llamada terminó.

¿Qué había sido eso? Volví a marcar. En el fondo de mi alma quería que me respondiese y me dijese que todo estaba bien, que me había estado hablando en la anterior llamada y que yo no lo escuchaba o cualquier excusa por el estilo, pero de pronto saltó la operadora diciéndome que el teléfono estaba fuera de servicio.

—¡Joder! —grité, al tiempo que cruzaba el puente y vislumbraba los árboles de la isla en el otro extremo.

La noche había caído sobre mí y me acompañaban por el camino decenas de luces rojas. De pronto, me entró una llamada y vi que era mi madre. No tenía tiempo para atenderla y estuve a punto de colgar, pero pensé que quizá su don de la oportunidad podía ayudarme a salir de un grave apuro.

—Mamá —le dije seria sin apartar la vista de la carretera.

—Ay, Miren, qué alegría. —Su voz sonó como una caricia, y noté al instante cómo recuperaba el aliento—. ¿Qué tal todo, hija? Hoy no me has llamado. Si vas a ignorar a…

—Mamá —la interrumpí—, perdóname, pero no tengo tiempo para charlar tranquila. Estoy…

—Nunca tienes tiempo para tu madre —protestó ella con una frase que en otra ocasión me hubiese sacado una sonrisa.

—¿Puedes hacerme un favor? ¿Tienes para anotar? —pregunté sabiendo que ni lo iba a pensar. A lo largo de mi vida ella siempre había estado ahí cerca de mil maneras distintas, pendiente de mí o protegiéndome con sus palabras.

—¿Qué pasa, cielo? —Se preocupó en un segundo.

—Necesito tu ayuda. Apunta, por favor. —Cambié de carril para adelantar.

—Claro, cariño.

Oí a lo lejos cómo mis padres se organizaban y rebuscaban con prisa en algún mueble de casa. Escuché a mi padre diciendo un simple «aquí hay un papel» y me tranquilizó saber que también estaba atento a mi voz.

—150 de Signs Road, en Staten Island. ¿Lo tienes?

—Apuntado, hija. ¿Qué pasa?

—Vale, bien. Si a las… —miré la hora y vi que eran las siete y cuarto— diez y media no te he llamado de vuelta, avisa a la policía y diles que acudan a esa dirección —le dije acelerada por temor a preocuparla de nuevo.

—Pero cariño… —dijo en un tono en el que percibí que su voz se llenaba de miedos. Con aquella simple frase fui consciente de que siempre, de un modo u otro, ella había sobrellevado mi vida como había podido.

No era una hija fácil, mejor dicho, las circunstancias me habían convertido en un torbellino de emociones difícil de gestionar. Me daba pena mi madre. Yo era un caso perdido. Sí, estaba claro que no era sencillo traer hijos al mundo. Aunque yo no tenía, sabía por mi trabajo e investigaciones que los padres se volvían vulnerables con sus hijos y perdían el control de su felicidad porque la depositaban en ellos. Ahí estaba la clave de por qué la humanidad no se había extinguido nunca. Los seres humanos siempre buscábamos la manera de sacar de nosotros mismos lo mejor e introducirlo en un cascarón nuevo, libre de heridas y sin dolor, con la esperanza de que nuestras partes oscuras no contaminen nunca el experimento…

—Por favor, mamá. Haz lo que te digo. Si a las diez y media no te he llamado, avisa a la policía, ¿vale? Puede que no sea nada y tal vez esté perdiendo el norte, pero tengo un mal presentimiento.

—Está bien, hija —aceptó sin comprender nada y sin hacer ninguna pregunta adicional.

Ella confiaba en mí, sabía que durante los últimos años había desarrollado un instinto de supervivencia, pero ella era la única persona, junto con Jim, que entendía que me habían convertido en un animal acorralado.

—Os quiero, ¿vale? —le dije sin querer preocuparla más.

—Ten cuidado, Miren, por favor —me pidió con la voz rota.

—Lo tendré. —Le prometí—. No te preocupes, mamá. Seguro que te llamaré de vuelta.

Me podía haber ahorrado esas palabras porque no estaba muy convencida. Le colgué el teléfono y me adentré en la isla por el mismo recorrido que ya había hecho con Jim. Una vez sola en el camino, con la lluvia como única compañía, me dirigí a aquella zona tranquila de viviendas que estaba cerca del domicilio de los Amber. Llegué a un cruce y leí el nombre de la calle en un susurro:

—Signs Road.

Giré a la derecha y, a pocos metros del cruce, reconocí entre los vehículos aparcados el coche de Jim frente a la misma vivienda amarilla que había contemplado en su pantalla de ordenador. Apagué las luces mientras me acercaba. La casa de cerca era mucho más imponente de lo que parecía en un primer momento. Contaba con dos plantas y una tercera abuhardillada. De las ventanas brotaba la luz dorada de las bombillas del interior como si estuviesen proyectando un recuerdo de tiempos mejores. Al bajarme del coche, me di cuenta de que no tenía ningún plan. Inventar una tapadera que encubriese por qué estaba allí se podía desmontar muy rápido si Jim había contado una muy distinta, de modo que me acerqué con lo único que siempre había guiado mi vida: la verdad.

Corrí rápido bajo la lluvia hasta la puerta. Subí los peldaños y me percaté a través de una de las ventanas inferiores de que una sombra rápida se había movido tras la cortina. Oí sus pasos a poca distancia de mí. No sabía muy bien qué hacer; quien fuese que estuviese al otro lado, ya me esperaba en el recibidor.

Justo cuando fui a llamar, la puerta se abrió de par en par y, tras la mosquitera, me chocó encontrarme con unos ojos parecidos a los míos. Percibí la tristeza y la rabia. Éramos dos versiones distintas del mismo cachorro malherido.

—Hola, disculpa las horas, soy Miren Triggs —dije en un tono en el que casi se me escapó el animal que llevaba dentro— y estoy buscando a un amigo. Me contó que venía a esta dirección. Estamos repasando la desaparición de un menor hace treinta años en la isla. Daniel Miller. Estudiaba en tu mismo colegio y estaba en tu clase, si no me equivoco.

Cuando empezó a gesticular, como si no entendiese de qué hablaba, me di cuenta de que algo no encajaba en su manera de esquivar el bulto. Era muda, Jim me lo había contado, pero se movía de un modo que hacía entrever que no estaba cómoda con mi presencia allí.

—¿Está aquí? —le pregunté sabiendo que estaba a punto de enfrentarme a una mentira.

Ella me sostuvo la mirada sin responder y yo apreté la mandíbula, pues sabía que iba a ser difícil confiar en cualquier respuesta.

—Eres Alice, ¿verdad? Alice Amber. La hija de Patricia Amber, la profesora.

Ella asintió en silencio.

«¿Qué escondes, Alice? ¿Qué estás callando?», pensé.

—¿Te importa que pase? Hace frío aquí fuera —le dije al tiempo que miraba atrás y me abrazaba a mí misma.

Alice dio un paso a un lado, como si me invitase a entrar. No sabía qué estaba haciendo, pero Jim se encontraba allí, en algún lugar de esa propiedad. Di un paso al frente, pero esperé a que ella me guiase por esa casa. En un zoo, aprendí que nunca había que dar la espalda a un felino. La seguí por el pasillo mientras buscaba pistas de la presencia de Jim. Percibí el aire cargado de tristeza y desesperanza.

—Gracias —le dije buscando la manera de conectar con ella—. Está apretando el frío fuera.

Pero no me respondió y comprendí que ocultaba algo. Al llegar al salón, me fijé en los muebles, en las fotografías, en el piano de pared de color madera que lideraba la estancia, pero no había ni rastro de Jim. Alice se giró hacia mí en el centro de la estancia y me miró a los ojos con la boca cerrada. Me quedé inmóvil sin saber cómo interpretar aquello, pero sentí su arrepentimiento. A través del ventanal, aprecié la lluvia que caía sin parar, los árboles que se movían con el viento y la oscuridad más allá de ellos.

—¿Dónde está Jim? —No podía contenerme más.

Pero Alice no me respondió y me miró amenazante.

—Sé que ha venido aquí. Su coche está fuera —solté con rabia—. No juegues conmigo, Alice. ¿Está con tu madre? ¿Es eso? —le interrogué cada vez más preocupada.

Alice sacudió la cabeza en señal de negación y, al bajar la vista hacia sus manos, me fijé en que sus nudillos estaban blancos. Miraba hacia el ventanal del fondo, como si buscase algo en el bosque, pero luego se centró en mí y tragó saliva.

—Dime dónde está —exigí al tiempo que analizaba cada uno de sus movimientos—. ¡Dime dónde está! —Luego miré arriba y chillé con todas mis fuerzas por si estaba en algún otro lugar de la casa—: ¡Jim! ¡Jim!

Pero no me respondió y, en cambio, Alice exhaló con fuerza como si quisiese desprenderse de una carga que no podía soportar más.

—¿Qué le has hecho? —Bajé la voz—. ¡Jim! —volví a gritar.

De pronto, oí un ligero tintineo metálico que provenía de las plantas superiores y salí corriendo escaleras arriba con la esperanza de encontrarlo allí.

—¡Jim!

—¡No! —exclamó con la voz rota al tiempo que me perseguía por la casa.

La voz de Alice sonó como si fuese el bufido de un gato. En la segunda planta recorrí las habitaciones, pero no había nadie en ellas. Alice me seguía con la certeza de que no encontraría lo que buscaba. De pronto, me fijé en una escalera estrecha que descendía de un hueco del techo y trepé por ella sin pedir permiso. No me detuvo. Cuando llegué arriba, sentí un escalofrío. Todo estaba lleno de cajas de música, algunas parecidas a la de Carlos Rodríguez. Me abrumó la cantidad de artilugios que había por todas partes. Alice me siguió hasta la buhardilla y me observó con atención. Sus ojos buscaban las heridas que nos unían.

—¿Fuiste tú? —dije al conectar ambas historias—. ¿Tú te llevaste a Carlos?

Alice negó lentamente y su cara dibujó una triste sonrisa.

—Yo lo salvé —susurró de pronto.

—¿Qué? ¿Cómo dices?

—Yo lo salvé de mi padre. —Rasgó el silencio—. Y de Will. Y de todo lo que está mal —exhaló con dificultad.

—¿De tu padre? ¿De Will? ¿Qué quieres decir? ¿Will Pfeiffer?

Ella asintió al tiempo que jadeaba con intensidad delante de mí. No contuvo las lágrimas.

—Y ese tal Jim lo iba a estropear todo. ¡Todo! —rugió.

—¿Qué le has hecho? —susurré temiendo lo peor—. ¿Dónde está?

Sentía tanto miedo. De pronto, susurró:

—¿Lo quieres?

No entendí la pregunta. No esperaba aquel disparo a lo que más temía responder.

—¿Amas a ese hombre? ¿A Jim?

No tuve fuerzas para responderle. No sabía qué consecuencias tendría sumergirme en mis emociones y abrirlas ante ella.

—¿Cómo se hace? —insistió como si de verdad creyese que era imposible amar a alguien—. ¿Cómo se quiere algo que sabes que te hará daño? —susurró.

Alice hablaba con heridas más profundas que las mías y comprendí que había sufrido hasta tal punto que había perdido completamente la esperanza en sí misma.

—El amor no se puede controlar —le dije al mirar al fondo de mi corazón. Alice contuvo el aliento, estaba hablando un idioma que ella no entendía—. El amor surge en lugares que no creías posible. Y no tiene explicación. Simplemente ocurre. Aunque luches con todas tus fuerzas, aunque trates de enterrar esa parte de ti, descubres que hay zonas de tu alma que están renaciendo de algún modo que nunca pensaste que entenderías. —Una lágrima recorría mi mejilla, pero no hice ni el intento de limpiarla con la mano—. De repente, un día renuncias a esa batalla contigo misma, te pones en pie en esa guerra que nunca debiste luchar y sacas una bandera no de rendición, sino de un color vivo para que el mundo descubra que has renacido.

Ella no creía lo que estaba diciéndole.

—¿Lo amas de verdad? —insistió en su pregunta, y por primera vez me atreví a verbalizar a un extraño lo que sentía por Jim.

—Sí, lo quiero —suspiré—. Dime dónde está, por favor —le supliqué con la sensación de estar abriéndome en canal delante de ella.

—Te llevaré con él —susurró de pronto, con voz baja—. Tómate esto y te llevaré con él.

Extendió la mano delante de mí y me mostró cuatro pastillas blancas de forma alargada.

—¿Qué? ¡No! —protesté al instante—. Dime dónde está ahora mismo.

—Él se las tomó —dijo en un suspiro.

—¿Dónde está, Alice? ¿Dónde lo tienes? ¿Qué le has hecho? —Tenía el corazón a mil por hora y, no sé por qué, intuía de verdad que el tiempo se me estaba acabando.

—¿Lo quieres o no? —aulló llena de dolor apretando la mandíbula.

Vi las pastillas como si fuesen la puerta a la noche en la que se derrumbó mi vida. Durante todos estos años había actuado por impulsos. Era incapaz de controlar mi rabia, pero me volvía más imprevisible aún defendiendo lo que más quería. Ese rugido interior que me salía cuando tenía que atacar algo que me hacía daño se transformó, cambió de forma... Y entonces renuncié a todo, incluso a mí misma, con tal de estar cerca de aquel que siempre había protegido y cuidado cada grieta de mi corazón. Di un paso al frente, agarré las pastillas y me las tragué notando cómo me arañaban la garganta.

Alice se acercó lentamente y lloró. La observé inmóvil mientras esperaba a que me hiciesen efecto las pastillas. Apoyó su frente sobre la mía y me acarició la cara como si dentro de mí viviese un misterio. Los párpados empezaron a cerrarse y las piernas me fallaron. Me agaché para contener el mareo y ella me acompañó hasta el suelo. No la sentí como una amenaza, sino todo lo contrario. No dejó de acariciarme. Entonces apoyó mi cabeza con cuidado sobre su regazo y, de pronto, me dijo:

—He estado toda la vida equivocada.

Capítulo 40
Staten Island
14 de diciembre de 2011
El mismo día
Ben Miller

Siempre llega ese momento
en que hay que dar un paso adelante
para dejar las heridas en el olvido.

—¿Quién hay dentro? —dijo Miller en dirección a Patricia con los ojos abiertos llenos de pánico.

—Coja esas llaves —ordenó ella al tiempo que le señaló con la escopeta un pequeño manojo brillante que destacaba sobre un estante cerca de él—. Abra y entre ahí.

La mandíbula se marcó en el rostro de Ben y temió lo peor. Aquel susurro que rezaba en el interior de la habitación le recordó a aquellas veces en que Lisa y él acudieron a misa y suplicaron a Dios que les diese una respuesta. Pero Dios nunca les respondió y Ben fue poco a poco perdiendo la fe. El día en que pusieron una tumba vacía en el cementerio de St. Peters, él decidió que Dios les había abandonado y dejó de rezar para siempre. Ben hizo caso a la señorita Amber: agarró las llaves lentamente e introdujo una de ellas en el candado y lo abrió. Desbloqueó la puerta y oyó allí dentro cómo unos pasos corrían de un lado a otro. El susurro se detuvo en seco y se convirtió en un jadeo profundo que sonaba como si quisiese dejar de hacer ruido.

—¿Hola? —dijo Ben al abrir y mirar hacia la oscuridad.

—Thomas se mudó a este lugar —dijo Patricia a su espalda—, perdido entre los árboles de Freshkills, a pocos minutos de casa. No tenía otro sitio adonde ir. Lo veía a veces aparecer entre los árboles y marcharse. Nunca más se atrevió a poner un pie en casa. Nunca más me dirigió la palabra. —Hizo una pausa—. Pero una noche hace seis meses atravesó el jardín con la camioneta y la aparcó al borde de la arboleda. Nunca había hecho algo así y me preocupó que estuviese borracho o huyendo de algo. En el fondo anhelaba que le pasase algo, que la policía lo detuviese por cualquier otro motivo. Desde la casa pude verlo todo. Se bajó junto a Will Pfeiffer, ese maldito profesor de piano, y sacaron del interior a un crío.

Ben miró a la mujer, atónito.

—Me pasé toda la noche mirando al bosque, sin saber qué hacer. No me nació ese instinto automático que surge cuando alguien necesita ayuda, porque me aterrorizaba acercarme a Thomas. Temía sentir que tenía el poder de destruir toda mi vida. Pensé en llamar a la policía, en hacer algo al respecto, pero no pude. Me quedé inmóvil durante horas. Al amanecer, salió de entre los árboles ese malnacido de Will Pfeiffer. Alice estuvo despierta conmigo toda la noche. Ella quería ir al bosque y pararles los pies, pero yo le impedí que hiciese nada.

Ben dio un paso al frente hacia el interior de la habitación y contuvo el aliento cuando sus ojos comenzaron a adaptarse a esa penumbra, porque vio el cuerpecito tembloroso de un niño de unos ocho años de pelo moreno, con la cabeza baja y las manos entrecruzadas en un rezo.

—¿Qué ha hecho? —repitió incrédulo por lo que veían sus ojos.

Los sollozos del niño se entremezclaron con la voz de Patricia Amber:

—Estuvimos tres días en casa sin abrir la boca, tratando de comprender qué habíamos visto. Will Pfeiffer iba y venía de los árboles a distintas horas, pero no había señales de Thomas. Al tercer día salieron los dos del bosque y varias horas después volvió solo mi exmarido. Alice no pudo contenerse más y salió corriendo hacia el bosque y yo la seguí gritándole que no era asunto nuestro. Llevaba toda la vida escondiendo nuestro pasado e ignorando el dolor que sentíamos dentro. Estaba colérica y aterrada al mismo tiempo. La seguí hasta aquí y, cuando mi marido abrió la puerta sin camisa, con una cerveza en la mano y con una maldita sonrisa, no pude controlarla. El chico estaba dentro llorando en un rincón. Entré detrás de Alice. Thomas seguía siendo el mismo monstruo, no había cambiado lo más mínimo. Empujó a Alice al suelo y ella gritó de dolor. Y entonces sentí que no iba a poder defenderla. Que mi niña iba a sufrir y que no iba a protegerla. Cogí la escopeta de Thomas, que estaba apoyada contra la pared, y le disparé. Enterramos a Thomas ahí fuera. Alice me ayudó. Pero…

—El niño está aquí desde entonces… —Ben no se podía creer todo el horror que estaba escuchando.

—… pero no podíamos dejar marchar a Carlos —sentenció Patricia—. Nos había visto. Contaría lo que habíamos hecho. Se descubriría cómo era mi marido, que era conserje del Clove Valley y, entonces, el caso de Daniel explotaría de nuevo. Sabrían que yo era su profesora y… nos separarían a Alice y a mí. Cuando me di cuenta de que Carlos nos miraba a las dos, lo encerré llena de impotencia en esa habitación.

—Carlos Rodríguez —dijo Ben en voz baja, pues recordaba que ese era un caso que había surgido poco antes de abandonar el FBI y formaba parte de esa carpeta de expedientes que se llevó.

—Conforme fueron pasando los días sin dejarlo marchar —dijo Patricia—, más difícil era dar el paso de hacerlo, porque sabía que habíamos cambiado de bando. Y en esa habitación no está solo él, también nosotras.

—Si el mundo es un lugar horrible es solo porque las buenas personas permanecemos inmóviles —le dijo Ben sin alzar la voz justo antes de adentrarse en la habitación. Se acercó al pequeño, que tenía los ojos cerrados con fuerza, y trató de calmarle. Patricia le seguía con el cañón de la escopeta apuntando a su cabeza. La mujer observó cómo Ben se aproximaba con cuidado al pequeño, que dejaba ver el horror que había sufrido a través de los temblores y los jadeos.

—Eh…, tranquilo —le dijo Ben como si le hablase a su propio hijo—. Esto ha terminado, ¿vale? Hoy sales de aquí —le prometió.

El niño rompió a llorar con fuerza y Ben lo abrazó. El exinspector miró a la profesora con los ojos llenos de lágrimas.

—Esto se ha acabado. Usted no es así. Usted no es su marido. Usted ha amado sin límites, ha cometido errores y ha sufrido durante mucho tiempo en soledad.

Patricia permaneció un instante inmóvil bajo el marco de la puerta y negó con la cabeza mientras sostenía la escopeta.

—No se mueva —gritó—. Voy a disparar.

—Déjenos marchar —dijo—. Aún está a tiempo de volver a ser la persona que era. No permita que su pasado defina lo que es.

—No quiero perder a Alice… —dijo ella en voz baja, afectada por las palabras de Ben.

—Si cruza una línea más, será Alice quien la pierda a usted. Deje que nos vayamos y abandone todo esto. —La voz de Ben se quebró por la pena—. Le perdono lo que hizo. Le perdono que ocultase lo que hizo su hija, pero, por favor, no cruce una línea más. Deje que Carlos vuelva con su familia. No cometa el mismo error. Baje el arma. No alargue más esta tragedia. Yo la perdono.

Ben cogió en brazos al pequeño y se giró hacia la puerta. El cuerpo de Carlos le recordó al de Daniel, y por un segundo, en aquella oscuridad, creyó que estaba llevando a su hijo dormido escaleras arriba en su hogar a principios de los ochenta. Lo apretó contra su cuerpo, como si se abrazase a un pasado que anhelaba con todas sus fuerzas, y se dirigió a la puerta.

Patricia Amber contempló a Ben Miller abrazado al pequeño Carlos, protegiéndolo de ella misma, y tragó saliva. De repente, dio un paso atrás y agachó la cabeza.

Ben oyó que Carlos lloraba sobre su hombro y apretó la mandíbula con la intención de armarse de valor para dar aquellos últimos pasos. Patricia bajó la escopeta y, cuando el exinspector pasó por su lado con el niño a cuestas, se derrumbó entre lágrimas. Por fin se había dado cuenta de que estaba quitándose de encima los demonios que le habían acompañado durante todos esos años, estaba despojándose de esa culpa continua que la había perseguido. Con las palabras de Ben, se dio cuenta de que incluso la mayor tragedia se puede perdonar.

El exinspector salió de la casa roja con Carlos Rodríguez en los brazos. El niño lloraba aterrorizado. Dejó atrás la casa y se adentró entre los árboles en dirección a la vivienda de la familia Amber. Con cada paso, sentía que todo terminaba. Ya le podría contar a Lisa la verdad sobre su hijo, incluso recuperar su cuerpo del Clove Valley y rezar a una tumba con sus restos. Podía darle carpetazo al mayor misterio de su vida.

Pero, de pronto, sonó un disparo que tronó a lo lejos y, un instante después, Ben sintió que le ardía la espalda. Agachó la cabeza hacia Carlos y se dio cuenta de que le faltaba el aire. Separó un instante al pequeño de su cuerpo y lo miró a los ojos.

—No te pienso soltar —le dijo al pequeño con la seguridad con la que le hablaba a su propio hijo.

Ben ni siquiera se giró hacia Patricia Amber, cuya presencia intuía detrás de él, y trató de recomponerse. Respiró hondo, reunió las últimas fuerzas que le quedaban y continuó andando, mientras la sangre le recorría la espalda y le inundaba poco a poco los pulmones.

—No dé un paso más —gritó la mujer detrás de él.

Pero Ben apretó la mandíbula y la ignoró. Patricia Amber disparó de nuevo, pero la escopeta emitió un chasquido, pues no tenía más cartuchos. Fue en ese instante cuando la mujer se rindió al fin, tiró el arma al suelo y se derrumbó de rodillas.

Ben siguió caminando hacia la luz, sabiendo que las fuerzas le fallaban. Se estaba mareando por la pérdida de sangre. Se agolparon en su mente miles de imágenes que creía olvidadas. Lisa, Daniel y él estaban juntos en el salón. Se reían a carcajadas mientras atrapaban a un ratón en un juego de mesa. Lisa pintaba en su estudio mientras la luz del atardecer se reflejaba en su cabello. Los tres caminaban juntos, como una familia, en dirección al colegio. Daniel sonreía.

Entonces salió del bosque y vio que la casa de los Amber estaba en llamas. Las sirenas de la policía y los bomberos sonaban sin parar anunciando su propio final. Ben, sin fuerzas para dar un paso más, gritó:

—¡Ayuda!

Capítulo 41
Casa de la familia Amber
14 de diciembre de 2011
El mismo día
Miren Triggs

*Solo en lo más profundo del silencio
podemos escucharnos
con perfecta claridad.*

Me despertó el sonido de mi propia respiración y, al abrir los ojos, supe al instante que había cometido un grave error. Me faltaba el aire. Me dolía el alma. El corazón retumbaba con fuerza en mi interior y pude oírlo con tanta nitidez que casi entendí lo que dijo entre cada latido.

Bum, bum.

«Pide ayuda, Miren».

Bum, bum.

«Aquí termina todo, amiga».

No sabía cuántas horas llevaba en ese sitio. El suelo estaba frío y húmedo. En la oscuridad más absoluta, apoyé la yema de los dedos para incorporarme y noté su aspereza. Me dolía la cadera.

—¡Hola! —grité con fuerza, pero solo me respondió el eco—. ¡Ayuda! ¿Hay alguien ahí?

Estaba mareada. La cabeza me iba a estallar. Me asaltaban recuerdos esporádicos de los últimos días y viajaba por ellos tratando de reconstruir la historia, pero era incapaz. Me faltaba la última pieza. La que se coloca en la última grieta de los muros de mi memoria y hace que todo cobre sentido.

«Recuerda, Miren, recuerda. ¿Cómo has llegado aquí?», pensé.

Vi los ojos de Jim en casa. Una cinta de casete. Ayudaba al inspector Miller a... a encontrar a Daniel. Eso es. Buscaba a Daniel. Su hijo. Perdido desde hace... ¿cuántos años? Encontraron una bicicleta. Y había cintas de casete. Sí. Con la última cinta se precipitó todo. ¿O fue aquel ojo que me observaba? Llamé por teléfono y..., eso es. La llamada. La respiración gélida..., la pregunta sin respuesta. ¿Qué sucedió después?

«Piensa, Miren, piensa», me dije.

Algo me decía que debía darme prisa, que tenía que salir de allí. Se me estaba acelerando el pulso y tenía la sensación de escuchar mis propios pensamientos demasiado alto. Y tras ellos, de fondo, entre cada palabra, oía una voz que me susurraba: «No te olvidarás de mí, Miren. ¿Oyes eso? ¿Ese aullido constante en cuanto se apaga el ruido? Eres tú. Son tus gritos aquella noche en aquel parque». Anhelaba la calma en este mundo estridente, pero me asustaba el silencio absoluto, porque me aterraba enfrentarme a mi voz interior, esa que es guardiana de las historias que he elegido olvidar.

—Rápido, Miren —me susurré a mí misma—. Piensa. ¿Qué has hecho? ¿Qué te trajo hasta aquí?

Vi a Jim a mi lado en el coche. Se marchó en él decepcionado. Recordé mi reflejo en la pantalla de la redacción del *Manhattan Press* y me vino a la cabeza aquella noche de 1997. Reconocí el mismo mareo. La misma sensación de haber perdido el control. Recordé el puñado de pastillas sobre una mano delante de mí. ¿Qué me había hecho? Apareció en mi mente el destello de un incendio iluminando mis ojos. Estaba cerca. Pero… ¿qué se estaba quemando? ¿Por qué sentía que lo había perdido todo? ¿Dónde estaba?

Extendí las manos en la oscuridad y chocaron con algo frío y áspero. «Una pared», pensé. Me acerqué a ella y la recorrí deslizando mis dedos en busca de una salida. Un interruptor. Algo. Caminé con miedo a tropezarme. La negrura era tan espesa que ni siquiera percibí el movimiento de mis manos. Llegué a una especie de plancha de metal fría y noté que salía de ella una protuberancia.

Un tirador. Era una puerta. La salida.

Lo agarré con decisión, empujé y luego tiré de él con la estúpida esperanza de que podía abrirla. Pero no sirvió de nada. Forcejeé en todas direcciones, hice fuerza con mi cuerpo, me lancé a golpear el metal con el hombro, pero ni siquiera conseguí que la puerta bailase dentro del marco. Me ardían las manos, me asaltaba el pánico. Sentía que las costuras de mi alma se rompían por lugares que pensaba que estaban sanos, pero en realidad siempre estuvo hecha jirones. Quería pedir ayuda, pero, de pronto, caí en la cuenta de que no sabía qué había al otro lado. Quizá no podía hacer ruido. ¿Acaso había perdido la cordura?

—Recuerda, Miren —me dije en voz baja—. Piensa si estás en peligro.

No supe responder, no conseguía hilar una sospecha con otra, ordenar la historia, repasar el camino hecho. Me palpé los bolsillos y sentí que la adrenalina recorría todo mi cuerpo cuando noté la forma rectangular del móvil.

—Bien. Corre, Miren —susurré con el corazón aterrado—. Llama a la policía antes de que venga alguien. Pide ayuda. Encuentra una salida.

Lo encendí y descubrí en el fondo de pantalla la imagen de mis padres junto a mí en una foto que nos hicimos en Bryant Park cuando me visitaron en Nueva York hacía dos meses. Me costó desbloquearlo y solo vi el reloj, que marcaba las nueve y media de la noche. Me temblaban las manos, tenía frío. La humedad se me clavaba en la garganta, noté en los labios el sabor a tierra. Marqué el 911, pero al instante saltó el mensaje de que no se había podido establecer la conexión. Leí «Sin servicio» en la pantalla, y en la esquina superior, una sola línea de batería.

—Mierda, mierda, mierda.

Lo intenté de nuevo, pero no sirvió de nada. Extendí el móvil delante de mí, y la pantalla iluminó por primera vez con luz azulada la estancia en la que me encontraba. Había una puerta de metal blanca llena de óxido en el marco. El vaho salía de mi boca. Las paredes de cemento estaban peladas y sin pintar. Me di la vuelta para otear el resto de la habitación y pegué un grito de sorpresa al ver una silueta oscura e inmóvil en el centro, a unos metros.

—¡¿Quién eres?! —Alcé la voz—. ¡¿Qué quieres de mí?! —le grité, aterrada.

Pero no respondía. Ni siquiera se movía.

Por la complexión sabía que era un hombre, no tenía duda, y algo me decía que solo uno de los dos saldría vivo de allí. Parecía fuerte, a pesar de la calma que transmitía.

—Por favor, deja que me vaya. No sé nada. No recuerdo nada —le dije.

Algunas imágenes más se me agolparon en la mente al tiempo que mi corazón no paraba de lanzarme avisos de que se acercaba el final. Me temblaba el cuerpo, no tenía ningún arma con la que defenderme. Mi historia comenzó con una búsqueda y no podía terminar de otro modo que convirtiéndome en el objeto perdido de alguien de ahí fuera. Todas las historias terminan en algún momento, y el destino siempre es irónico y a veces juega a convertir tu muerte en una broma de lo que hiciste en vida. Lo había visto tantas veces con otras personas, con gente que se desvanecía del mundo sin dejar rastro, que no me costaba imaginar cómo mi madre colgaría carteles con mi rostro, sabía que Jim hablaría en mi nombre rodeado de velas en una vigilia y que el *Manhattan Press* cubriría en una escueta columna en una página interior que el 14 de diciembre de 2011 había desaparecido Miren Triggs, una periodista de investigación de su propia redacción. Describiría la ropa que llevaba —pantalón vaquero y blusa negra— y, con suerte, por ser alguien que había pasado algunos años en el periódico, mostraría mi rostro, y la gente se fijaría en mis ojos tristes y percibiría mi alma inerte. Algunos lectores recordarían en ese momento lo que escribía o la historia de Kiera Templeton. Seguramente aquellos que leyeron el libro comentarían algo en Twitter y luego pasarían a otra cosa. En pocos días tan solo quedarían mis huellas efímeras sobre la orilla del mundo: las historias oscuras que perseguía, las fotografías que hice, los artículos que escribí. Y tras varias semanas, las olas comenzarían a borrarlo todo, a eliminar mi vida, mi historia, las de cada injusticia que perseguí... Y el mundo entero aprendería entre líneas la lección que la maldad quiere que no olvidemos: «No hagas preguntas, no alces la voz, no trates de descubrir cómo de podrida está la humanidad, quédate en silencio».

La luz tenue de la pantalla no llegaba a iluminar con detalle quién era, pero intuí que podría conmigo sin esfuerzo.

—Deja que me vaya —repetí con la certeza de que no lo haría.

Y entonces me di cuenta de que la sombra apenas reaccionaba a mis palabras, ni siquiera se movía para negar con la cabeza o para compadecerse de mí. Estaba sentado en una silla, con las manos atrás, miraba hacia abajo, a sus muslos.

—Joder...

Tragué saliva y, de repente, vi un detalle nítido en mi memoria que hacía que todo empezase a cuadrar. Me acerqué un poco más, temerosa de descubrir ese detalle en su cuerpo, y, justo cuando vi que se trataba de Jim y que estaba amordazado con una cinta que le cubría la boca, mi mente explotó llena de imágenes, viajó al inicio de todo, y solo entonces recordé.

—¡Jim! —Me acerqué a él y encendí la linterna. Recorrí su cuerpo con ella y me di cuenta de que estaba malherido—. Jim... —Sentí su dolor en mi cuerpo.

Tenía una brecha en la ceja de la que estaba brotando sangre oscura que le cubría el rostro. Rodeé su cabeza y tenía otra en la parte de atrás del cráneo con peor pinta. Tiré el móvil al suelo y dejé la linterna iluminándonos en la oscuridad. Le arranqué la cinta de la boca. Mi corazón latía con fuerza, como si rezara por que estuviese bien. Necesitaba salir de allí y pedir ayuda. Lo desaté como pude y su cuerpo cayó de costado al suelo.

—Por favor, Jim, despierta —le supliqué al oído al tiempo que le golpeaba el pecho con impotencia—. Por favor...

Recordé a Alice Amber, las pastillas, la buhardilla llena de cajas de música y también lo que dijo: «He estado toda la vida equivocada». Esas palabras podría haberlas dicho yo. Una tragedia puede moldearte, pero no impedirte avanzar. Yo había renunciado una y otra vez a pasar página, porque me negaba a hacerlo, porque me sentía incapaz de dar el paso y dejar que todo quedase atrás. No era consciente de lo que tenía delante de mí, porque la niebla del pasado no me dejaba ver la belleza de mi presente.

—Jim... —Lloré de impotencia.

Traté de hacer memoria sobre el aspecto de la casa y me imaginé desde fuera dónde nos encontrábamos: bajo los peldaños de acceso al porche, la propiedad podía esconder un semisótano. Alice había tenido que cargar con los dos sola, no podíamos estar muy lejos. Teníamos que estar allí. No había otra opción. Pensé que tal vez las contusiones de Jim eran porque lo había tirado escaleras abajo. De pronto, recordé que había llamado a mi madre y le había dado unas indicaciones muy claras. Suspiré aliviada al recordar nuestro pacto. Tan solo quedaba una hora para que avisase a la policía y nos sacase de allí. Intenté mantener la calma. Le toqué el pulso y noté que su corazón latía débil.

—Todo irá bien, Jim —le susurré al oído con miedo a perderlo—. Solo tenemos que aguantar. Una hora y ya está. Y todo se acabó.

Seguía mareada y con ganas de vomitar. Me acerqué a la puerta con la sensación de que me faltaba el aire, fue entonces cuando sentí el olor a mi reciente tormento. Cogí con prisa el móvil, lo apunté hacia la puerta y vi que por la rendija superior el humo negro se colaba en nuestra prisión.

—¡No! —chillé—. ¡No! —grité de impotencia al tiempo que oía de lejos el sonido inconfundible del fuego—. Está quemando la casa —exclamé asustada—. Por favor, despierta. —Corrí hacia Jim—. Por favor, Jim. —Lo zarandeé con fuerza—. ¡Tenemos que salir de aquí! —vociferé con prisa, pero no se movió.

El humo empezó a extenderse por el techo: necesitaba encontrar una salida como fuese. Con el móvil en la mano, caminé por toda la estancia hasta que vislumbré al fondo un suave y casi imperceptible halo de luz que se colaba por una ventana cubierta por una tupida malla de metal. Volví corriendo a por la silla y me subí en ella. Clavé las uñas en la rejilla y tiré con todas mis fuerzas, pero no conseguí hacer nada. La agarré de nuevo y tiré al tiempo que gritaba llena de rabia, pero no pude arrancarla.

Me estaban picando los ojos y tosí con fuerza al dar una profunda bocanada sin querer. Me recompuse como pude, golpeé con fuerza la malla y logré que el cristal que estaba justo detrás se rompiese y dejase salir un poco de humo. Volví a golpearlo y lo rompí en mil pedazos. Amplié así la abertura en la ventana, pero no era suficiente.

No sabía cómo ganar tiempo. Me derrumbé entre lágrimas junto a Jim y lloré como nunca lo había hecho delante de él.

—Lo siento, Jim —sollocé—. No puedo salvarte... —le susurré—. Lo siento... Todo es culpa mía. Te metí en este mundo horrible, te contagié mis demonios, te hice creer que buscar merecía la pena... —Lloré con fuerza y me tiré sobre él—. Te quiero, Jim. Te quiero. Siempre te quise y nunca te lo demostré todo lo que debía. Y lo siento de verdad. Perdóname, Jim —susurré entre lágrimas—. Por favor, Jim..., despierta. Por favor... Esto no puede acabar aquí —supliqué ya sin fuerzas—. Me merezco ser feliz una sola vez. Un solo instante que compense todo lo que hemos pasado. Contigo, ¿entiendes? Despierta, Jim. —Me tiré sobre él y lo abracé como nunca había hecho.

Sentí cada parte de su cuerpo como si fuese el mío. Le acaricié la cara. Noté cómo el calor crecía cada vez más en ese sótano y, al mirar arriba con la luz del móvil, me di cuenta de que el humo ya solo nos dejaba medio metro de aire junto al suelo. Tosí de nuevo, de manera compulsiva, y abracé con más fuerza a Jim, vencida por el sueño.

—Te quiero, Jim —le susurré con mis últimas fuerzas.

Una muerte dulce junto a quien más quería no era mal final para una vida amarga. En aquel silencio, surgió una voz débil:

—Yo también te quiero, Miren.

—¿Jim? —exclamé sorprendida al tiempo que trataba de recomponerme—. ¡Jim! —chillé—. ¡La ventana, Jim! ¡Por favor! Necesito tu ayuda —traté de animarlo, acelerada—. Tenemos que salir de aquí, Jim.

De pronto, tosió al mismo tiempo que yo y se giró a un lado, confuso.

—Jim, rápido —grité con las fuerzas recobradas—. Ayúdame. Entre los dos podemos salir de aquí.

—¿Miren? ¿Qué pasa? Alice Amber... —Tosió de nuevo y yo tiré de él como pude.

—¡La rejilla! Ayúdame a romperla.

—La rejilla —repitió en un jadeo. Me miró a los ojos y pude ver que me comprendía al fin—. La rejilla —repitió.

Me arrastré por el suelo para evitar el humo y él me siguió hasta la ventana. Allí, aguantamos la respiración mientras nos subimos juntos a la silla y tiramos de la malla con todas nuestras fuerzas. Luego la golpeamos y, finalmente, cedió.

En un instante, Jim me aupó sobre él y me empujó hacia la ventana, que quedaba justo a ras de suelo en el jardín. Cuando estuve fuera, introduje mis brazos entre el humo y cuando noté los de Jim, tiré con todas mis fuerzas al tiempo que me desgarraba la voz en un grito de impotencia y alivio, como si estuviese tirando de mi propia vida. Y al fin Jim apareció entre el humo y se tiró al suelo a mi lado.

Había dejado de llover, lo que significaba que el fuego lo devoraría todo si los bomberos tardaban mucho más en llegar hasta allí. Inspiré con fuerza para recuperar un último aliento y miré hacia arriba. La casa de los Amber era un auténtico infierno. El fuego rugía con intensidad y las llamas no parecía que fueran a tener piedad con aquel lugar.

Nos alejamos de la vivienda entre toses, débiles y destrozados por la historia de Daniel, abrazados por la cintura. Nos sentimos acompañados por el sonido de las sirenas acercándose. Me tiré sobre el césped en la parte trasera del jardín con el corazón hablándome de un modo como nunca lo había hecho.

Jim se agachó a mi lado y, al mirarle a la cara, me di cuenta de que él me miraba de un modo en el que nunca me había fijado. Me rodeó con un brazo y yo, de una vez y al fin, sentí que había derribado todos mis miedos. Emocionada y sin aliento, apoyé la cabeza sobre su hombro.

Entonces oí a lo lejos una voz familiar:

—¡Ayuda!

Dirigí la mirada al bosque y reconocí la figura de Ben Miller, que salía de entre los árboles. Caminaba tambaleándose de lado a lado como podía y sobre sus brazos cargaba el cuerpo de un niño pequeño.

—¡Ayuda! ¡Es Carlos! —gritó.

Y fue entonces cuando supe que el destino había desplegado sus cartas, como siempre hacía. Esa vez con la intención de enseñarme que la vida que tenemos por delante no merece que miremos atrás y también para darle otra oportunidad a aquel hombre que, como yo, tantos años antes, lo había perdido todo.

Epílogo
Un año después

Al entrar después de tanto tiempo en casa de sus padres, Miren se percató de cuánto la había echado de menos. Cuando se marchó a Nueva York para estudiar la carrera de periodismo en 1997, dio un primer paso que se convirtió en permanente en cuanto echó sus raíces en Manhattan o, mejor dicho, cuando ellas se agarraron al suelo para que no se la llevase el temporal. Durante los años posteriores había vuelto en muchas ocasiones, pero ninguna tuvo un impacto tan grande en ella como esta vez. Nada más pisar la alfombra de la entrada, dejando tantas cosas atrás, y fijarse en un jarrón con flores de cerámica que llevaba toda la vida allí, sintió que al fin había vuelto a casa. El aire olía a recuerdos y, en la distancia, sonaban las voces de su niñez. Reconoció la bandeja de las llaves, el patrón de piedras pulidas del suelo, el roce en el pelo de una lámpara más baja de la cuenta.

Tiró de la mano de Jim y sintió por un segundo que lo volvía a sacar del fuego. Él se atrevió a pisar por primera vez aquel territorio de intimidad y no pudo evitar revivir unos nervios que ya sintió en su juventud. Estaba inquieto, habían conducido toda la noche para visitar a los padres de Miren en Carolina del Norte, y durante el trayecto no habían podido evitar reírse de las advertencias que Miren lanzaba sobre sus padres. Jim ya conocía a la madre de Miren. Muchos años antes, ella le había pedido personalmente que cuidase a su hija, que estuviese atento a ella cuando era profesor de Columbia. La última vez que la había visto fue en el hospital tras los sucesos ocurridos en torno al juego del alma, pero nunca había hablado con ella del modo que se intuía en aquella visita.

Atrás quedó aquella noticia con la que abrieron todos los periódicos el 15 de diciembre del año anterior: «Arde una vivienda en Staten Island y en su interior hallan el cadáver de una mujer de treinta y siete años, acusada de asesinar a un niño en 1981. Su nombre: Alice Amber». En la noticia también detallaban que las huellas de la mujer se habían encontrado en una tienda de música de la isla donde ejecutaron a un hombre mayor, al que sellaron también los labios. En la propiedad de la familia Amber se había rescatado con vida a Carlos

Rodríguez, un niño de ocho años cuyo paradero se creía en México. Alice, a ojos del mundo, se convirtió de la noche a la mañana en un monstruo que se quedó a vivir en las pesadillas de aquel barrio tranquilo en el que todo parecía perfecto. La versión oficial o, al menos, el imaginario colectivo que había creado la prensa con los descubrimientos paulatinos que se filtraban fue rellenando los huecos de detalles cada vez más oscuros. La imagen de Alice Amber se fue construyendo con fragmentos de trauma, dolor, muerte y silencio. El mundo entero creó un muñeco deforme con los retazos de los titulares de los periódicos. A su figura se sumó el hecho de que en los alrededores del lugar donde habían encontrado al pequeño Carlos Rodríguez se había desenterrado también el cuerpo de Thomas Amber, su padre. El de su madre, Patricia Amber, apareció dos días después del incendio, flotando bocabajo en el Main Creek de Freshkills mientras las garzas y los peces de la zona lo devoraban.

Seis meses después de aquel huracán mediático que oscureció un vecindario tranquilo en Staten Island, la editorial Stillman Publishing lanzó al mercado sin previo aviso un libro titulado *La grieta del silencio* firmado por los periodistas Jim Schmoer y Miren Triggs. En él, detallaban la historia completa de aquel horror pintado con brocha gorda por los periódicos. Miren y Jim transformaban la figura de Alice Amber e introdujeron matices que cambiaron de golpe la percepción que tenía la sociedad sobre aquella mujer. Aquel libro demostró que toda noticia merecía que se leyese más allá del titular. De un monstruo sin alma, Alice Amber pasó a convertirse en una víctima llena de heridas. En el texto, Miren y Jim detallaron que la pequeña había sufrido abusos de niña y aquel trauma la silenció para siempre. En aquel silencio se ocultó el asesinato involuntario de Daniel Miller, un compañero de clase, cuando tan solo contaba siete años. El dolor la acompañó para siempre. La muerte del que fue su profesor de piano y la forma en la que le cerró los labios cambió de significado para América en cuanto se descubrió que Will Pfeiffer había participado en los abusos y, por tanto, era otro culpable de su tragedia personal. De la noche a la mañana, *La grieta del silencio* se convirtió en el tema de conversación de todo un país que se preguntaba si la venganza estaba justificada, si una niña tan pequeña y rota podía ser realmente responsable de lo ocurrido en 1981 y, por encima de todo, hasta dónde se podía llegar para proteger la inocencia de los hijos.

En el contrato con la editorial Jim y Miren acordaron que solo realizarían tres presentaciones a las que acudirían los dos. Al resto hasta llegar a las doce que habían firmado solo iría Jim sin la compañía de Miren. Martha Wiley, la directora editorial, estaba segura de que ver a Jim sin pareja, hablando con su tono de voz calmado bajo la luz tenue de una librería, haría que las lectoras creyesen que estaban en una cita íntima, lo cual aumentaría las ventas de manera exponencial. Tras una primera semana sorprendente, el libro explotó y no hubo un escaparate de una librería de Estados Unidos que no mostrase con orgullo que allí tenían ejemplares de la nueva aventura de Jim Schmoer y Miren Triggs. Jim aportaba la chispa romántica del periodismo y Miren, sin ninguna duda, era el alma que arrastraba a los lectores a las entrañas de la historia. Tras la vorágine del lanzamiento, Miren quiso sorprender a su madre con aquella visita que había pospuesto demasiadas veces.

—¡Mamá! —gritó Miren de la mano de Jim con una sonrisa pícara en el rostro al tiempo que se volvía hacia él y lo miraba con unos ojos que parecían decirle: «Tranquilo, estás en casa».

Por el pasillo sonaron unos pasos acelerados y, de pronto, la madre de Miren apareció con expresión de no creérselo.

—¡Cielo! ¡Has venido! —exclamó, y corrió a abrazarla.

Se separó y miró a Jim a los ojos.

—Gracias por cuidar tan bien de ella en todos estos años —le dijo.

—No crea que le hace falta. Más bien ha sido al contrario —respondió Jim mientras miraba de reojo a Miren.

—Ven que te dé un abrazo. Bienvenido a esta casa. Es una alegría tenerte aquí.

La señora Triggs sonrió.

—¿Y papá? —intervino Miren.

—Fuera en el jardín. Está colocando no sé qué del telescopio para esta noche. Ya sabes cómo es. Qué te voy a contar —se lamentó como si no tuviese solución—. Pero tenemos que hacer algo. ¿Qué os parece una barbacoa al mediodía? Tu padre compró también una y apenas la hemos usado. ¿Te gusta la carne? —preguntó en dirección a Jim.

—A mí me parece bien todo. Lo que sea. Pero si hay barbacoa, yo cocino.

—¡No se hable más!

Salieron al jardín y Miren abrazó a su padre por la espalda, cuando estaba agachado junto a un maletín lleno de oculares.

—¡Hija! —exhaló con alegría. Miren apretó sus brazos y recordó las veces que hacía aquel mismo gesto cuando era niña. Le gustaba pillar a su padre desprevenido y subirse sobre él—. ¿Y esta sorpresa?

El padre se incorporó al percatarse de la presencia de Jim.

—Te presento por fin a Jim, papá.

El hombre apretó los labios durante unos instantes y luego le extendió la mano con una mezcla de orgullo y aceptación.

—¿Te gusta la astronomía? —le preguntó a modo de saludo.

Jim emitió un leve bufido mientras sonreía y se dio cuenta de que parecía que había vuelto a la adolescencia y debía ganarse el cariño del suegro.

—No tengo ni la menor idea de astronomía, pero me encanta aprender.

Miren sonrió al verlos juntos y luego sintió el brazo de su madre rodeándola por la cintura.

—Te veo bien, hija —dijo en voz baja—. Y por lo que veo sabes elegir —añadió bromeando.

—Ha sido un camino largo, mamá. Hay aprendizajes que cuestan un poco. Y este siempre lo tuve delante —sentenció orgullosa de haber podido pasar página.

En ese mismo instante, en el cementerio de St. Peters, en Staten Island, Ben Miller se detuvo frente a la tumba de su hijo y sus ojos se posaron sobre el texto de su lápida. DANIEL MILLER, 1974-1981. En ese momento recordó todo lo ocurrido una vez que salió del bosque con Carlos en brazos. Se derrumbó en el suelo sin poder dar un paso más al ver a Miren y Jim en la distancia. Entonces oyó sus voces, notó cómo zarandeaban su cuerpo y, de pronto, despertó en una sala blanca de un hospital frente a la mirada de una Lisa agotada y orgullosa de lo que había conseguido su marido. Había salvado a un niño y llegado al fondo del asunto.

Entonces, en el hospital, Ben se armó de valor y le contó a su mujer la historia completa de Daniel. Lisa lloró como nunca y lo abrazó liberada por conocer la verdad sobre su hijo y descubrir dónde había estado todos esos años. De aquel modo, ambos destruyeron juntos todas las hipótesis y tragedias que habían sobrevolado su mente durante tantos años y aceptaron con alivio que Daniel murió de manera rápida, por un amor inocente e inesperado.

Ben tenía un ramo de claveles blancos en las manos y se agachó para dejar una de las flores sobre la piedra de mármol. Le costaba mucho estar allí. A pesar de los años, de haber convivido con su ausencia, siempre le había dolido visitar el cementerio. Allí dentro, al fin, descansaban sus restos.

Poco después de los dramáticos acontecimientos de la casa de la familia Amber, se ordenó la prospección del gimnasio del Clove Valley y encontraron los huesos de Daniel, su ropa hecha jirones y la mochila junto a las tuberías, bajo la canasta. Enterraron sus restos en una ceremonia íntima a la que solo acudieron Ben Miller, una Lisa debilitada por la quimioterapia, y Miren y Jim, que apenas fueron capaces de interrumpir la intimidad de aquella pareja que batallaba aliviada contra el pasado.

Ben dejó caer una lágrima y suspiró con fuerza. Luego miró a un lado y leyó con dificultad el nombre de Lisa Miller, en otra lápida, junto a la de su hijo. Lloró con más fuerza y, entre sollozos, se agachó para dejar el resto del ramo a su esposa.

—Os echo tanto de menos... —susurró en voz baja—. No sé cómo avanzar sin ti, Lisa —añadió con dificultad—. Esta no era la vida que soñé para nosotros, pero espérame con Daniel —suplicó.

Luego volvió sobre sus pasos, metió la mano en el bolsillo y sacó un pequeño ratón rojo que dejó sobre la tumba de su hijo.

Condujo a casa y la observó con tristeza. Aquel hogar, lleno de sueños y una vida prometedora, había ido sucumbiendo a la desesperanza. Abrió el maletero del coche y sacó de él un bote de pintura azul y una brocha. Suspiró con fuerza y se agachó junto a la valla con tristeza. Pero cuando dio el primer brochazo, le pareció oír las voces de su familia en el interior de casa.

En Charlotte, Miren y Jim estuvieron toda la tarde con los padres de ella, entre risas y conversaciones irrelevantes. En un momento dado, Miren se puso en pie junto a la mesa del jardín llena de platos vacíos de una barbacoa improvisada y le hizo un gesto a Jim para indicarle que había llegado la hora. Él se levantó y miró a sus suegros con expectación.

—Bueno, me encanta veros, ya lo sabéis, pero... también quería deciros algo —empezó Miren.

—¿Qué ocurre? —preguntó su padre.

Su madre abrió la boca y negó con la cabeza.

—No me digas eso, Miren.

—Sí, te lo digo, mamá.

—¡No te creo! ¡Qué alegría, hija! —chilló su madre, eufórica.

Se puso de pie y la abrazó con fuerza.

—¿Qué pasa? Dejad de hablar en clave, que no me entero de nada —inquirió su padre, con cara de incomprensión.

—Estoy embarazada, papá. Jim y yo estamos esperando una niña.

Su padre se llevó la mano a la boca y miró a Jim al instante.

—¿En serio?

Jim asintió con una alegría contenida. El padre de Miren se puso en pie y, sin decir palabra, abrazó a su yerno con felicidad. Luego se acercó a su hija y la felicitó con la mirada.

—Te has emocionado, papá.

—Esto hay que celebrarlo, hija. Creo que hoy hay lluvia de estrellas —dijo sacando a flote otra vez su obsesión—. Decidme que os quedáis.

—Nos quedamos, papá —aceptó ella con la sensación de volver a un hogar que echaba de menos y que en realidad era el gran pilar de su vida—. También he traído tarta de crema, está en el coche, pero no sé si estará a la altura de la noticia.

—¡Una tarta de crema siempre mejora cualquier noticia, hija! —bromeó su madre, golosa.

—Voy yo a por ella —se ofreció Jim, pero Miren le agarró el brazo y le sonrió en un gesto cómplice con la intención de dejarlo un momento a solas con sus padres.

Él la miró y le devolvió la sonrisa entremezclada con un movimiento de labios que Miren leyó con rapidez: «No me dejes aquí ahora».

Ella rio, se acercó a su oreja y le contestó en un susurro:

—Tenías que haberlo pensado mejor aquella noche.

Miren entró en la casa y sintió que pisaba tierra firme. Aquel había sido su hogar, el lugar que había sido testigo de su infancia, de su adolescencia y de la incertidumbre de no saber qué sería de su vida. Se vio a sí misma en varios rincones de la casa con distintas edades, pero por una vez no echó de menos a ninguna de aquellas versiones. Había cambiado, había abrazado lo que tenía por delante y se había entregado, de una vez, al amor.

Salió de casa, se dirigió al coche, abrió la puerta del copiloto y se agachó para coger la caja de la tarta. Y entonces vio, bajo el asiento, el disquete que le había dado James Anderson. Miró hacia su hogar pensando qué hacer. Desde que la habían despedido del *Press*, las amenazas se habían disipado y Miren siempre intuyó que era porque había perdido su altavoz. Sin una tribuna desde la que gritar, los miembros de Eye no tenían nada que temer, y ella trató de pasar página ignorando como pudo su existencia. Cogió el disquete y la tarta y volvió a la casa. Oía las risas de rubor de Jim, las carcajadas de su padre y las preguntas curiosas de su madre desde el jardín. Pero en ese instante, Miren ya no podía pensar en otra cosa. Dejó la tarta sobre la mesa del salón y buscó el pequeño despacho de su padre. Se agachó junto al ordenador y, cuando vio que tenía lector de disquetes, sintió la angustia en el pecho. Se asomó y comprobó que nadie se acercaba. Le temblaba el pulso. Sentía el miedo en la punta de los dedos. Y, como siempre, porque en su interior quedaban restos de lo que había sido, introdujo el disquete en el ordenador y encendió la pantalla. Cerró los ojos. Contuvo la respiración. Y luego miró al frente y leyó el mensaje de la ventana que había emergido delante de ella: «ERROR EN EL SISTEMA DE ARCHIVOS. ¿Formatear unidad? Sí/No».

Se acarició el vientre y sus ojos se inundaron de lágrimas. Tal vez podría repararlo. Por su mente se deslizó la idea de recuperar los archivos con algún programa de lectura. Pero entonces sintió un ligero burbujeo en la tripa, como si fuesen pequeñas palomitas que explotaban en su interior. Era la primera vez que sentía a su hija dentro de ella y notó un relámpago en el corazón. Apretó los labios y susurró:

—No te quiero traspasar mi dolor.

Entonces sacó el disquete y, tras contemplarlo durante unos instantes, lo partió en dos. Salió del despacho emocionada y recogió la tarta de la mesa. Observó a Jim, a su padre y a su madre, que no paraban de reírse en el jardín, y se dio cuenta de que todo lo que necesitaba lo tenía ahí delante y en el interior de su vientre.

—Bueno, ¿y cómo se va a llamar? —preguntó su madre en cuanto la vio acercarse.

—¿Lo dices tú? —le dijo Jim a Miren—. Ella lo tenía claro desde el principio.

Miren suspiró con fuerza y luego esbozó una sonrisa:

—Kiera. Se llamará Kiera.

Agradecimientos

Me cuesta mucho decir adiós a Miren y por eso no puedo despedirme de ella sin agradeceros a vosotros, mis lectores, este viaje tan increíble. Si ella ha existido durante tres libros es porque la habéis mantenido con vida y aupado para que encuentre la manera de sanar aquella herida. Su empeño en buscar historias perdidas ha servido de empuje para que se encuentre a sí misma. Por el camino me ha enseñado tantas lecciones que ya nunca volveré a ser el mismo. Por eso os agradezco tanto cada lectura, cada e-mail y cada firma pidiéndome este último paso, donde Miren recoge los pedazos de sí misma, se enfrenta a una dura realidad y reconstruye su vida con los fragmentos que ha logrado conservar.

Cuando comencé la aventura de Miren, con esos globos blancos alejándose hacia el sol en la cabalgata de Acción de Gracias, tuve claro que quería hacer un viaje hacia el pasado con pequeños objetos que nos hiciesen volver atrás (un VHS, una polaroid, un casete), a un mundo en el que lo que teníamos delante era más importante que lo que sucedía en una pantalla. Explorando esa idea, surgió un universo simétrico: personajes destruidos que estaban visitando constantemente otros momentos de su vida sin prestar atención a lo que ocurría delante de ellos. Miren era la expresión perfecta de esta idea: volviendo una y otra vez atrás, anclada en una sola noche, sin poder pasar página para abrazar todo el camino que había conseguido recorrer a pesar de aquella gigantesca cicatriz.

Si he conseguido de algún modo reflejar esa constante lucha femenina en un mundo hostil ha sido, sin duda, por todas las mujeres que forman parte de mi vida, pero especialmente, por mi mujer, mi hija, mi madre y mi abuela. Cada una de ellas, de manera distinta, han dado forma a todas las historias que giran en torno a Miren y su voz interior. Gracias, Vero, Gala, mamá, abuela.

Han sido tantas emociones durante estos últimos años que me es difícil escribir todo esto. Recuerdo cuando se publicó *La chica de nieve* el 12 de marzo de 2020, tres días antes de un encierro que nos marcaría de por vida. No puedo olvidar las librerías cerradas y todo lo que hicisteis para conseguirla. De corazón, os doy las gracias a todos los que movisteis cielo y tierra para leerme en esos momentos de incertidumbre, que dieron empuje a esta ola imparable que ha llegado a medio mundo.

Soy de esos lectores que, tras acabar un libro, revisa con interés esta sección con la ilusión de conocer un poco más de toda la gente que estuvo implicada en él de un modo u otro.

A pesar de que escribir es un acto solitario, para que puedas leer este libro ha ocurrido una serie de acontecimientos sucesivos en los que cada paso es indispensable: conseguir que pedazos de papel usado se transformen en un ejemplar capaz de mantenerte despierto de madrugada mientras la historia te acaricia el corazón a media luz.

Siempre he pensado que un libro es lo más parecido a la magia: gente que no existe, con historias que no sucedieron, impresas sobre fragmentos reciclados de otros libros del pasado… Todo unido para emocionarte, hacerte llorar o reír, vapulearte o llevarte en volandas, gritarte en tu cabeza, susurrarte al oído o incluso hacer que la vida merezca la pena.

A todos los que han formado parte de la producción de este libro, gracias de corazón por convertir este viaje en algo tan mágico y personal. Hablo de mis correctoras, atentas a que no se me escape una errata; mis maquetadores, que han dado forma lógica y ordenada a este texto de más de cien mil palabras; a los operarios de la imprenta que se aseguran de que no haya ningún pliego descolocado o que la tinta estampada esté perfecta; a los transportistas que reparten mis libros a cada pequeño pueblo y gran ciudad, y, especialmente, a los libreros, muchos de ellos ya amigos, que abren las cajas llenas de ejemplares y los disponen con ilusión en sus estanterías más preciadas para que alguien, ojalá tú o algún conocido tuyo, se enamore de uno de mis enigmas sin respuesta.

A todas y cada una de esas personas a las que no conozco, pero que contribuyen a que lo que escribo viaje de mi ordenador a las manos de medio mundo, les doy las gracias con toda mi alma. Si eres una de ellas y participas en todo o parte de este proceso, quiero que sepas lo importante que eres para mí, para mis libros y para que cientos de miles de personas de todo el mundo se sumerjan en una historia donde lo que se quedó oculto en el silencio siempre fue lo más importante. Gracias, de todo corazón.

La grieta del silencio llevaba ya mucho tiempo en mi cabeza. La historia de Daniel y su desaparición surgió cuando esbozaba las líneas de lo que quería que fuese *La chica de nieve*. Tuve claro que debía ser el punto final de todos los personajes. Pero tengo que confesar que durante un tiempo me sumergí en la escritura de *El cuco de cristal* y dejé reposar su historia. A pesar de tenerlo todo atado al milímetro antes de sentarme a escribir, he querido dejar que esta historia me moldease a mí y también su desenlace, y creo de verdad que dejarme llevar en ese momento en que todos los personajes ya hablan entre sí y conocen lo que ha sucedido es el motivo por el que es un final tan poderoso. Espero, con todo mi corazón, que esta historia te haya emocionado e intrigado tanto como a mí mientras la escribía.

Durante el tiempo en que me perdía en los secretos de *La grieta del silencio* han pasado muchas cosas en torno a mis libros y a mi vida personal. La primera y más importante, el nacimiento de mi hijo Pablo, el 1 de marzo de 2023, y que habrá cumplido justo un año cuando este libro salga a la luz. Si algún día lees esto de mayor, Pablo, que sepas que durante tu primer año de vida, mientras gateabas por el suelo de casa, esta historia estaba tomando forma. Si hay alguna errata esporádica es precisamente porque me hacías muy feliz.

Al mismo tiempo, mis anteriores novelas están viajando a muchos países, incluso con traducciones a idiomas de los que solo conozco «gracias» y «salud», y si esto ocurre es porque con vuestras lecturas y recomendaciones habéis empujado mis libros más lejos de lo que nunca imaginé. Estoy deseando veros en persona en las firmas y devolveros una milésima del cariño con el que abrazáis cada uno de mis libros.

También 2023 ha sido el año en que *La chica de nieve* ha viajado de la mano de Netflix a todo el planeta en forma de serie. Sin duda, ver la dura historia de Miren y los Templeton llegar al número 1 mundial de series más vistas es un hito precioso que llevaré siempre en la memoria. En estos momentos, mientras escribo estas líneas, se está grabando *El juego del alma* en mi tierra natal, y la verdad es que cuesta asimilar que todas estas palabras que uno desliza en la pantalla del ordenador se estén transformando en algo que pronto estará en los hogares de más de doscientos sesenta millones de familias, de culturas distintas, todas unidas por una búsqueda, un enigma o por las ganas de sanar heridas. En una época en la que el mundo se fragmenta, creo de verdad en el poder que las historias universales tienen para recordarnos que todos, sin importar si vivimos en Nueva York, en una ciudad de Italia o en un pequeño pueblo en Indonesia, amamos, sufrimos y buscamos. Gracias de corazón a los espectadores por llevar *La chica de nieve* tan lejos. Ojalá esta última historia de Miren consiga una pequeña parte de lo que ya han logrado las anteriores.

Como siempre trato de hacer en cada libro, quiero dar las gracias a mi mujer, Verónica, que me ha apoyado más que nunca, buscando siempre la manera de darme momentos de paz. Las emociones de esta historia han surgido de todo lo que he crecido con ella.

También agradezco a mis peques, Gala y Bruno, por traerme chocolatinas al despacho, chucherías, vasos de agua y tazas de café. Sois los mejores ayudantes que un escritor sin diabetes puede tener. Ojalá algún día me perdonéis todas esas tardes que os dije que no podía jugar. Cuando leáis esto de mayores que sepáis que en realidad me moría de ganas de salir con vosotros y montar Legos, tirarnos cojines o lo que fuese. Sois el motivo por el que escribo y, al mismo tiempo, por el que dejaría de hacerlo.

Mi más sincero agradecimiento a todo el equipo de Suma de Letras, como siempre, mi refugio y hogar en este camino, donde siento que cuidan cada pequeño paso que doy y miman con entusiasmo cada historia en la que me embarco. Con ellos no solo disfruto trabajando o comparto risas nerviosas cuando vamos a anunciar algo, sino que tengo la suerte de saber que cada vez que visito la editorial me encuentro con rostros amigos.

En especial, gracias a Gonzalo, mi editor, por defender cada uno de mis proyectos con ambición y por hacerme llegar tan, tan lejos. Gracias también a Ana Lozano, mi editora extrema y compañera de nervios finales. Algún día iremos a Calleja y le contaremos lo que es un desafío de verdad.

Gracias a Núria Cabutí, por las risas, las anécdotas y por la apuesta firme por mi manera de escribir.

A Mar Molina, que si quiere volver aquí estamos (se te echa de menos), y a Leticia, que sus llamadas siempre son de buen humor.

También gracias a Rita, que se te echó de menos por ese precioso motivo, y a Pablo, que juntos formáis un tándem imparable para hacer llegar mis libros a las manos adecuadas.

También gracias a David G. Escamilla y a todo el equipo de Penguin de las distintas delegaciones de América Latina, por llevar mis historias tan lejos y con tanto cariño.

Gracias a Conxita, por cuidar el viaje de mis historias a la pantalla. A Verónica Fernández y Diego Ávalos, por apostar ciegamente por mi manera de contar historias. Gracias a José Antonio y Alberto Félez y a Cristina Sutherland, por darles otra forma para que lleguen más allá.

A María Reina y José Rafoso, por ser responsables de cada una de mis traducciones, y también a Yolanda, por explorar el universo de mis cubiertas de un modo tan único. También a Marta Cobos, Ana Balmaseda, Marta Martí, Carmen Ospina y al genial Patxi Beascoa.

También doy las gracias a Marlena Wells, por su maravillosa fotografía de la portada, que ya me acompañó en *El juego del alma* y que representa tan bien a esta Miren en pie de guerra.

Y llega mi parte favorita, la más importante: la vuestra, lectores. Gracias, con toda mi alma, por llegar hasta aquí. Gracias, de todas las formas que se puede decir: en un abrazo, en una mirada, en una sonrisa nerviosa al vernos en una firma. Gracias, por cada mensaje, apoyo y recomendación de mis historias. Gracias por elegir mi libro entre tantos miles de autores con el mismo o más talento que yo. De entre todos ellos, de entre todas las historias que se han publicado, habéis decidido pasar vuestras horas conmigo, y ese es el mayor regalo que se le puede hacer a un escritor. Siempre estaré en deuda con vosotros. Gracias con todas mis fuerzas. Os quiero muchísimo. Más de lo que creo que sería capaz de expresar.

Como siempre he creído, no hay mejor manera de terminar un libro que haciendo un pacto que selle todas estas horas que hemos pasado juntos. Yo, por mi parte, no dejo de escribir, y vosotros, cuando cerréis estas páginas, recomendáis *La grieta del silencio*, sin contar de qué trata, más allá de la sinopsis, igual que habéis hecho con todos mis libros. Sé que es difícil no decir mucho más, pero es la gracia del misterio. No hay mayor regalo para un autor que la promesa de volvernos a encontrar en otra historia, y yo pienso cumplir mi parte. Este es nuestro juego. Mantenemos este pacto, y yo, a cambio, estoy lo antes posible otra vez en librerías con un nuevo enigma en el que, quizá, algún día, te vuelvas a encontrar a Miren. ¿Qué me decís? ¿Hay trato?

Con locura,

JAVIER CASTILLO

«Para viajar lejos no hay mejor nave que un libro».
EMILY DICKINSON

Gracias por tu lectura de este libro.

En **penguinlibros.club** encontrarás las mejores
recomendaciones de lectura.

Únete a nuestra comunidad y viaja con nosotros.

penguinlibros.club